GOLDMANN

RICHARD LAYMON
HAUS DER SCHRECKEN
HORROR-ROMAN

Ins Deutsche übertragen
von Gisela Kirst-Tinnefeld

GOLDMANN VERLAG

Deutsche Erstveröffentlichung

Die Originalausgabe erschien unter dem Titel »The Cellar«
bei Warner Books, Inc., New York

Der Goldmann Verlag
ist ein Unternehmen der Verlagsgruppe Bertelsmann

Made in Germany · 6/91 · 1. Auflage
Copyright © der Originalausgabe 1980
by Richard Laymon. Published by arrangement
with author.
Copyright © der deutschsprachigen Ausgabe 1991
by Wilhelm Goldmann Verlag, München
Umschlaggestaltung: Design Team München
Umschlagillustration: Devito/Schlück, Garbsen
Satz: IBV Satz- und Datentechnik GmbH, Berlin
Druck: Elsnerdruck, Berlin
Verlagsnummer: 8087
Lektorat: Silvia Kuttny
Redaktion: Christoph Göhler
Herstellung: Sebastian Strohmaier
ISBN 3-442-08087-8

Prolog

Jenson griff nach dem Mikrophon des Funkgeräts. Sein Daumen verharrte über der Sprechtaste. Abermals blickte er zum Fenster im Obergeschoß des alten viktorianischen Hauses auf der anderen Straßenseite hinauf und sah lediglich den Widerschein des Mondes auf der Glasscheibe. Er ließ das Mikro in seinen Schoß sinken.

Dann blitzte wieder ein Lichtstrahl im Innern des Hauses auf.

Er führte das Mikrophon an den Mund. Er zwang sich, mit dem Daumen auf den Knopf zu drücken. »Jenson an Zentrale.«

»Zentrale, schießen Sie los.«

»Ein Eindringling im Haus der Schrecken.«

»Zehn-neun, Dan. Was ist los mit Ihnen? Sprechen Sie weiter.«

»Ich sagte, jemand schleicht im Haus der Schrecken herum!«

»Jessas! Sie sollten besser hineingehen.«

»Schicken Sie mir Verstärkung.«

»Sweeny ist zehn-sieben.«

»Dann *rufen* Sie ihn *an*, um Himmels willen! Er ißt immer nur im Welcome Inn. Rufen Sie ihn an.«

»Gehen Sie jetzt rein, Jenson.«

»In dieses verdammte Dreckshaus gehe ich nicht alleine.

Schaffen Sie Sweeny her, oder wir können die ganze Sache vergessen.«

»Ich versuche, Sweeny zu kontakten. Bleiben Sie, wo Sie sind und behalten Sie das Haus im Auge, wenn Sie zu feige sind, hineinzugehen. Und halten Sie Funkdisziplin, Kumpel.«

»Zehn-vier.«

Patrolman Dan Jenson legte sein Mikro ab und schaute zum Fenster hoch. Von einer Taschenlampe war nichts zu sehen. Sein Blick wanderte zu den anderen Fenstern, zu dem überschatteten Balkon oberhalb der Veranda, zu den Fenstern des Zimmers mit dem Spitzdach und dann wieder zurück.

Im nahegelegensten Fenster beschrieb der schlanke weiße Strahl einer Taschenlampe eine knappe Schleife und verschwand. Jenson spürte eine Gänsehaut, als würden ihm Spinnen über den Rücken krabbeln. Er kurbelte sein Fenster hoch. Mit dem Ellbogen drückte er den Verriegelungsknopf seiner Tür hinunter. Die Spinnen wollten nicht weggehen.

Drinnen im Haus mußte der Junge alle Kraft aufbieten, um nicht zu weinen, während sein Vater ihn am Arm von einem dunklen Raum in den nächsten zog.

»Siehst du? Hier ist nichts. Siehst du irgendwas?«

»Nein«, wimmerte der Junge.

»Kein Gespenst, kein Schwarzer Mann, kein Monster.«

»Nein.«

»All right.«

»Können wir jetzt gehen?« fragte der Junge.

»Noch nicht, junger Mann. Wir haben uns den Dachboden noch nicht angesehen.«

»Sie hat gesagt, er ist abgeschlossen.«

»Wir kommen schon rein.«

»Nicht. Bitte.«

»Das Monster könnte im Speicher auf uns warten, nicht? Also, wo war das?« Er zog eine Tür zum Flur auf und leuchtete mit seiner Taschenlampe hinein. Der Strahl fiel auf einen leeren Schrank. Grob zerrte er den Jungen hinter sich her zu einer Tür weiter hinten im engen Gang.

»Dad, laß uns heimgehen.«

»Angst, daß dich die Bestie kriegt?« Der Vater lachte bitter. »Wir werden dieses scheußliche alte Haus nicht eher verlassen, bis du zugegeben hast, daß es hier keine Bestie *gibt*. Mein Sohn soll nicht feige und jammernd durchs Leben gehen, bei jedem Schatten aufschrecken und sich vor der Dunkelheit fürchten.«

»Es *gibt* eine Bestie«, beharrte der Junge.

»Zeig sie mir.«

»Die Fremdenführerin sagte...«

»Die Führerin hat uns Quatsch aufgetischt. Das ist ihr Job. Du mußt lernen, Quatsch zu erkennen, wenn man ihn dir ins Gesicht klatscht, junger Mann. Monster sind Quatsch. Gespenster und Kobolde und Hexen sind Quatsch. Und dasselbe gilt für die Bestie.«

Er griff nach einem Knauf, riß die Tür auf und schwenkte die Taschenlampe hinein. Das Treppenhaus war ein steiler, enger Tunnel, der aufwärts bis zu einer geschlossenen Tür führte.

»Komm.«

»Nein. Bitte, Dad.«

»Kein *Nein* zu mir.«

Der Junge versuchte, seinen Arm aus dem Griff seines Vaters zu befreien, schaffte es aber nicht. Er fing zu weinen an.

»Hör auf mit der Heulerei, du kleiner Feigling.«

»Ich will nach Hause.«

Der Mann schüttelte ihn heftig.

»Wir-gehen-diese-Stufen-hinauf. Je eher wir auf den Dachboden kommen, desto eher kommen wir hier weg. Aber keine Minute früher, hast du mich verstanden?«

»Ja«, brachte der Junge mühsam heraus.

»Okay. Dann wollen wir mal.«

An der Seite seines Vaters stieg er die Treppe hinauf. Die Holzstufen stöhnten und ächzten. Die Taschenlampe legte auf jede Stufe eine helle, kleine Scheibe. Ein strahlender Kranz umgab die Scheibe, beleuchtete schwach ihre Beine, die Wände und die nächsten paar Stufen.

»Dad!«

»Ruhig.«

Die Lichtscheibe schwenkte die Treppe hinauf und bildete hoch über ihnen auf der Tür zum Dachboden einen Punkt.

Der Junge hätte gern die Nase hochgezogen, fürchtete sich aber, ein Geräusch zu machen. Er ließ den warmen Schleim bis zu seiner Oberlippe fließen und leckte ihn dann ab. Er schmeckte salzig.

»Siehst du«, flüsterte der Vater. »Wir sind fast...«

Von oben kam ein Laut wie ein schnüffelnder Hund.

Die Hand des Mannes verkrampfte sich, drückte schmerzhaft in den Arm seines Sohnes. Der Junge machte einen einzelnen Schritt rückwärts, tastete nach der Stufe hinter sich, während die Tür zum Dachboden langsam aufschwang.

Der Strahl der Taschenlampe drang durch die öde Finsternis hinter der Tür.

Ein kehliges Lachen kroch durch die Stille. Für den Jungen klang es wie das Gelächter eines uralten, vertrockneten Greises.

Aber kein alter Mann kam durch die Türöffnung gesprungen. Als die Taschenlampe zu Boden fiel, beleuchtete ihr Strahl ein haarloses Gesicht mit einem Rüssel.

Als der Schrei kam, begriff Dan Jenson, daß er nicht auf Sweeny warten durfte. Er zog seine 12-Kaliber Browning aus der Halterung, stieß die Tür des Streifenwagens auf und sprang auf die Straße. Wie ein Blitz schoß er auf die andere Seite. Das Kassenhäuschen wurde von einer Laterne beleuchtet. Das große Holzschild darüber verkündete »Haus der Schrecken«. Die verlaufenden Buchstaben sollten triefendem Blut ähneln. Er drückte gegen das Drehkreuz. Es sperrte, also setzte er mit einer Flanke darüber.

Aus dem Haus drangen weitere Schreie, die Schmerzensschreie eines Kindes.

Er stürmte den Fußweg hinauf, nahm auf der Treppe zur Veranda zwei Stufen auf einmal. Er rüttelte an der Tür. Abgeschlossen. Er hebelte eine Patrone in die Kammer der Schrotflinte, zielte aufs Schlüsselloch und betätigte den Abzug. Der Schuß fetzte ein Loch in die Tür. Er trat dagegen. Die Tür schnellte zurück. Er stand in der großen Diele.

Von oben kamen Geräusche des Zerreißens und keuchendes viehisches Grunzen.

Durch die vorderen Fenster drang genügend Licht, so daß er den unteren Absatz der Treppe sehen konnte. Er packte den Pfosten des Geländers und hastete die Treppe hinauf. Die Schwärze verschluckte ihn. Eine Hand am Geländer stieg er hinauf. Auf der letzten Stufe blieb er stehen und lauschte. Von links hörte er grunzende, knurrende Geräusche.

Während er den Hahn der Flinte spannte, sprang er in den Flur, wirbelte nach rechts, bereit zu feuern.

Alles war dunkel bis auf eine Pfütze von Helligkeit, die sich über den Boden des Flurs ergoß. Sie stammte von einer Taschenlampe.

Jenson wollte diese Lampe haben. Brauchte sie. Aber sie lag ganz hinten im Gang, dicht bei der dunklen Quelle der hastigen, lauten, keuchenden Geräusche.

Die Schrotflinte in den Flur gerichtet, spurtete er auf die Taschenlampe zu, so daß seine Schuhsohlen Echos stampften und sein pfeifender Atem das unmenschliche Rasseln überlagerte. Plötzlich trat er auf etwas Rundes. Vielleicht ein Arm. Sein anderer Fuß stieß gegen einen harten Gegenstand, und er hörte seine Zähne aufeinanderklacken, als er kopfüber in die Düsternis stolperte. Die Flinte schmetterte seine Finger gegen den Fußboden.

Er streckte den Arm aus und bekam die Taschenlampe zu fassen. Langsam schwenkte er den Strahl in Richtung des Grunzens.

Die Kreatur löste ihre Zähne aus dem Hals des Jungen. Sie wandte den Kopf. Das Gesicht war weiß und aufgedunsen wie der Bauch eines toten Fisches. Es schien zu lächeln. Das Wesen schüttelte sich und löste sich von dem Jungen.

Jenson ließ die Taschenlampe fallen und versuchte, die Flinte in Anschlag zu bringen.

Er vernahm ein leises, trockenes Gelächter, dann packte ihn die Bestie.

Erstes Kapitel

1

Donna Hayes legte den Hörer auf. Sie rieb ihre zitternden, feuchten Hände an der Bettdecke und setzte sich auf.

Sie wußte, daß es passieren würde. Sie hatte damit gerechnet, dafür geplant, es gefürchtet. Jetzt war es soweit.

»Tut mir leid, wenn ich Sie um diese Zeit störe«, hatte er gesagt, »aber ich wußte, daß Sie sofort informiert werden wollten. Ihr Mann wurde entlassen. Gestern morgen. Ich habe es gerade erst erfahren...«

Lange starrte sie in die Dunkelheit ihres Schlafzimmers, sträubte sich, die Beine aus dem Bett zu schwingen. Die Dunkelheit wich langsam aus dem Raum. Sie durfte nicht länger warten.

Die Sonntagmorgenluft drang an ihre Haut wie eiskaltes Wasser, als sie aufstand. Fröstelnd hüllte sie sich in einen Morgenrock. Sie ging auf die andere Seite des Flurs. Dem regelmäßigen Atem im Zimmer entnahm sie, daß ihre zwölfjährige Tochter noch schlief.

Sie trat ans Bett. Oberhalb der Decke zeigte sich eine schmale, in gelbes Flanell gehüllte Schulter. Donna schloß die Hand darum und rüttelte sie sanft. Während es sich auf den Rücken rollte, schlug das Mädchen die Augen auf. Donna küßte es auf die Stirn. »Guten Morgen«, sagte sie.

Das Mädchen lächelte. Es strich sich die bleichen Haare aus den Augen und rekelte sich. »Ich hatte einen Traum.«

»War er schön?«

Das Mädchen nickte ernsthaft. »Ich hatte ein Pferd, das war ganz und gar weiß und so groß, daß ich mich auf einen Küchenstuhl stellen mußte um aufzusitzen.«

»Das hört sich mächtig groß an.«

»Es war ein Riese«, sagte ihre Tochter. »Warum bist du so früh auf?«

»Ich dachte, wir packen unsere Reisetaschen, steigen in den Maverick und gönnen uns ein bißchen Urlaub.«

»Urlaub?«

»Tja.«

»Wann?«

»Jetzt gleich.«

»Wow!«

Es dauerte fast eine Stunde, bis sie sich gewaschen, angezogen und genügend Kleidung für eine Woche Urlaub zusammengepackt hatten. Als sie ihr Gepäck zum Parkplatz trugen, kämpfte Donna gegen das starke Bedürfnis an, Sandy ins Vertrauen zu ziehen, dem Mädchen klarzumachen, daß es nie wieder zurückkehren würde, nie mehr eine Nacht in ihrem Zimmer oder einen faulen Nachmittag am Sorrento Beach verbringen würde, nie ihre Schulfreunde wiedersehen würde. Donna spürte Schuld, weil sie ihr das verschwieg.

Santa Monica lag grau unter dem üblichen Morgendunst, als Donna rückwärts auf die Straße setzte. Sie sah sich nach beiden Seiten um. Nichts von ihm zu sehen. Die Gefängnisgewaltigen hatten ihn gestern morgen um acht beim Busbahnhof von San Rafael abgesetzt. Reichlich Zeit für ihn, einzutrudeln, ihre Adresse nachzuschlagen und sie aufzusuchen. Aber sie konnte keine Spur von ihm entdecken.

»In welche Richtung möchtest du fahren?« fragte sie.

»Mir egal.«

»Wie wär's mit Norden?«

»Was heißt Norden?« fragte Sandy.

»Das ist eine Himmelsrichtung – wie Süden, Osten, Westen...«

»Mom!«

»Nun, da liegt San Francisco. Wir könnten nachschauen, ob sie die Brücke richtig gestrichen haben. Da gibt's außerdem Portland, Seattle, Juneau, Anchorage, den Nordpol.«

»Können wir in einer Woche bis dorthin kommen?«

»Wir können uns länger Zeit lassen, wenn wir möchten.«

»Was ist mit deinem Job?«

»Den kann jemand anderes erledigen, solange wir weg sind.«

»Okay. Fahren wir nach Norden.«

Sie waren fast allein auf dem Santa Monica Freeway. Auf dem San Diego ebenso. Der alte Maverick machte seine Sache gut, schaffte gar über sechzig Meilen. »Halt mit einem Auge nach unseren Freunden und Helfern Ausschau«, sagte Donna.

Sandy nickte. »Zehn-vier, Big Mama.«

»Hör auf mit diesem ›Big‹-Geschwätz.«

Weit unter ihnen lag das San Fernando Valley im Sonnenschein. Der gelbliche Smog war um diese Zeit noch ein kaum wahrnehmbarer Dunststreifen, der tief über dem Land hing.

»Was hast du anzubieten?« fragte Sandy.

»Wie steht's mit ›Mom‹?«

»Viel zu langweilig.«

Sie fuhren dem Tal entgegen, und Donna steuerte den Ventura Freeway an. Nach einer Weile bat Sandy, den Radiosender wechseln zu dürfen. Sie drehte bis auf 93 kHz und lauschte ungefähr eine Stunde, bis Donna um eine Pause bat und das Radio abstellte.

Der Highway folgte bis Santa Barbara der Küstenlinie und schnitt dann durch einen bewaldeten Paß mit einem Tunnel landeinwärts.

»Ich bin am Verhungern«, maulte Sandy.

»Okay, wir halten bald.«

Sie machten in der Nähe von Santa Maria Rast. Beide bestellten Eier und Würstchen. Donna seufzte wohlig, als sie den ersten Kaffee an diesem Tag trank. Sandy äffte sie mit ihrem Glas Orangensaft nach.

»So schlimm?« fragte Donna.

»Wie wär's mit ›Coffee Mama‹?« schlug Sandy vor.

»Mach ›Java Mama‹ draus, und wir sind uns einig.«

»Okay, du bist ›Java Mama‹.«

»Wer bist du?«

»Du mußt mir einen Namen geben.«

»Wie wär's mit ›Schatzi‹?«

»*Mom!*« Sandy sah empört aus.

Weil sie wußte, daß sie innerhalb der nächsten Stunde ohnehin tanken mußten, gönnte sich Donna zum Frühstück drei Tassen heißen schwarzen Kaffee.

Als Sandy ihren Teller leer gegessen hatte, fragte Donna, ob sie zum Aufbruch bereit sei.

»Ich muß noch eine Pinkelpause machen«, sagte das Mädchen.

»Wo hast du denn *das* aufgeschnappt?«

Sandy zuckte grinsend die Achseln.

»Onkel Bob, schätze ich.«

»Möglich.«

»Nun, ich muß auch eine Pinkelpause machen.«

Dann waren sie wieder unterwegs. Direkt hinter San Luis

Obispo bogen sie zu einer Chevron-Station ab, tankten den Ford auf und benutzten die Toilette. Später stoppten sie in der grellen Hitze des San Joaquin Valley bei einem Drive-in, um Coke und Cheeseburger zu kaufen. Das Tal schien sich endlos hinzuziehen, doch schließlich bog der Highway aufwärts gen Westen, und die Luft wurde milder. Im Radio konnte man schon Sender aus San Francisco empfangen.

»Sind wir bald dort?« fragte Sandy.

»Wo?«

»San Francisco.«

»Fast. Noch eine Stunde oder so.«

»So lange?«

»Ich fürchte, ja.«

»Werden wir dort übernachten?«

»Ich glaube nicht. Ich will weiter, du nicht auch?«

»Wie weit?« fragte Sandy.

»Zum Nordpol.«

»Oh, *Mom*.«

Es war schon nach drei, als sie der Highway 101 hügelabwärts in einen schattigen Winkel von San Francisco führte. Vor einer Ampel warteten sie, bogen ab, richteten sich nach den Hinweisschildern für den Highway 101 und bogen wieder ab, die Van Ness Avenue hoch, links in die Lombard Street und schließlich eine kurvige Straße zur Golden Gate entlang.

»Weißt du noch, wie enttäuscht du warst, als du sie zum erstenmal sahst?« fragte Donna.

»Ich bin immer noch enttäuscht. Wenn sie nicht golden ist, sollte man sie auch nicht so nennen. Oder?«

»Gewiß nicht. Trotzdem ist sie wunderschön.«

»Aber sie ist orange. Nicht golden. Man sollte sie Orange Gate Bridge nennen.«

Auf die offene See hinaus starrend, erblickte Donna die Vorderfront einer Nebelbank. Im Sonnenlicht sah sie strahlend weiß aus.

»Schau dir den Nebel an«, sagte sie. »Ist das nicht schön?«

»Ist schon okay.«

Sie ließen die Golden Gate Bridge hinter sich.

Sie durchfuhren einen Tunnel, dessen Schlundöffnung wie ein Regenbogen angestrichen war.

Sie rasten an der Abfahrt nach Sausalito vorbei.

»He, könnten wir nicht über Stinson Beach fahren?« fragte Sandy, als sie das Schild las.

Donna zuckte mit den Achseln. »Warum nicht? Es ist nicht so schnell, aber dafür entschieden schöner.« Sie schnippte den Blinker hoch, folgte der kurvigen Rampe, und sie ließen die 101 hinter sich.

Bald befanden sie sich auf dem Coast Highway. Er war schmal, viel zu schmal und viel zu kurvig, wenn man den steilen Abgrund neben der Gegenfahrbahn berücksichtigte. Donna hielt sich so weit rechts wie möglich.

Der Nebel lag vor der Küste, weiß und dick wie Eischnee. Er schien langsam näherzurücken, war aber immer noch ein gutes Stück vom Ufer entfernt, als sie das Städtchen Stinson Beach erreichten.

»Können wir über Nacht hierbleiben?« fragte Sandy.

»Laß uns noch ein Weilchen weiterfahren. Okay?«

»Müssen wir das?«

»Du warst noch nie in Bodega Bay?«

»Nein.«

»Das ist dort, wo sie den Film gedreht haben. *Die Vögel.*«

»Uuuh, das war unheimlich.«

»Sollen wir es bis Bodega versuchen?«

»Wie weit ist das?« fragte das Mädchen.

»Vielleicht eine Stunde.« Sie fühlte sich wie gerädert, hatte vor allem Kreuzschmerzen. Trotzdem war es wichtig weiterzufahren, noch mehr Meilen zurückzulegen. Sie würde den Schmerz noch eine Weile aushalten können.

Als sie Bodega Bay erreichten, meinte Donna: »Laß uns noch ein bißchen weiterfahren.«

»Muß das sein? Ich bin müde.«

»*Du* bist müde? *Ich* sterbe.«

Sobald sie Bodega Bay hinter sich gelassen hatten, begannen Nebelschwaden an der Windschutzscheibe vorbeizuhuschen. Weiße Finger griffen über den Straßenrand, schoben sich vorwärts, tasteten sich langsam vor. Und als würde ihnen gefallen was sie spürten, schwappte plötzlich der ganze Leib des Nebels auf die Straße.

»Mom, ich kann nichts mehr sehen!«

Durch die dichte Nebelwand konnte Donna kaum das vordere Ende der Motorhaube erkennen. Die Straße war nur noch eine Erinnerung. Sie trat auf die Bremse und betete, daß hinter ihnen kein anderes Auto fuhr. Sie steuerte nach rechts. Ihre Räder knirschten im Kies. Plötzlich sackte das Auto ab.

2

Einen Moment, ehe der Stopp Donna gegen das Steuer schleuderte, drückte sie ihren Arm gegen die Brust ihrer Tochter. Sandy knickte in den Hüften ein und stieß dabei den Arm beiseite. Sie schlug mit dem Kopf gegen das Armaturenbrett und begann zu weinen. Rasch stellte Donna den Motor ab.

»Laß mal sehen.«

Das weiche Armaturenbrett hatte einen roten Streifen auf der Stirn des Mädchens hinterlassen.

»Bist du sonst noch irgendwo verletzt?«

»Hier.«

»Wo der Sicherheitsgurt dich abgefangen hat?«

Das Mädchen nickte und schluckte.

»Gut, daß du ihn angelegt hattest.« In Gedanken stellte sie sich vor, wie Sandy mit dem Kopf durch die Windschutzscheibe flog, Glasscherben ihren Körper aufrissen und sie für immer im Nebel verschwand.

»Wünschte, ich hätte es nicht.«

»Wir werden ihn aufmachen. Halt still.«

Das Mädchen klammerte sich ans Armaturenbrett, und Donna löste den Gurt.

»Okay, laß uns jetzt rausklettern. Ich gehe als erste. Tu nichts, bis ich mich umgesehen habe.«

»In Ordnung.«

Beim Hinausklettern rutschte Donna im nebelfeuchten Gras des Abhangs aus. Sie hielt sich an der Tür fest, bis sie Fuß gefaßt hatte.

»Bist du okay?« fragte Sandy.

»So weit, so gut.« Das Gleichgewicht haltend, lugte sie durch den Nebel. Offenbar hatte die Straße unter ihnen eine Linkskurve gemacht, und sie waren kopfüber in einem Graben gelandet. Das Wagenheck befand sich noch auf Straßenniveau; wenn der Nebel nicht zu dicht wäre, könnte man es im Vorüberfahren bemerken.

Vorsichtig arbeitete sich Donna auf dem rutschigen Bankett hinunter. Die vordere Stoßstange des Maverick steckte im Graben. Aus den Schlitzen der Motorhaube zischte Dampf. Sie kroch über die Haube, ließ sich auf der anderen Seite wieder herab und erklomm den Abhang bis zu Sandys

Tür. Sie half dem Mädchen auszusteigen. Gemeinsam schlitterten und stolperten sie zum Boden des Grabens hinunter.

»Nun«, sagte Donna so fröhlich, wie es nur ging, »da wären wir. Laß uns mal deine Verletzungen ansehen.«

Sandy schob ihre karierte Bluse hoch und hielt sie vom Körper weg. Donna, die in die Hocke gegangen war, streifte die Jeans des Mädchens ein Stückchen hinunter. Über den Bauch zog sich ein breiter roter Striemen. Die Haut über den Hüftknochen wirkte zart und aufgerauht, als hätte man sie mit Sandpapier abgerubbelt.

»Ich wette, das brennt.«

Sandy nickte. Donna wollte die Jeans wieder hochziehen.

»Ich muß mal austreten.«

»Gut, geh hinter einen Baum. Einen Augenblick.« Sie kletterte zum Wagen hinauf und holte eine Schachtel Kleenex aus dem Handschuhfach. »Du kannst das nehmen.«

Mit der einen Hand die Jeans hoch- und mit der anderen die Schachtel festhaltend, wanderte Sandy den Graben entlang. Sie verschwand im Nebel. »He, hier ist ein Pfad!« rief sie.

»Geh nicht zu weit!«

»Nur noch ein Stückchen.«

Donna hörte, wie die Füße ihrer Tochter auf Waldboden traten und abgestorbene Zweige und Kiefernnadeln unter ihnen knackten. Die Geräusche wurden schwächer. »Sandy! Nicht weitergehen!«

Entweder war sie stehengeblieben, oder die Schritte waren so leise geworden, daß sie mit den anderen Waldgeräuschen verschmolzen.

»Sandy!«

»Was?« Die Stimme des Mädchens klang verärgert und kam von weit her.

»Kommst du gut zurück?«

»Himmel, Mom.«

»Okay.« Donna lehnte sich zurück, bis ihre Cordhose sich gegen den Wagen drückte. Sie fröstelte. Ihre Bluse war zu dünn, um die Kälte abzuhalten. Sie würde auf Sandy warten und dann die Jacken vom Rücksitz holen. Bis das Mädchen zurück war, wollte sie sich nicht vom Fleck rühren. Sie wartete, starrte ins Grau, in dem Sandy verschwunden war.

Plötzlich riß ein Windstoß die Nebelfetzen fort.

»Das war länger als eine gewöhnliche Pinkelpause«, sagte Donna.

Sandy antwortete weder, noch regte sie sich.

»Was ist los, Schatz?«

Sandy stand oben am Graben, reglos und stumm.

»Sandy, stimmt was nicht?«

Mit einer eisigen Gänsehaut im Genick drehte Donna den Kopf. Hinter ihr war nichts. Sie schaute wieder zu Sandy.

»Mein Gott, was ist los?«

Sie stieß sich vom Wagen ab und lief los. Sie rannte zu der gelähmten, schweigenden Gestalt am Waldrand. Lief durch den grauen, unheimlichen Dunst. Beobachtete, wie der Umriß ihrer Tochter zerrann, als der Nebel dünner wurde, bis nichts von Sandy blieb außer einem vier Fuß hohen Kiefernbäumchen.

»O Jesus«, murmelte Donna. Und dann kreischte sie: »Sandy!«

»Mom«, kam ein entferntes Stimmchen. »Ich glaube, ich habe mich verirrt.«

»Rühr dich nicht von der Stelle.«

»Gut.«

»Rühr dich nicht. Bleib, wo du bist! Ich komme!«

»Beeil dich!«

Ein schmaler Pfad schien zwischen den Kiefern hindurch in Richtung der Stimme zu führen. Donna beeilte sich.

»Sandy!« rief sie.

»Hier.«

Die Stimme klang näher. Donna stürmte vorwärts, starrte in den Nebel und stieg über einen abgestorbenen Kiefernstamm, der den Weg blockierte.

»Sandy?«

»Mom!«

Jetzt war die Stimme ganz nah, aber weiter rechts.

»Okay, ich bin fast bei dir.«

»Beeil dich.«

»Noch eine Sekunde.« Sie wich vom Pfad ab und schob sich durch feuchtes, struppiges Geäst. »Wo steckst du, Darling?«

»Hier!«

»Wo?«

»Hier!«»

»Wo?« Ehe das Mädchen antworten konnte, kämpfte sich Donna durch eine Barriere von Ästen und erblickte sie.

»Mom!«

Sandy umklammerte die Kleenex-Schachtel vor ihrer Brust, als könnte sie sich damit irgendwie vor Unheil schützen.

»Ich bin im Kreis gelaufen«, erklärte sie.

Donna nahm sie in die Arme. »Ist schon gut, Honey. Ist schon gut. Hast du alles erledigt?«

Sandy nickte.

»Okay. Laß uns wieder zum Auto zurückgehen.«

Aber sie fand den Weg nur mit Schwierigkeiten wieder, der sie ins Freie oberhalb des Grabens führte. Donna hielt den Blick gesenkt, als sie an dem Kiefernschößling vorbeikamen, den sie versehentlich für Sandy gehalten hatte. Albern, tadelte sie sich, aber die Erinnerung ängstigte sie: was, wenn er abermals wie Sandy ausschaute oder wie jemand anderes – wie ein Fremder oder wie *er*?

»Mach dich nicht verrückt«, meinte Sandy.

»Ich? Ich mach' mich nicht verrückt.«

»Du siehst aber so aus.«

»Tu ich das?« Sie lächelte, dann stiegen die beiden den Hang hinunter. »Ich habe nur nachgedacht.«

»Über Dad?«

Sie zwang sich, nicht zu reagieren. Sie rang nicht nach Luft und ließ den Kopf nicht entsetzt herumfahren. Mit betont ruhiger Stimme sagte sie: »Warum sollte ich über Dad nachdenken?«

Das Mädchen zuckte die Schultern.

»Komm. Raus damit.«

Vor ihnen tauchte der dunkle Klotz des Wagens im Nebel auf.

»Ich habe gerade an ihn gedacht«, erklärte Sandy.

»Wieso?«

»Da hinten war es ziemlich gruselig.«

»Nur deshalb?«

»Es war kalt. Wie damals. Und ich hatte die Hosen runter.«

»O Gott.«

»Ich hatte Angst, er könnte zugucken.«

»Ich wette, das war ziemlich angsteinflößend.«

»Yeah.«

Sie blieben neben dem Wagen stehen. Sandy blickte zu Donna auf. Mit einem sehr dünnen Stimmchen fragte Sandy: »Was, wenn er uns hier erwischt? Wo wir ganz allein sind?«

»Unmöglich.«

»Er würde uns umbringen, nicht wahr?«
»Nein, natürlich nicht. Außerdem kann das gar nicht geschehen.«
»Vielleicht doch, wenn er ausbricht. Oder wenn sie ihn entlassen.«
»Selbst wenn sie das täten, würde er uns hier niemals finden.«
»O doch, das würde er. Das hat er mir gesagt. Er würde uns überall finden. Er sagte: ›Ich werde euch aufstöbern‹.«
»Schscht.«
»Was ist denn?« flüsterte Sandy.
Einen Augenblick lang klammerte sich Donna an die Hoffnung, es wäre nur der Ozean, der gegen die Felsen brandete. Aber die Brandung war weiter hinten jenseits der Straße und unterhalb der Klippen. Außerdem hatte sie das Geräusch vorher nicht gehört. Es wurde lauter.
»Ein Auto kommt«, murmelte sie.
Das Mädchen wurde bleich. »Das ist *er!*«
»Nein, ist er nicht. Steig ins Auto.«
»Das ist er. Er ist ausgebrochen! Das ist er!«
»Nein! Steig ein! Rasch!«

3

Sie sah den Mann zuerst im Rückspiegel, über das Heck des Wagens gebeugt und den Kopf langsam hin und her wiegend, als er zu ihr hereinstarrte. Seine winzigen Äuglein, seine Nase, sein grinsender Mund, alles wirkte viel zu klein, als gehörte es zu einem nur halb so großen Kopf.
Eine behandschuhte Faust klopfte gegen die Heckscheibe.
»Mom!«

Sie blickte auf ihre Tochter, die am Boden unterhalb des Armaturenbretts kauerte. »Ist schon okay, Schatz.«

»Wer ist das?«

»Ich weiß nicht.«

»Ist *er* das?«

»Nein.«

Der Wagen schaukelte, als der Fremde am Türgriff zerrte. Er klopfte ans Fenster. Donna drehte sich zu ihm um. Er schien um die Vierzig zu sein, auch wenn tiefe Furchen sein Gesicht kerbten. Er war offenbar weniger an Donna interessiert als am Plastikknopf der Verriegelung. Er deutete mit seinen behandschuhten Fingern darauf und tippte gegen die Fensterscheibe.

Donna schüttelte den Kopf.

»Ich komme rein«, rief er.

Donna schüttelte den Kopf. »Nein!«

Der Mann lächelte, als handelte es sich um ein Spiel. »Ich komme rein.«

Er ließ die Klinke los und sprang in den Graben. Als er aufkam, wäre er beinahe hingefallen. Während er die Balance zu halten versuchte, blickte er über die Schulter zurück, als wollte er sich vergewissern, daß Donna seinen Sprung zu schätzen wußte. Dann schickte er sich an, den tiefen Graben entlangzustolpern, wobei er stark humpelte.

»Was macht er jetzt?« fragte Sandy vom Boden aus.

»Keine Ahnung.«

»Ist er weggegangen?«

»Er ist im Graben. Ich kann ihn nicht sehen. Der Nebel ist zu dicht.«

»Vielleicht verirrt er sich.«

»Vielleicht.«

»Wer ist er?«

»Ich weiß nicht, Honey.«

»Will er uns was tun?«

Donna antwortete nicht. Sie erblickte einen dunklen Umriß im Nebel. Langsam wurde er deutlicher, wurde zu dem fremden, humpelnden Mann. In seiner Linken hielt er einen großen Stein.

»Ist er zurück?« fragte Sandy.

»Er ist auf dem Weg.«

»Was tut er jetzt?«

»Schatz, ich möchte, daß du dich hinsetzt.«

»Was?«

»Setz dich auf deinen Platz. Wenn ich dir's sage, springst du sofort hinaus und rennst los. Renn in den Wald und versteck dich.«

»Was ist mit dir?«

»Ich werde ebenfalls versuchen zu entkommen. Aber du rennst los, sobald ich's sage, egal, was ist.«

»Nein. Ohne dich geh' ich nicht.«

»Sandra!«

»Ich will nicht!«

Donna schaute zu, wie der Mann die Böschung zum Wagen hinaufkletterte. Er zog sich an der Wagentür hoch. Dann pochte er wieder ans Fenster und deutete auf den Verriegelungsknopf. Er setzte ein Lächeln auf. »Ich komme rein«, versprach er.

»Verschwinde!«

Er hob den grauen, keilförmigen Stein in seiner Linken. Er klopfte sachte damit gegen das Fenster, ehe er sie ansah.

»Okay«, erklärte Donna.

»Mom, nicht.«

»Wir können nicht hier drin bleiben«, sagte sie ruhig.

Der Mann grinste, als Donna über ihre Schulter langte.

»Halt dich bereit, Honey.«
»Nein!«

Donna knipste den Verriegelungsknopf hoch, drückte die Klinke hinunter und warf sich gegen die Tür. Die Tür schwang auf und knallte gegen den Mann. Mit einem überraschten Ausruf taumelte er rückwärts, wobei ihm der Stein aus der Hand flog, und landete im Graben.

»Jetzt!«
»Mom!«
»Los!«
»Er wird uns kriegen!«

Donna sah ihn reglos auf dem Rücken liegen. Seine Augen waren geschlossen. »Schon in Ordnung«, sagte sie. »Schau. Er ist k.o.«

»Er spielt Toter Mann, Mom. Er wird uns kriegen.«

An der geöffneten Tür lauernd, einen Fuß auf dem schlüpfrigen Gras, starrte Donna den Mann an. Er sah mit seinen grotesk verrenkten Armen und Beinen ganz bestimmt bewußtlos aus. Bewußtlos oder gar tot.

Spielte er Toter Mann?

Sie zog den Fuß wieder ins Auto zurück, schloß die Tür und verriegelte sie. »Okay«, sagte sie, »bleiben wir.«

Das Mädchen seufzte und verkroch sich wieder nach unten auf den Boden vor dem Sitz.

Donna brachte ein Lächeln zustande. »Bist du okay?«

Sie nickte.

»Kalt?«

Noch ein Nicken. Unbeholfen drehte Donna sich um und langte mit dem Arm zum Rücksitz. Erst bekam sie Sandys Jacke zu fassen, dann ihre eigene.

Sandy kauerte sich gegen die Beifahrertür und deckte sich mit der Jacke bis auf das Gesicht ganz zu.

Donna schlüpfte in ihre blaue Windjacke.

Der Mann draußen hatte sich nicht bewegt.

»Es ist fast dunkel«, flüsterte Sandy.

»Yeah.«

»Er wird uns schnappen, sobald es dunkel ist.«

»Mußt du so einen Mist sagen?«

»Tut mir leid«, entschuldigte sich das Mädchen.

»Im übrigen glaube ich nicht, daß er sich überhaupt irgendwen schnappt. Ich glaube, er ist verletzt.«

»Er tut nur so.«

»Ich weiß nicht.« Vorgebeugt, das Kinn auf dem Lenkrad, beobachtete Donna ihn. Sie wartete auf eine Arm- oder Beinbewegung, eine Drehung des Kopfes, das Öffnen eines Auges. Dann versuchte sie zu erkennen, ob er atmete.

Bei seinem Sturz war ihm das Sweatshirt unter der offenen Jacke hochgerutscht und gab den Bauch frei. Sie betrachtete ihn aufmerksam. Er schien sich nicht zu regen, aber die Entfernung war so groß, daß ihr das schwache Heben und Senken der Atmung möglicherweise entging.

Vor allem unter all dieser Behaarung.

Er mußte von Kopf bis Fuß behaart sein. Nein, der Kopf war kahl. Ganz und gar. Oben schien eine Haube dunkler Stoppeln zu wachsen, als hätte er sich seit mehreren Tagen nicht rasiert.

Er sollte sich den Bauch rasieren, dachte Donna.

Wieder betrachtete sie ihn. Konnte immer noch keine Bewegung ausmachen.

Seine grauen Hosen hingen ihm auf den Hüften und ließen den Bund seiner Unterhose sehen. Weite Boxershorts. Gestreift. Donna blickte auf seine Füße. Seine Freizeitschuhe waren schmutziggrau und wurden von Klebeband zusammengehalten.

»Sandy?«
»Hmmm?«
»Bleib hier drin.«
»Was hast du vor?« In der Stimme des Mädchens lag Furcht.
»Ich geh' mal für ein Sekündchen nach draußen.«
»Nein!«
»Er kann uns nichts antun, Honey.«
»Bitte.«
»Ich denke, er könnte tot sein.«

Donna öffnete den Wagenschlag und kletterte vorsichtig hinaus. Sie verriegelte die Tür. Schloß sie. Überprüfte sie. Um Gleichgewicht ringend, tastete sie sich am Wagen längs und rutschte den Hang hinunter. Sie stand über den Mann gebeugt. Er regte sich nicht. Sie zog den Reißverschluß ihrer Windjacke hoch und kniete sich neben ihn.

»He«, sagte sie. Sie rüttelte ihn an der Schulter. »He, sind Sie okay?«

Sie preßte ihre flache Hand gegen seine Brust, spürte das Heben und Senken, das leichte Pochen seines Herzens.

»Können Sie aufwachen? Ich möchte Ihnen helfen. Sind Sie verletzt?«

In der Dämmerung entging ihr die Bewegung der behandschuhten Hand, bis diese sich um ihr Gelenk schloß.

4

Mit einem erschrockenen Schrei versuchte Donna sich aus dem Griff zu winden. Sie konnte die Umklammerung nicht brechen.

Er schlug die Augen auf.

»Lassen Sie los. Bitte.«

»Es tut weh«, sagte er.

Seine Hand packte fester zu. Sein Griff fühlte sich seltsam an. Als sie hinunterblickte, sah Donna, daß er sie lediglich mit zwei Fingern und dem Daumen der rechten Hand hielt. Die beiden übrigen Handschuhfinger blieben gestreckt. Mit einem Anflug von Ekel begriff sie, daß sich in diesem Teil des Handschuhs wahrscheinlich keine Finger befanden.

»Tut mir leid, wenn es weh tut«, sagte Donna, »aber jetzt tun Sie mir weh.«

»Sie werden weglaufen.«

»Nein. Ich versprech's.«

Sein fester Griff lockerte sich. »Ich wollte Ihnen nicht weh tun«, sagte er. Es klang, als wollte er gleich anfangen zu weinen. »Ich wollte bloß rein. Sie hätten mir nichts tun brauchen.«

»Ich hatte Angst.«

»Ich wollte bloß rein.«

»Wo sind Sie verletzt?«

»Da.« Er deutete auf seinen Hinterkopf.

»Ich kann nichts sehen.«

Stöhnend rollte er sich herum. Donna erkannte den bleichen Umriß eines Steines an der Stelle, wo er gelegen hatte. Obschon es bereits zu dunkel war, um sicher zu sein, schien an seinem Kopf kein Blut zu kleben. Sie berührte ihn, spürte den weichen Flaum seiner Haarstoppeln und ertastete eine Beule. Dann untersuchte sie ihre Finger. Sie rieb sie gegeneinander. Kein Blut.

»Ich heiße Axel«, sagte der Mann. »Axel Kutch.«

»Ich bin Donna. Ich glaube nicht, daß Sie bluten.«

»Doa-nah.«

»Ja.«

»Donna.«

»Axel.«

Er richtete sich auf. »Ich wollte bloß rein.«

»Ist schon okay, Axel.«

»Muß ich jetzt gehen?«

»Nein.«

»Kann ich bei Ihnen bleiben?«

»Vielleicht können wir alle zusammen wegkommen. Würden Sie uns irgendwohin fahren, wo wir Hilfe holen können?«

»Ich fahre gut.«

Donna half ihm aufzustehen. »Warum warten wir nicht, bis der Nebel sich lichtet, dann könnten Sie uns irgendwohin fahren, um Hilfe zu holen.«

»Heim.«

»Ihr Heim?«

Er nickte. »Es ist sicher.«

»Wo wohnen Sie?«

»Malcasa Point.«

»Liegt das in der Nähe?«

»Wir fahren dorthin.«

»Wo ist das, Axel?«

Er deutete in die Dunkelheit. Norden.

»Wir fahren heim. Dort sind wir sicher.«

»Okay. Aber wir müssen warten, bis der Nebel sich lichtet. Sie warten in Ihrem Wagen und wir in unserem.«

»Kommen Sie mit mir.«

»Wenn sich der Nebel lichtet. Good-bye.« Sie fürchtete, er würde sie daran hindern, ins Auto zu steigen, aber das tat er nicht. Sie schloß die Tür und kurbelte das Fenster hinunter. »Axel?« Er humpelte näher. »Dies ist meine Tochter Sandy.«

»Sään-diee«, sagte er.

»Dies ist Axel Kutch.«

»Hi«, begrüßte Sandy ihn mit leiser, unsicherer Stimme.

»Wir sehen uns später«, sagte Donna. Sie winkte und kurbelte das Fenster hoch.

Einige Augenblicke lang starrte Axel die beiden stumm an. Dann kletterte er den Hang hinauf und war verschwunden.

»Was stimmt denn nicht mit ihm?« fragte das Mädchen.

»Ich glaube, er ist... schwerfällig.«

»Du meinst, ein Irrer?«

»Es ist nicht nett, es so auszudrücken, Sandy.«

»Wir haben solche in der Schule. Irre. Weißt du, wie man die nennt? Sonderfälle.«

»Das klingt schon besser.«

»Yeah. Mag sein. Wohin ist er gegangen?«

»Zurück zu seinem Wagen.«

»Fährt er weg?« Sandys Stimme klang vor Hoffnung ganz eifrig.

»Nein. Wir warten, bis der Nebel dünner wird, dann wird er uns von hier fortbringen.«

»Wir fahren mit seinem Wagen?«

»Unserer bringt uns nirgendwo mehr hin.«

»Ich weiß, aber...«

»Würdest du lieber hierbleiben?«

»Er macht mir angst.«

»Das kommt nur daher, weil er seltsam ist. Hätte er uns was antun wollen, hätte er reichlich Gelegenheit dazu gehabt. Mit Sicherheit hätte er dafür keinen günstigeren Ort als diesen finden können.«

»Vielleicht, vielleicht auch nicht.«

»Egal, wir können nun mal nicht hierbleiben.«

»Ich weiß. Dad wird uns sonst kriegen.« Die Augen des

Mädchens waren wie schwarze Löcher im bleichen Oval ihres Gesichts. »Dad ist nicht mehr im Gefängnis, stimmt's?«

»Nein, nicht mehr. Der Bezirksstaatsanwalt... erinnerst du dich an Mr. Goldstein?... Er hat mich heute früh angerufen. Sie haben Dad gestern entlassen. Mr. Goldstein wollte uns warnen.«

»Sind wir auf der Flucht?«

»Ja.«

Das Mädchen auf dem Boden versank in Schweigen. Donna, die sich gegen das Steuer gelehnt hatte, schloß die Augen. Irgendwann schlief sie ein. Ein leises Schluchzen weckte sie.

»Sandy, was ist?«

»Es bringt nichts.«

»Was?«

»Er wird uns kriegen.«

»Honey!«

»Das *wird* er!«

»Versuch zu schlafen, Honey. Alles wird gut. Du wirst sehen.«

Bis auf ein gelegentliches Schniefen schwieg das Mädchen. Donna wartete, gegen das Steuerrad gelehnt, auf Schlaf. Als er endlich kam, war es ein angespannter, schmerzlicher Halbschlaf mit wilden Träumen. Sie hielt so lange aus, wie sie konnte. Schließlich mußte sie doch raus. Wenn ihr übriger Körper die Qualen auch aushielt, ihre volle Blase vermochte es nicht.

Nachdem sie sich die Kleenex-Schachtel vom Boden gefischt hatte, stieg sie leise aus dem Auto. Die eisige Luft ließ sie zittern. Sie atmete tief durch. Durch Kopfkreisen versuchte sie, ihren steifen Nacken zu lockern. Es schien nicht viel zu nützen. Sie verriegelte die Tür und schob sie leise zu.

Ehe sie den Griff losließ, warf sie einen Blick über das Wagendach hinweg. Am Straßenrand stand kaum zwanzig Fuß vom Heck des Maverick entfernt ein Pick-up.

Axel Kutch hockte auf dem Dach der Fahrerkabine, und seine Beine baumelten vor der Windschutzscheibe. Sein gen Himmel gewandtes Gesicht wurde vom Vollmond angestrahlt. Er schien ihn wie in Trance anzustarren.

Leise kroch Donna den Hang hinunter. Vom Grund des Grabens aus konnte sie Axels Kopf noch erkennen. Sie behielt ihn im Auge, als sie ihre Cordhose öffnete. Der mächtige Schädel war nach hinten geneigt, und der Mund stand offen. Sie ging dicht bei ihrem Wagen in die Hocke.

Eine kalte Brise berührte ihre Haut.

Es war kalt. Wie damals. Und ich hatte die Hosen runter.
Alles wird gut werden, dachte sie.

Er wird uns finden.

Als sie fertig war, kletterte Donna den Hang zum Straßenrand hinauf. Axel, immer noch auf dem Dach der Kabine seines Pritschenwagens sitzend, schien nichts zu bemerken.

»Axel?«

Seine Hände krampften sich zusammen. Er sah zu ihr hinunter und lächelte. »Donna«, sagte er.

»Der Nebel ist weg. Vielleicht könnten wir jetzt aufbrechen.«

Wortlos sprang er herunter. Als er auf dem Asphalt aufkam, gab sein linkes Bein nach, aber er behielt das Gleichgewicht.

»Was ist?« rief Sandy zu ihnen herüber.

»Wir fahren los.«

Zu dritt luden sie das Gepäck vom Maverick um auf die Ladefläche des Pick-up. Dann stiegen sie ein, wobei Donna sich zwischen Axel und ihre Tochter setzte.

»Hilf mir, mich zu erinnern, wo unser Wagen steckt«, ermahnte sie Sandy.

»Werden wir zurückkommen und ihn holen?«

»Aber sicher.«

Axel lenkte seinen Kleinlaster auf die Straße. Er grinste Donna an. Sie grinste zurück.

»Sie riechen gut«, meinte er.

Sie dankte ihm.

Dann schwieg er. Im Radio sang Jeannie C. Riley über die Harper Valley PTA. Vor dem Ende des Songs schlief Donna ein. Einige Zeit später öffnete sie die Augen, sah, wie die Scheinwerfer eine Schneise in die Dunkelheit über der kurvenreichen Straße schlugen, und schloß sie wieder. Später wurde sie wach, als Axel mit kräftiger, tiefer Stimme das Lied ›The Blind Man in the Bleachers‹ anstimmte. Wieder sank sie in Schlaf. Eine Hand auf ihrem Schenkel weckte sie.

Axels Hand.

»Da wären wir«, erklärte er. Indem er die Hand fortnahm, zeigte er auf etwas.

Die Scheinwerfer beleuchteten ein metallenes Schild: *Willkommen in Malcasa Point, 400 E. Fahren Sie vorsichtig.*

Durch die Stäbe eines schmiedeeisernen Zaunes hindurch sah Donna ein dunkles Haus im viktorianischen Stil: eine seltsame Komposition aus Erkerfenstern, Giebeln und Balkonen. An einem Ende des Daches ragte eine kegelförmige Spitze in die Nacht.

»Was ist das für ein Haus?« flüsterte sie.

»Das Haus der Schrecken«, erklärte Axel.

»*Das* Haus der Schrecken?«

Er nickte.

»Wo es diese Morde gab?«

»Sie waren selbst schuld.«
»Wer?«
»Sie sind nachts rein.«
Er drosselte das Tempo.
»Was haben Sie...?«
Er bog in eine ungepflasterte Straße ein, direkt gegenüber dem Kassenhäuschen vom Haus der Schrecken. Vor ihnen, vielleicht fünfzig Meter weiter die Straße hoch, erhob sich ein zweigeschossiges Backsteinhaus mit einer Garage.
»Da sind wir«, sagte Axel.
»Was ist *das*?«
»Zuhause. Da ist es sicher.«
»Mom?« Sandys Stimme war ein verzweifeltes Stöhnen.
Donna ergriff die Hand des Mädchens. Die Innenfläche war schwitzig.
»Es ist sicher«, wiederholte Axel.
»Es hat keine Fenster. Kein einziges Fenster.«
»Nein. Es ist sicher.«
»Da gehen wir nicht hinein, Axel.«

5

»Gibt es keinen anderen Ort, an dem wir die Nacht verbringen könnten?« fragte Donna.
»Nein.«
»Es gibt nichts?«
»Ich will Sie hier haben.«
»Wir werden nicht hierbleiben. Nicht in *diesem* Haus.«
»Mutter ist da.«
»Darum geht's nicht. Bringen Sie uns woanders hin. Es muß doch ein Motel oder so was geben.«

»Sie sind böse auf mich«, sagte er.

»Nein, bin ich nicht. Bringen Sie uns einfach nur irgendwo anders hin, wo wir bis morgen früh bleiben können.«

Er setzte auf der schmalen Straße zurück und fuhr durch das kleine Geschäftsviertel von Malcasa Point. Am Nordende des Ortes befand sich eine Chevron-Tankstelle. Geschlossen. Eine halbe Meile weiter bog Axel auf den beleuchteten Parkplatz des Welcome Inn ein. Darüber zuckte ein rotes Neonschild mit der Aufschrift »Zimmer frei«.

»Das ist schon in Ordnung«, sagte Donna. »Lassen Sie uns nur unser Gepäck ausladen, dann sind wir vollkommen zufrieden.«

Sie kletterten aus dem Kleinlaster. Auf die Ladefläche langend, hob Axel die Koffer herunter.

»Ich fahr' heim«, sagte er.

»Vielen Dank, daß Sie uns geholfen haben.«

Er grinste und zuckte die Achseln.

»Yeah«, meinte Sandy. »Auch meinerseits.«

»Wartet.« Sein Grinsen wurde richtig breit. Er griff in seine Gesäßtasche und zog seine Brieftasche heraus. Das schwarze Leder wirkte alt und wies den trüben Glanz jahrelanger Benutzung sowie ausgefranste Ecken auf. Sie klappte auf. Er spreizte das Geldfach auseinander, das eher durch eine Unmenge von Papieren und Karten als durch Geld aufgebläht wurde. Die Brieftasche wenige Zoll vor seiner Nase haltend, kramte er darin. Er begann zu brummeln. Mit einem stummen Flehen um Geduld blickte er Donna an, dann schenkte er Sandy ein kurzes verlegenes Lächeln.

»Wartet«, sagte er. Nachdem er ihnen den Rücken zugedreht hatte, beugte er den Kopf und biß in die Fingerspitzen seines rechten Handschuhs.

Donna warf einen Blick zum Büro des Motels hinüber. Es

schien leer zu sein, war aber beleuchtet. Im Coffee-Shop auf der anderen Seite der Zufahrt war es voll. Sie konnte Pommes frites riechen. Ihr Magen knurrte.

»Ah!« Während der Handschuh zwischen seinen Zähnen baumelte, fuhr Axel herum. In der Hand – oder was davon übrig war – hielt er zwei blaue Karten. Sein Handrücken war mit Narben übersät. Von den beiden fehlenden Fingern waren nur zwei kurze Stümpfe geblieben. Zwei fleischfarbene Verbände waren um seinen Daumen gewickelt.

Donna nahm die Karten und lächelte trotz der plötzlichen Übelkeit in ihrem Magen. Sie kniff die Augen zusammen, um den Aufdruck zu lesen. »*Gutschein*« stand in Blockschrift darauf. Die kleinere Schrift darunter war im Licht des Parkplatzes schwer zu entziffern, aber sie strengte sich an und las laut vor: »Dieses Ticket berechtigt den Besitzer zur Teilnahme an einer kostenlosen Führung durch Malcasas berüchtigtes, weltbekanntes Haus der Schrecken...«

»Durch dieses gräßliche alte Ding mit dem Zaun?« fragte Sandy.

Axel nickte grinsend. Donna sah, daß er den Handschuh wieder angezogen hatte.

»He, das wäre stark!«

»Ich arbeite da«, erklärte er und sah stolz dabei aus.

»Gibt es dort wirklich ein Ungeheuer?« fragte das Mädchen.

»Nur nachts. Keine Führung nach vier.«

»Nun, vielen Dank für die Tickets, Axel. Und dafür, daß Sie uns hergefahren haben.«

»Werden Sie kommen?«

»Wir werden versuchen, uns die Zeit zu nehmen«, sagte Donna, obwohl sie keineswegs die Absicht hatte, einen derartigen Ort zu besichtigen.

»Sind Sie der Führer?« fragte Sandy.

»Ich mache sauber. Schrubbe-di-schrubb.« Ihnen zuwinkend, kletterte er in seinen Kleinlaster. Donna und Sandy schauten zu, wie er vom Parkplatz rollte. Er verschwand auf der Straße nach Malcasa Point.

»Also.« Donna holte tief Luft und genoß die Erleichterung über Axels Abfahrt. »Jetzt tragen wir uns erstmal ein, und dann essen wir einen Happen.«

»Ein Happen wird wohl nicht reichen.«

»Wir kaufen den ganzen Laden.«

Sie schnappten sich ihr Gepäck und marschierten zum Büro des Motels.

»Können wir morgen die Besichtigung mitmachen?« fragte Sandy.

»Wir werden sehen.«

»Heißt das nein?«

»Wenn du an der Führung teilnehmen möchtest, tun wir das.«

»Prima!«

Zweites Kapitel

Roy läutete an der Tür von Apartment 10 und wartete. Innen war nichts zu hören. Er drückte fünfmal hintereinander auf den Klingelknopf.

Elende Schlampe, warum öffnete sie nicht?

Vielleicht ist sie nicht zu Hause.

Sie mußte zu Hause sein. Niemand ist Sonntagnacht weg, nicht bis halb zwölf.

Vielleicht schläft sie.

Er pochte mit den Knöcheln gegen die Tür. Wartete. Klopfte wieder.

Hinten im Flur öffnete sich eine Tür. Ein Mann im Schlafanzug schaute heraus. »Nun hören Sie endlich auf damit, ja?«

»Fick dich ins Knie.«

»Hören Sie, Freundchen…«

»Wenn ich dir den Arsch aufreißen soll, genügt ein weiteres Wort.«

»Verschwinden Sie von hier, oder ich rufe die Bullen.«

Roy ging auf ihn zu. Der Mann knallte die Tür zu. Roy hörte das Klirren einer Sicherheitskette.

Okay, der Typ wählt jetzt wahrscheinlich.

Die Bullen würden einige Minuten benötigen, um herzukommen. Er beschloß, diese Minuten zu nutzen.

Sich gegen die Wand vis-à-vis von Apartment 10 abstützend, schnellte er vorwärts. Der Absatz seines Schuhs traf die Tür dicht beim Knauf. Mit einem Krachen sprang sie auf. Roy bückte sich, schob sein rechtes Hosenbein hinauf und zog das Messer aus der Scheide, das er gerade erst in einem Sportgeschäft gekauft hatte. Mit gezücktem Jagdmesser betrat er die dunkle Wohnung.

Er schaltete eine Lampe ein. Durchquerte das Wohnzimmer. Eilte einen kurzen Flur entlang. Das Zimmer zur Linken, wahrscheinlich Sandys, war leer. Dasselbe galt für das auf der rechten Seite. Dort öffnete er den Kleiderschrank. Die meisten Bügel waren frei.

Mist!

Er rannte aus der Wohnung, die Treppe hinunter und durch den Hintereingang auf die schmale Gasse hinaus. Gegenüber befand sich eine Reihe von Garagen. Er lief bis hinter die letzte Garage und entdeckte ein kleines Tor. Er stieß es auf. Ein Fußweg führte an einem Wohnhaus entlang. Er folgte ihm bis zur Straße.

Es kam kein Auto.

Er sprintete über die Straße.

Dort standen Eigenheime statt Apartmenthäuser. Entschieden besser. Er verkroch sich hinter einem Baum und wartete ein vorbeifahrendes Auto ab. Als es fort war, begann er, den Bürgersteig entlangzulaufen, wobei er jedes Haus musterte und nach dem vielversprechendsten Ausschau hielt.

Er wählte ein kleines, mit Stuck verziertes Haus, dessen Fenster dunkel waren. Er wählte es nicht wegen der Dunkelheit, sondern wegen des Mädchenfahrrads, das im Vorgarten stand.

Unvorsichtig, es dort zu lassen.

Es konnte gestohlen werden. Vielleicht glaubte man, der niedrige Zaun würde es schützen.

Der Zaun würde gar nichts schützen.

Roy langte über das Tor und hob sachte den Riegel. Das Tor quietschte, als er es aufstieß. Er schloß es behutsam und eilte den Weg zu den Eingangsstufen hinauf. Die Tür besaß keinen Spion. Das machte es ihm einfacher.

Er pochte fest und drängend. Er wartete einige Sekunden und schlug dann noch dreimal gegen die Tür.

Im Wohnzimmerfenster ging ein Licht an.

»Wer ist da?« fragte ein Mann.

»Polizei.« Roy trat zurück und duckte sich leicht, die rechte Schulter gegen die Tür gepreßt.

»Was wünschen Sie?«

»Wir evakuieren das Viertel.«

»Was?«

»Wir evakuieren die Gegend. Eine Hauptgasleitung ist gebrochen.«

Die Tür wurde geöffnet.

Roy sprang vorwärts. Die Sicherheitskette spannte sich. Ihre Halterung riß aus dem Türpfosten. Die Tür knallte gegen den Mann und brachte ihn rücklings zu Fall. Roy hechtete sich auf ihn, hielt ihm den Mund zu und rammte ihm das Messer in die Kehle.

»Marv?« rief eine Frauenstimme. »Was ist da draußen los?«

Roy schloß die Haustür.

»Marv?« Furcht in der Stimme. »Marv, ist alles mit dir in Ordnung?«

Roy hörte eine Wählscheibe surren. Er rannte in den Flur. Am Ende drang Licht aus einer geöffneten Tür. Er hetzte darauf zu. Er hatte sie fast erreicht, als ein Mädchen aus einer dunklen Türöffnung trat, ihn anstarrte und nach Luft schnappte. Roy packte sie am Haarschopf.

»Mommy!« rief Roy. »Leg auf, oder ich schneide deiner Tochter die Kehle durch.«

»Gütiger Himmel!«

»Ich will's hören!« Er zerrte am Haar des Mädchens. Das Kind schrie auf.

Der Hörer polterte. »Aufgelegt! Ich habe aufgelegt!«

Roy zwirbelte den Schopf des Mädchens, so daß sie sich umdrehen mußte. »Vorwärts!« sagte er. Er drückte ihr die Messerklinge gegen die Kehle und marschierte mit ihr zum anderen Schlafzimmer.

Die Frau stand direkt neben ihrem Bett, verkrampft und zitternd. Sie trug ein weißes Nachthemd. Ihre blassen Arme waren über ihrer Brust verschränkt, als wollte sie sich selbst wärmen.

»Was... was haben Sie mit Marv gemacht?«

»Ihm geht's gut.«

Ihr Blick wanderte zu Roys Hand mit dem Messer. Er schaute hinunter. Seine Hand glänzte rot. »Dann habe ich wohl gelogen«, meinte er.

»Gott im Himmel! O barmherziger Gott!«

»Halt die Schnauze!«

»Sie haben meinen Marv umgebracht!«

Er stieß das Mädchen grob auf das Bett und stürzte sich auf die hysterische Frau. Ihr Mund klaffte weit zu einem Schrei auf. Er packte sie vorne am Nachthemd, riß sie hoch und jagte ihr das Messer in den Bauch. Sie schnappte nach Luft, als hätte man ihr die Luftröhre herausgeschlagen.

»Hältst du jetzt die Klappe?« fragte Roy und stieß wieder zu.

Sie sackte in sich zusammen, und Roy ließ ihr Nachthemd los. Sie sank auf die Knie, wobei sie beide Hände gegen ihren Bauch preßte. Dann fiel sie nach vorne.

Das Mädchen auf dem Bett regte sich nicht. Es starrte nur vor sich hin.

»Du möchtest doch nicht auch erstochen werden, oder?« fragte er sie.

Die Kleine schüttelte den Kopf. Sie zitterte. Sie sah aus, als würde sie gleich schreien.

Roy blickte an sich hinunter. Sein Hemd und die Hose trieften vor Blut.

»Ich schätze, ich habe mich ganz schön versaut, nicht?«

Sie schwieg.

»Wie heißt du?«

»Joni.«

»Wie alt bist du, Joni?«

»Ich werde zehn.«

»Warum kommst du nicht mit und hilfst mir, mich sauberzumachen?«

»Ich mag nicht.«

»Möchtest du, daß ich dich absteche?«

Sie schüttelte den Kopf. Ihre Lippen zitterten.

»Dann komm mit.« Er packte ihre Hand und zog sie vom Bett. Auf dem Weg zum Bad grinste er voller Vorfreude. Endlich konnte er das tun, wonach er sich so lange gesehnt hatte.

Drittes Kapitel

1

Die nubischen Wachen, wie Loddel gekleidet, kamen von allen Seiten auf Rucker zu. Ihre schwarzen Gesichter glänzten schweißnaß, ihre großen Zähne schimmerten weiß. Einige zielten mit Handfeuerwaffen auf ihn, andere begannen mit Streufeuern aus AK-47-Sturmgewehren. Er mähte sie nieder, aber es kamen immer mehr, rennend, kreischend, Entermesser schwingend. Sein American 180 brannte Löcher in ihre leuchtenden Hemden. Sie fielen, aber es kamen mehr.

Woher, zum Teufel, kommen die? fragte er sich.

Aus der Hölle.

Er feuerte weiter. Hundertsiebzig Schuß in sechs Sekunden. Verdammt lange sechs Sekunden.

Sie kamen immer noch. Einige trugen Speere. Einige waren jetzt nackt.

Er ließ den Patronengurt fallen, stopfte einen anderen an seine Stelle und feuerte weiter.

Jetzt waren sie alle nackt. Ihre schwarze Haut schimmerte im Mondlicht, und ihr Lächeln war breit und weiß. Niemand trug Schießeisen. Nur Messer, Schwerter und Speere.

Ich habe die Loddel alle niedergemacht, dachte er. Wer sind denn die? Die Reserve. Wenn ich die erledigt habe, bin ich zu Hause.

Doch nackte Angst flüsterte ihm eine Todesbotschaft ins Ohr. Als er hinabblickte, sah er den Lauf seines Gewehrs herunterbaumeln, schmelzen.

O Jesus, o Jesus, jetzt kriegen sie mich. Sie werden mich allemachen. Sie werden mir den Kopf abschneiden. O Jesus!

Nach Luft schnappend, mit rasendem Herzen, ruckte er hoch. Er war allein im Schlafzimmer. Ein Schweißtropfen rann ihm den Rücken hinunter. Er fuhr sich mit der Hand durchs nasse Haar und wischte sie am Laken trocken.

Er schaute auf den Wecker.

Erst fünf nach zwölf. *Verdammt.* Viel früher als sonst. Wenn ihn die Alpträume um vier oder fünf aus dem Schlaf rissen, konnte er zum Frühstück ausgehen und den Tag beginnen. Wenn sie schon so früh kamen, war das übel.

Er stand auf. Der Schweiß auf seinem nackten Körper wurde kalt. Im Bad trocknete er sich mit einem Handtuch ab. Dann zog er sich einen Bademantel über und ging ins Wohnzimmer des Apartments. Er knipste alle Lampen an. Dann den Fernseher. Er schaltete durch alle Kanäle. *The Bank Dick* lief. Mußte um zwölf angefangen haben. Er holte sich eine Dose Bier aus dem Kühlschrank, eine Dose Erdnüsse aus dem Schrank und kehrte ins Wohnzimmer zurück.

Als er nach der Fernbedienung griff, sah er seine Hand zittern.

Bei einem Job zitterte sie nie.

Judgement Rucker hat Eier aus Stahl.

Wenn man ihn jetzt so sehen könnte.

Das kam von diesen verdammten Alpträumen.

Nun, das würde sich legen. War immer so. Nur eine Frage der Zeit.

Sieh dir den Film an.

Er versuchte es.

Als das Bier alle war, holte er sich in der Küche ein neues. Er zog die Lasche auf und schaute aus dem Fenster. Mondlicht zauberte einen silbernen Pfad übers Wasser. Jenseits der Bucht legte der Nebel eine weiße Decke über die Hügel von Sausalito. Nebel hüllte auch das meiste der Golden Gate Bridge ein. Alles bis auf die Spitze ihres nördlichen Pylons mit seinem rot zuckenden Licht lag im Nebel. Wahrscheinlich lugte der andere Pylon ebenfalls heraus, aber auf diesen Teil der Brücke versperrte Belvedere Island den Blick. Er ging mit seinem Bier ins Wohnzimmer.

Er wollte sich gerade auf die Couch setzen, als ein rauher männlicher Schrei des Grauens die Stille durchbrach.

2

Jud lauschte an der Tür zu Apartment 315. Drinnen hörte er einen Mann hastig einatmen. Jud klopfte leise an.

Am Ende des Korridors lugte eine Frau mit Lockenwicklern aus ihrer Tür. »Wir wollen doch leise sein, nicht? Wenn Sie nicht leise sein können, rufe ich die Cops. Wissen Sie, wie spät es ist?«

Jud lächelte sie an. »Ja«, sagte er.

Die Empörung wich aus ihrem Gesicht. Sie setzte ein unverbindliches Lächeln auf. »Sie sind der neue Mieter, nicht wahr? Der aus 308? Ich bin Sally Leonard.«

»Gehen Sie jetzt schlafen, Miss Leonard.«
»Ist etwas mit Larry?«
»Ich kümmere mich darum.«

Immer noch lächelnd, zog Sally den Kopf wieder zurück und schloß die Tür.

Jud klopfte nochmals bei 315.

»Wer ist da?« fragte ein Mann durch die Tür.
»Ich hörte einen Schrei.«
»Tut mir leid. Sind Sie dadurch wach geworden?«
»Ich war schon auf. Wer hat geschrien?«
»Ich. Es war nichts. Bloß ein Alptraum.«
»Das nennen Sie nichts?«

Jud hörte das Rutschen einer Sicherheitskette. Die Tür wurde von einem Mann in gestreiftem Schlafanzug geöffnet.

»Es hörte sich an, als würden Sie sich mit Alpträumen auskennen«, sagte der Mann. Obschon sein schlafzerzaustes Haar weiß wie Nebel war, schien er nicht älter als vierzig zu sein. »Ich heiße Lawrence Maywood Usher.« Er reichte Jud seine Hand. Sie war knöchern und feucht vor Schweiß. Der matte Griff besaß eine Schwachheit, die alle Kraft aus Juds Hand zu saugen schien.

»Ich bin Jud Rucker«, erklärte er und trat ein.

Der Mann schloß die Tür. »Nun, Judson...«
»Es heißt Judgement.«

Larry merkte sogleich auf. »Wie Judgement Day, das Jüngste Gericht?«

»Mein Vater ist Baptistenprediger.«

»Judgement Rucker. Faszinierend. Möchten Sie einen Kaffee, Judgement?«

Er dachte an die offene Dose Bier in seiner Wohnung. Zum Teufel damit, er konnte sie morgen zum Kochen verwenden.

»Gerne, Kaffee wäre toll.«

»Sind sie ein Connaisseur?«

»Kaum.«

»Egal, dieser wird Ihnen schmecken. Haben Sie jemals Jamaican Blue Mountain gekostet?«

»Nicht, daß ich wüßte.«

»Nun, die Gelegenheit ist gekommen. Ihr Schiff ist eingelaufen.«

Jud grinste erstaunt über die Lebendigkeit jenes Mannes, der eben noch so entsetzlich geschrien hatte.

»Würden Sie mich in die Küche begleiten?«

»Gerne.«

In der Küche öffnete Larry einen kleinen schwarzen Beutel und hielt ihn Jud unter die Nase. Jud schnüffelte das strenge Kaffee-Aroma. »Riecht gut«, meinte er.

»Sollte er auch. Es ist der beste. In welcher Branche sind Sie, Judgement?«

»Bau«, sagte er. Es war seine übliche Tarnung.

»Oh?«

»Ich arbeite für Brecht Brothers.«

»Klingt wie ein deutsches Hustenbonbon.«

»Wir bauen Brücken, Kraftwerke. Und Sie?«

»Ich lehre.«

»High-School?«

»Gott bewahre! Ich hatte vor zehn Jahren genug von diesen rüden, unverschämten, unflätigen Bastarden. Nie wieder! Gott bewahre!«

»Wen unterrichten Sie jetzt?«

»Die Elite.«

Er kurbelte an der Mühle, zerkleinerte die Kaffeebohnen. »Fast ausschließlich höhere Semester an der USF. Amerikanische Literatur.«

»Und die sind nicht unflätig?«

»Die Flüche sind nicht gegen *mich* gerichtet.«

»Das macht sicher einen Unterschied«, sagte Jud. Er sah zu, wie der Mann den Kaffee in den Filter einer Kaffeemaschine löffelte und diese anstellte.

»Den *ganzen* Unterschied. Wollen wir uns setzen?«

Sie begaben sich ins Wohnzimmer. Larry wählte das Sofa. Jud ließ sich in einem Ruhesessel nieder.

»Ich bin froh, daß Sie vorbeigekommen sind, Judgement.«

»Wie wär's mit Jud?«

»Wie wär's mit Judge?«

»Wie ›Richter‹? Ich bin nicht mal Anwalt.«

»Ihrem Aussehen nach jedenfalls gäben Sie einen guten Richter ab. Über Charakter, Situationen und über Recht und Unrecht.«

»Dies alles können Sie aus meinem Äußeren schließen?«

»Natürlich. Also werde ich Sie Judge nennen.«

»Na schön.«

»Verraten Sie mir eins, Judge: Was hat Sie veranlaßt, an meine Tür zu klopfen?«

»Ich hörte den Schrei.«

»Erkannten Sie, daß er durch einen Alptraum hervorgerufen wurde?«

»Nein.«

»Vielleicht hatte mich jemand umgebracht.«

»Das kam mir in den Sinn.«

»Aber nichtsdestotrotz kamen Sie. Unbewaffnet. Sie müssen ein furchtloser Mann sein, Judge.«

»Kaum.«

»Oder Sie haben vielleicht soviel Schreckliches erlebt, daß die Aussicht, einem Mörder gegenüberzustehen, Ihnen harmlos erscheint.«

Jud lachte. »Sicher.«

»Egal. Ich bin jedenfalls froh, daß Sie gekommen sind. Gegen die Schrecken der Nacht gibt es kein besseres Mittel als ein freundliches Gesicht.«

»Kommen Ihre Schrecken oft?«

»Seit drei Wochen jede Nacht. Nicht ganz drei Wochen – das wären einundzwanzig Tage – und ich habe die Alpträume erst seit neunzehn Nächten. Erst! Ich muß Ihnen sagen, es kommt mir wie Jahre vor.«

»Ich weiß.«

»Manchmal frage ich mich, ob es je eine Zeit vor den Alpträumen gegeben hat. Natürlich gab es die. Ich bin kein Irrer, das ist Ihnen hoffentlich klar, nur verstört. Nervös, äußerst fürchterlich nervös war ich gewesen und bin es noch; aber warum *werden* Sie sagen, ich bin verrückt?«

»Sagte ich nicht.«

»Nein, natürlich nicht.« Er grinste mit einem Mundwinkel. »Das ist Poe. ›The Tell-Tale Heart‹. Über einen anderen verzweifelten Typ. Verzweifelt bis zum Punkt der Verrücktheit. Sehe ich verrückt aus?«

»Sie sehen müde aus.«

»Neunzehn Nächte.«

»Wissen Sie, was Ihre Alpträume ausgelöst hat?« fragte Jud.

»Ich will es Ihnen zeigen.« Unter einem *Time*-Magazin zog er einen Zeitungsausschnitt hervor. »Sie könnten es lesen, während ich mich um den Kaffee kümmere.«

Er erhob sich vom Sofa und reichte Jud den Artikel. Allein im Zimmer, lehnte Jud sich im Sessel zurück und las:

DREI IM HAUS DER SCHRECKEN ABGESCHLACHTET
(*Malcasa Point*) – Die verstümmelten Leichen von zwei Männern und einem elfjährigen Jungen wurden am

Mittwochabend im »Haus der Schrecken«, der grausigen Touristenattraktion von Malcasa Point, gefunden.

Der örtlichen Polizeibehörde zufolge betrat Patrolman Daniel Jenson das Haus um 23 Uhr 45, um dem Verdacht auf Eindringlinge nachzugehen. Als er keinen Kontakt zur Zentrale aufnahm, wurde ein Streifenwagen zum Ort geschickt. Mit Hilfe der Freiwilligen Feuerwehr wurde das Gebiet abgeschirmt, ehe Beamte das Gebäude betraten.

Die Leiche von Patrolman Jenson wurde im Flur des ersten Stockwerks neben der Leiche von Mr. Matthew Ziegler und dessen Sohn Andrew gefunden. Alle drei fielen offensichtlich einem Messerangriff zum Opfer.

Mary Ziegler, Witwe des Verblichenen, berichtete, Matthew sei wütend über die Reaktion ihres Sohnes auf eine Führung durch das Haus der Schrecken gewesen und habe geschworen, ›ihm die Bestie zu zeigen‹. Kurz nach 23 Uhr Mittwochnacht fuhr er mit dem Jungen zum Haus der Schrecken. Er beabsichtigte, dort einzubrechen und den jungen Andrew zu zwingen, ›seiner Furcht ins Auge zu sehen‹.

Das Haus der Schrecken, im Jahre 1902 von der Witwe des Anführers der berüchtigten Thorn Gang, Lyle Thorn, erbaut, war seitdem Schauplatz von nicht weniger als elf mysteriösen Morden. Die gegenwärtige Eigentümerin, Maggie Kutch, zog 1931 aus dem Haus aus, nachdem ihr Ehemann und drei Kinder ›von einer wütenden weißen Bestie zerfetzt‹ worden waren, die durch ein Kellerfenster in das Haus eingedrungen war. Kurz nach dem brutalen Gemetzel öffnete Mrs. Kutch das Haus für Führungen.

Es wurden keine weiteren Vorkommnisse gemeldet,

bis 1951 zwei zwölfjährige Jungen aus Malcasa Point das Haus nach Sonnenuntergang betraten. Ein Junge, Larry Maywood, entkam mit geringfügigen Verletzungen. Die verstümmelte Leiche seines Freundes, Tom Bagley, wurde bei Sonnenaufgang von der Polizei gefunden.

Als Kommentar zu den jüngsten Morden erklärte die einundsiebzigjährige Besitzerin des Hauses: »Nach dem Dunkelwerden gehört das Haus der Bestie.«

Nach Ansicht von Malcasa Point Police Chief Billy Charles »ist für den Tod von Patrolman Jenson und den Zieglers keine Bestie verantwortlich. Sie wurden von einem Mann abgeschlachtet, der ein scharfes Instrument geschwungen hat. Wir erwarten, den Täter binnen Kürze dingfest machen zu können.«

Die Führungen durch das Haus der Schrecken wurden ausgesetzt, bis die polizeilichen Ermittlungen abgeschlossen sind.

Jud beugte sich im Sessel vor und sah Larry ins Gesicht, der nervös lächelnd mit zwei Tassen Kaffee ins Wohnzimmer zurückkam. Er nahm eine der Tassen entgegen. Er wartete, bis Larry sich gesetzt hatte. Dann sagte er: »Sie haben sich als Lawrence Maywood Usher vorgestellt.«

»Ich bin immer ein großer Bewunderer von Poe gewesen. Tatsächlich war es wohl sein Einfluß, der mich auf die Idee brachte, in jener Nacht mit Tommy das Haus der Schrecken zu erkunden. Es schien mir nur folgerichtig, daß ich, als ich zu der Überzeugung gelangt war, für mein Überleben sei ein neuer Name essentiell, den Namen von Poes besessenem Roderick Usher annahm.«

3

Lawrence Maywood Usher nippte Kaffee aus seiner fragilen chinesischen Porzellantasse. Jud beobachtete, wie er die Flüssigkeit im Mund hin und her rollte, als wäre es edler Wein, sie verkostete, ehe er sie hinunterschluckte. »Ah, köstlich.«

Er sah begierig zu Jud hinüber.

Jud hob seine Tasse. Ihm gefiel das starke Aroma, und er nahm einen Schluck. Es schmeckte kräftiger, als ihm lieb war. »Nicht übel«, meinte er.

»Sie sind ein Meister der Untertreibung, Judge.« Besorgnis furchte das Gesicht des hageren Mannes. »*Mögen* Sie ihn?«

»Er ist ausgezeichnet. Sehr gut. Ich bin an solche Dinge nicht gewöhnt.«

»*Gewöhnen* Sie sich nie an etwas, daß Sie lieben. Es stumpft die Klinge der Wertschätzung ab.«

Jud nickte und nahm noch einen Schluck. Diesmal schmeckte der Kaffee besser. »Betreffen Ihre Alpträume das Haus der Schrecken?« fragte er.

»Immer.«

»Mich wundert es, daß Sie den Artikel lesen mußten, um Alpträume zu kriegen, wenn man bedenkt, was Sie damals durchgemacht haben müssen.«

»Die Story hat meine Alpträume mehr oder weniger reaktiviert. Ich hatte sie über mehrere Monate hinweg nach meinem... Zusammenstoß. Die Ärzte schlugen eine Psychotherapie vor, aber meine Eltern wollten nicht darauf hören. Gescheite Leute, die sie waren, glaubten sie, Psychiater wären nur für Narren und Irre gut. Wir zogen von Malcasa Point fort, und meine Alpträume verloren rasch an Intensität. Ich habe dies immer als den Sieg des gesunden Menschenverstandes über die Quacksalberei angesehen.« Er lächelte, offensichtlich über seinen Witz entzückt, und gönnte sich einen weiteren Schluck Kaffee.

»Unglücklicherweise«, fuhr er fort, »war es nicht möglich, ganz und gar mit der Vergangenheit abzuschließen. Ab und an spürte uns ein eifriger Journalist wegen einer Story über diese unselige Touristenattraktion auf. Damit kamen die Alpträume zurück. Jede größere Zeitschrift hat natürlich die Story gebracht.«

»Ich habe eine Menge davon gesehen.«

»Haben Sie sie gelesen?«

»Nein.«

»Reißerischer Mist. Reporter! Wissen Sie, was ein Reporter ist? ›Ein Schreiber, der sich seinen Weg zur Wahrheit tastet und sie in einem Sturm von Worten auflöst.‹ Ambrose Bierce. Ein einziges Mal gestattete ich einem dieser Aasgeier ein Interview, und er verdrehte meine Worte derart, daß ich als sabbernder Idiot dastand. Er schlußfolgerte, daß die Begegnung mich aus dem seelischen Gleichgewicht gebracht hätte. Danach habe ich meinen Namen geändert. Bislang hat keiner dieser Bastarde mich aufgespürt, und ich blieb ungeschoren von den Alpträumen – bis jetzt ... jetzt, da sie wieder getötet hat.«

»Sie?«

»Offiziell ist es seit dem Anschlag auf die Thorns ein *Er*, ein messerschwingender Wahnsinniger, irgendwer in der Größenordnung von Jack the Ripper. Und jeder Angriff wurde natürlich von einem anderen Killer ausgeübt.«

»Und das stimmt nicht?«

»Nicht im mindesten. Es ist eine Bestie. Immer dieselbe Bestie.«

Jud versuchte nicht, den Zweifel zu verhehlen, der, wie er wußte, in sein Gesicht trat.

»Lassen Sie mich Ihnen nachschenken, Judge.«

4

»Ich weiß nicht, was die Bestie ist, Judge«, sagte Larry. »Vielleicht weiß das niemand. Allerdings habe ich sie gesehen. Mit Ausnahme der alten Maggie Kutch bin ich wahrscheinlich die einzige lebende Person, auf die das zutrifft.

Sie ist nicht menschlich, Judge. Falls sie menschlich *ist*, handelt es sich um eine Art unaussprechlicher Deformation. Und sie ist sehr, sehr alt. Der erste Mord ereignete sich 1903. Damals war Teddy Roosevelt Präsident und die Gebrüder Wright flogen in Kitty Hawk. In jenem Jahr hat die Bestie drei Menschen getötet.«

»Die ursprüngliche Besitzerin des Hauses?«

»Sie überlebte. Es war Lyle Thorns Witwe. Ihre Schwester wurde allerdings umgebracht, ebenso Lillys zwei Kinder. Die Behörden schoben die Greueltat einem Landstreicher zu, den sie am Rand der Stadt aufstöberten. Er kam vor Gericht, wurde verurteilt und am Balkon des Hauses aufgeknüpft. Schon seinerzeit war offensichtlich Vertuschung an der Tagesordnung. Sie *mußten* gewußt haben, daß der Bursche unschuldig war.«

»Warum mußten sie das gewußt haben?«

»Die Bestie hat Krallen«, erklärte Larry. »Sie sind scharf wie Stahlnägel. Damit zerfetzt sie das Opfer, seine Kleider, sein Fleisch. Sie zwingt es, stillzuhalten, während sie... es vergewaltigt.« Die Tasse begann auf ihrer Untertasse zu klirren. Er stellte sie auf dem Tisch ab und faltete die Hände.

»Wurden Sie...?«

»Mein Gott, nein! Sie hat mich nie berührt. *Mich* nicht. Aber ich sah, was sie mit Tommy gemacht hat. Sie war zu... erregt... um sich mit mir abzugeben. Sie mußte erst mit Tommy fertigwerden. Und ich habe bestimmt nicht so lange gewartet! Die Fensterscheibe brachte mir ein paar häßliche Schnitte bei, und ich brach mir beim Sturz den Arm, aber ich konnte entkommen. Ich entkam, verdammt! Ich überlebte, um die Kunde weiterzutragen!«

Mit Mühe brachte er einen weiteren Schluck Kaffee hinunter. Mit zitternden Händen setzte er die Tasse wieder auf dem Tisch ab. Das Getränk schien ihm seine Ruhe wiederzugeben. Mit gefaßter Stimme sagte er: »Natürlich nahm mir niemand die Geschichte ab. Ich habe gelernt, sie für mich zu behalten. Ich nehme an, jetzt halten Sie mich für verrückt.«

Mit Verzweiflung in seinen müden Augen blickte er Jud an.

Jud deutete auf den Zeitungsausschnitt. »Hier steht, daß elf Menschen im Haus der Schrecken umgekommen sind.«

»Diese Fakten stimmen ausnahmsweise mal.«

»Das sind eine Menge Todesfälle.«

»In der Tat.«

»Irgend jemand sollte dem Einhalt gebieten.«

»Ich würde sie selber umbringen, hätte ich die Courage dazu. Aber, mein Gott, allein der Gedanke, bei Nacht dieses Haus zu betreten! Niemals! Niemals könnte ich das tun.«

»Ist irgend jemand danach noch mal hineingegangen?«

»Bei Nacht? Nur ein Narr...«

»Oder ein Mann mit einem äußerst plausiblen Grund.«

»Was für einem Grund?« fragte Larry.

»Rache, Idealismus, Geld. Ist jemals eine Belohnung ausgesetzt worden?«

»Auf den Kopf der Bestie? Ihre Existenz wurde nicht einmal *zugegeben*, von niemandem außer der alten Kutch und ihrem verrückten Sohn. Und die wollen bestimmt nicht, daß ihr etwas geschieht. Diese gottverdammte Bestie und ihr Ruf sind ihre einzige Einkommensquelle. Übrigens auch wohl das einzige, was die Stadt in Schwung hält. Das Haus der Schrecken ist vielleicht nicht Hearst Castle oder Winchester House, aber Sie wären überrascht, wie viele Leute vier Dollar für eine Führung durch ein altes Gemäuer zahlen, in dem nicht nur ein legendäres Monster haust, sondern das auch Schauplatz von elf brutalen Morden war. Sie kommen aus ganz Kalifornien, von Oregon, aus allen Staaten der USA. Eine Familie, die durch Kalifornien fährt, kann nicht im Umkreis von fünfzig Meilen an Malcasa Point vorbeifahren, ohne daß die Gören nach einer Führung durch das Haus der Schrecken schreien. Touristen-Dollars sind das Lebensblut dieser Stadt. Falls jemand die Bestie umbrächte...«

»Denken Sie an die Touristen, die wegen des Kadavers kommen würden«, schlug Jud grinsend vor.

»Aber das Geheimnis wäre fort. Die Bestie ist das Herz des Hauses. Das Haus würde sterben ohne sie. Malcasa Point würde auf dem Fuß folgen, und das wollen die Leute nicht.«

»Sie ziehen es vor, weitere Morde hinzunehmen?«

»Natürlich. Ein gelegentlicher Mord wirkt Wunder fürs Geschäft.«

»Eine derartige Stadt verdient es nicht zu überleben.«

»Ihr Vater war ein weiser Mann, Sie Judgement zu taufen.«

»Sie sagten, Sie würden die Bestie selber umbringen, wenn Sie könnten.«

»Besäße ich die Courage, ja.«

»Haben Sie je erwogen, jemanden anzuheuern, der den Job für Sie erledigt?«

»Wen sollte ich für einen solchen Auftrag anheuern?«

»Kommt drauf an, was Sie zahlen.«

»Was ist guter Schlaf wert, eh?« Das Grinsen wirkte grotesk in seinem hohlwangigen Gesicht.

»Sie könnten es als Beitrag zur Menschlichkeit betrachten«, sagte Jud.

»Ich nehme an, Sie kennen jemanden, der möglicherweise bereit wäre, für einen großen Betrag nachts in das Haus einzudringen und die Bestie zu erledigen?«

»Vielleicht kenne ich jemanden«, erklärte Jud.

»Was würde das kosten?«

»Das hängt von dem damit verbundenen Risiko ab. Er müßte eine Menge mehr wissen, ehe er eine feste Zusage gibt.«

»Könnten Sie mir eine grobe Schätzung geben?«

»Sein Minimum betrüge fünftausend.«

»Sein Maximum?«

»Kein Maximum.«

»Meine Pfründe sind nicht unerschöpflich, aber ich glaube, ich wäre bereit, eine beachtliche Summe in ein Projekt dieses Typus zu investieren.«

»Was tun Sie morgen?«

»Ich bin für alle Vorschläge aufgeschlossen«, sagte Larry.

»Warum machen wir beide nicht einen Ausflug an der Küste entlang und statten dem Haus der Schrecken einen Besuch ab?«

Die beiden Tassen Kaffee hielten Jud nicht wach, nachdem er wieder in seiner Wohnung war. Er fiel sogleich in Schlaf, und falls er überhaupt geträumt hatte, erinnerte er sich an nichts, als der Wecker um sechs läutete.

Viertes Kapitel

Roy erwachte in einem Doppelbett. Er stand auf und zog sich Sachen von Jonis Vater an. Er machte Kaffee. Während dieser durchlief, briet er sechs Scheiben Bacon, schlug drei Eier darüber und toastete zwei Scheiben Brot. Damit ging er ins Wohnzimmer und schaltete den Fernseher ein.

Das Telefon läutete. Er nahm ab.

»Hallo?« fragte er.

»Hallo?« Die Stimme der Frau klang verwirrt. »Könnte ich Marv sprechen?«

»Er ist nicht da. Kann ich etwas ausrichten?«

»Hier ist Esther. Seine Sekretärin.«

»Oh. Sie fragen sich bestimmt, warum er nicht zur Arbeit gekommen ist.«

»Er hat nicht mal angerufen.«

»Oh, ja, nein. Er hatte letzte Nacht einen Herzanfall. Genauer, heute früh.«

»Nein!«

»Ich fürchte, doch. Ich habe gerade noch gesehen, wie er in den Krankenwagen geschoben wurde.«

»Ist er... lebt er noch?«

»Ich glaube schon. Ich bleibe hier bei Joni. Sie wissen schon, Babysitting. Ich habe nichts mehr gehört, seit sie weg sind.«

»In welches Krankenhaus hat man ihn gebracht, wissen Sie das?«

»Lassen Sie mich nachdenken. Hm, wissen Sie, ganz sicher bin ich mir nicht. Alles ging so schnell.«

»Könnten Sie uns benachrichtigen, wenn Sie irgend etwas über seinen Zustand erfahren?«

»Selbstverständlich.«

Sie nannte ihm die Nummer des Büros. Er notierte sie nicht. »Ich werde bestimmt zurückrufen«, versprach er, »sobald ich etwas Neues höre.«

»Haben Sie vielen Dank.«

»Keine Ursache.«

Er legte auf und kehrte zur Couch zurück. Das Frühstück war noch warm.

Als er damit fertig war, suchte er nach dem Telefonbuch. Er fand es in einer Küchenschublade. Er goß sich noch eine Tasse Kaffee ein und ging wieder ins Wohnzimmer.

Zuerst suchte er Hayes. Keine Hayes, Donna. Nur eine Hayes, D., und die Adresse hatte er letzte Nacht überprüft. Es war ihr Apartment gewesen, keine Frage. Er hatte einige Möbel wiedererkannt.

Er fragte sich, ob sie immer noch für diese Reiseagentur arbeitete. Wie hieß die noch? Hatte einen zündenden Slogan. »Lassen Sie sich von Gold verführen?« Nicht Gold, Gould. Gould Travel. Er blätterte durch die Gelben Seiten, fand den Eintrag und wählte.

»Gould Travel Service. Miss Winnow.«

»Ich hätte gerne Mrs. Hayes gesprochen.«

»Hayes?«

»Donna Hayes.«

»Wir haben unter dieser Nummer keine Donna Hayes. Hier ist Gould Travel Service.«

»Sie arbeitet dort. Oder sie *hat* dort gearbeitet.«

»Einen Augenblick, bitte.« Er wartete fast eine Minute. »Sir, Donna Hayes hat unsere Firma vor einigen Jahren verlassen.«

»Wissen Sie, wohin sie gegangen ist?«

»Ich fürchte, nein. Kann ich Ihnen behilflich sein? Hatten Sie vielleicht an eine Kreuzfahrt gedacht? Wir haben einige wunderbare Kreuzfahrten...«

»Nein, danke.« Er legte auf.

Er schlug Blix nach, John. Donnas Vater. Ihre Eltern würden sicher wissen, wohin sie gegangen war. Er notierte sich Adresse und Telefonnummer.

Shit, er wollte sie nicht sehen. Sie waren die letzten, die er sehen wollte.

Wie wär's mit Karen? Er grinste. Es würde ihm nichts ausmachen, Karen zu sehen. Genaugenommen würde es ihm nichts ausmachen, eine Menge von ihr zu sehen. Vielleicht wußte sie, wo diese beiden Miststücke zu finden waren.

Es war einen Versuch wert.

Selbst wenn sie es nicht wußte, konnte sich ein Besuch durchaus lohnen. Sie hatte ihm schon immer gefallen.

Wie hieß noch der Typ, den sie geheiratet hatte? Bob irgendwas. Irgendwas wie ein Schokoriegel. Milky Way? Nein. Mars-Riegel. Bob Marsriegel. Marston.

Er schlug Marston nach, fand einen Robert und notierte Adresse und Telefonnummer.

Fünftes Kapitel

1

Sonnenschein und kreischende Möwen weckten Donna. Sie versuchte wieder einzuschlafen, aber das schmale, durchgelegene Bett machte das unmöglich. Sie stand auf und streckte ihre steifen Muskeln.

Sandy im anderen Bett schlief immer noch.

Leise tappte Donna über den kalten Holzboden zum Vorderfenster. Sie zog das Rollo hoch und blickte hinaus. Jenseits des Parkplatzes kam ein unter der Last seiner Koffer gebeugter Mann aus einem kleinen grüngestrichenen Häuschen. Eine Frau und ein dazu passendes Paar Kinder warteten in einem Kombi auf ihn. Vor der Hälfte der kleinen Bungalows des Welcome Inn parkten Wagen oder Camper. Irgendwo in der Nähe bellte ein Hund. Sie zog das Rollo wieder herunter.

Dann sah sie sich nach einem Telefon um. Im Zimmer war keines.

Während sie sich anzog, wachte Sandy auf.

»Morgen, Schätzchen. Hast du gut geschlafen?«

»Prima. Wohin gehst du?«

»Ich will ein Telefon auftreiben und Tante Karen anrufen.« Sie band ihre Turnschuhe zu. »Ich will nicht, daß sie sich unseretwegen Sorgen macht.«

»Kann ich mitkommen?«

»Du bleibst schön hier und ziehst dich an. Es wird nur eine Minute dauern, dann gehen wir frühstücken.«

»Okay.«

Sie knöpfte ihre karierte Baumwollbluse zu und griff nach ihrer Handtasche. »Öffne niemandem die Tür, verstanden?«

»Verstanden«, sagte das Mädchen.

Die frische, mit Pinienduft geschwängerte Morgenluft draußen erinnerte sie an warme, schattige Wege in der Sierra, wo sie und ihre Schwester zu wandern pflegten. Vor Roy. Dank der Art, wie Roy sich in den Bergen verhielt, hatte sie rasch den Geschmack an der Natur verloren. Danach hätte sie das Rucksackwandern wieder anfangen sollen. Vielleicht demnächst...

Sie stieg die Stufen zum Motel-Büro empor und sah am anderen Ende eine Telefonzelle. Sie steuerte darauf zu. Unter ihren Füßen ächzte das Holz; es klang wie die verwitterten Planken eines betagten Piers.

Sie betrat die Zelle, steckte Münzen in den Telefonschlitz und wählte.

»Hallo?«

»Morgen, Karen.«

»Ahm, oh.«

»Was ist das für eine Begrüßung?«

»Erzähl mir nicht, dein Auto sei zusammengebrochen.«

»Du bist Hellseherin.«

»Soll ich dich irgendwohin bringen?«

»Nein, ich fürchte, ich muß für heute absagen.«

»Du bist ein schlechter Verlierer.«

»Das ist es nicht.«

»Haben sie deine freien Tage verlegt? Und wir hatten an den Montagen so viel Spaß. Was hast du jetzt, Freitag-Samstag, Dienstag-Mittwoch?«

»Deine Hellsichtigkeit hat versagt.«

»Oh?«

»Ich befinde mich gerade in dem eleganten Kurort Mal-

casa Point, der Heimat des berüchtigten Haus des Schrekkens.«
»Bist du blau?«
»Nüchtern, unglücklicherweise. Soweit ich schätzen kann, befinden wir uns etwa hundert Meilen nördlich von San Francisco. Plus minus fünfzig.«
»Allmächtiger, genauer weißt du es nicht?«
»Ich bin sicher, könnte ich eine Karte sehen...«
»Was hast du da oben im Nirgendwo verloren?« Ehe Donna antworten konnte, sagte Karen: »O Gott, ist er draußen?«
»Er ist draußen.«
»O mein Gott.«
»Wir dachten, wir machen uns besser aus dem Staub.«
»Richtig. Was soll ich tun?«
»Laß Mom und Dad wissen, daß wir okay sind.«
»Was ist mit deiner Wohnung?«
»Kannst du unsere Klamotten einlagern lassen?«
»Klar, ich denke schon.«
»Ruf Beacon an oder so. Laß mich wissen, wie teuer das kommt, und ich schicke dir einen Scheck.«
»Wie soll ich dich irgend etwas wissen lassen?«
»Ich bleibe in Verbindung.«
»Wirst du je zurückkommen?«
»Ich weiß nicht.«
»Wie konnten die ihn *rauslassen*? Wie *konnten* sie nur?«
»Ich nehme an, er hat sich gut geführt.«
»Himmel!«
»Es wird schon gut werden, Karen.«
»Wann werde ich dich *wiedersehen*?« Sie schien die Tränen kaum zurückhalten zu können.
»Es wird schon werden.«

»Klar. Falls Roy zufällig nach einem Herzinfarkt tot umfällt oder gegen einen Brückenpfeiler rast oder...« Ein Schluchzen unterbrach sie. »Jesus, ausgerechnet ihn... wie konnten sie das zulassen?«

»He, weine nicht. Alles wird gut werden. Sag Mom und Dad nur, daß wir okay sind, und wir bleiben in Verbindung.«

»Okay. Und ich... kümmere mich um deine Wohnung.«

»Und paß auf, wenn du drin bist.«

»Klar. Du auch. Grüß Sandy von mir.«

»Mach' ich. Goodbye, Karen.«

»Bye.«

Donna hängte ein. Sie atmete tief durch, während sie darum kämpfte, die Fassung zu wahren. Dann ging sie über die Veranda. Als sie die Stufen hinuntersteigen wollte, hörte sie das Quietschen einer sich öffnenden Tür.

»Lady?«

Sie drehte sich um und sah einen Teenager im Eingang stehen. Wahrscheinlich die Tochter des Besitzers. »Ja?«

»Sind Sie die Dame mit dem Auto-Problem?«

Donna nickte.

»Bix von der Chevron hat angerufen. Er und Kutch sind hingefahren. Bix sagte, er sucht Sie auf, wenn er zurück ist.«

»Sie haben keine Schlüssel.«

»Bix braucht keine.«

»Soll ich irgend etwas tun?«

Das Mädchen zuckte die Schulter. Bis auf den Träger des Tops war diese nackt.

»Okay. Danke für die Nachricht.«

»Keine Ursache.«

Das Mädchen wandte sich ab. Ihre abgeschnittenen Jeans waren an den Seiten aufgeschlitzt und entblößten bis fast zur Hüfte braungebrannte Beine.

Donna stieg die Verandastufen hinunter und überquerte den Parkplatz bis zu ihrem Bungalow. Sie mußte warten, bis Sandy im Bad fertig war.

»Möchtest du hier im Inn essen?« fragte Donna. »Oder wollen wir unser Glück in der Stadt versuchen?«

»Laß uns in die Stadt gehen«, sagte Sandy mit aufgeräumter Stimme. »Ich hoffe, die haben Dunkin' Donuts. Ich würde sterben für einen Doughnut.«

»Ich sterbe für eine Tasse Kaffee.«

»Java-Mama.«

Sie gingen hinaus. Sandy mußte blinzeln und holte eine Sonnenbrille aus ihrer Jeanshandtasche. Die runden Gläser wirkten riesig auf ihrem Gesicht. Donna, die selten eine Sonnenbrille trug, fand, daß ihre Tochter damit wie ein Insekt aussah – ein *süßes* Insekt, aber immer noch ein Insekt. Sie vermied es vorsichtshalber, auf die Ähnlichkeit hinzuweisen.

»Was hat Tante Karen gesagt?« fragte Sandy.

»Ich soll dich grüßen.«

»Wolltet ihr heute Tennis spielen?«

»Ja.«

»Ich wette, sie war überrascht.«

»Sie hat verstanden.«

Sie kamen zur Straße. Donna deutete nach links. »Der Ort liegt dort.« Sie machten sich auf den Weg. »So, wie sich Tante Karen anhörte, glaube ich nicht, daß sie je von Malcasa Point gehört hat. Es ist trotzdem ein hübscher Ort, nicht wahr?«

Sandy nickte. Die Sonnenbrille rutschte ihr über die Nase. Mit dem Zeigefinger schob sie sie wieder an ihren Platz. »Es ist hier ganz nett, aber...«

»Was?«

»Ach, nichts.«
»Nein, erzähl's mir. Komm schon.«
»Wieso hast du's Tante Karen erzählt?«
»Ihr was erzählt?«
»Wo wir sind.«
»Ich dachte, sie sollte es wissen.«
»Oh.« Sandy nickte und richtete ihre Sonnenbrille wieder.
»Warum?«
»Hältst du das für eine gute Idee? Ich meine, jetzt weiß sie, wo wir sind.«
»Sie wird es niemandem verraten.«
»Bis er sie dazu *bringt*.«

Sie traten vom Straßenrand zurück und warteten auf dem Schotterbankett, bis ein sich nähernder Wagen vorbeigebraust war.

»Was meinst du mit ›dazu bringt‹?« fragte Donna.
»Sie dazu bringt zu reden. Wie er dich dazu gebracht hat, alles zu sagen.«

Donna wanderte schweigend weiter. Plötzlich konnte sie die kühle Kiefernluft nicht mehr genießen. Sie stellte sich ihre Schwester nackt ans Bett gefesselt vor. Daneben Roy, der den Griff eines Schraubenziehers mit einem Feuerzeug erhitzte.

»Du hast nie gesehen, was er mit mir gemacht hat, oder? Er hat immer die Tür abgeschlossen.«
»Oh, *das* hab' ich nie gesehen. Nicht, was er im Schlafzimmer gemacht hat. Nur wenn er dich geschlagen hat. Was *hat* er im Schlafzimmer gemacht?«
»Mir weh getan.«
»Es muß furchtbar gewesen sein.«
»Yeah.«
»Wie hat er dir weh getan?«

»Auf verschiedenste Weise.«

»Ich wette, das macht er auch mit Tante Karen.«

»Das wird er nicht wagen«, sagte Donna. »Das wird er nicht wagen.«

»Wann können wir von hier weg?« fragte das Mädchen nervös.

»Sobald der Wagen fertig ist.«

»Wann wird das sein?«

»Keine Ahnung. Axel ist heute früh mit einem Mann von der Tankstelle dorthin gefahren. Wenn keine Reparaturen anfallen, können wir aufbrechen, sobald sie mit dem Auto zurück sind.«

»Das sollten wir auch tun«, meinte Sandy. »Wir verschwinden besser schleunigst von hier.«

2

Sie beschlossen, in Sarah's Diner gegenüber der Chevron-Tankstelle zu frühstücken. Nachdem Sandy die Auswahl von Doughnuts in einem Teilchenstand auf der Theke begutachtet hatte, besann sie sich eines anderen. Sie bestellte Speck mit Eiern.

»Dieser Laden ist eklig«, sagte sie.

»In Zukunft essen wir hier nicht mehr.«

»Ha ha.«

Sandy fuhr mit der Hand unter die Tischplatte und verzog angewidert das Gesicht. »Es ist *Kaugummi* unterm Tisch.«

»Es klebt immer Kaugummi unter den Tischen. Manche Menschen besitzen genug Verstand, die Finger oben zu lassen.«

Sandy schnüffelte an ihren Fingern. »Eklig.«

»Warum gehst du dir nicht die Hände waschen?«

»Ich wette, das Klo ist *echt* 'ne Schweinerei«, erklärte sie und stand vom Tisch auf, als könnte sie kaum erwarten, ihre Theorie zu bestätigen.

Lächelnd sah Donna ihr nach, wie sie zum anderen Ende des Schnellrestaurants marschierte. Die Kellnerin kam und füllte Donnas schwere, angeschlagene Tasse mit Kaffee.

»Danke.«

»Bitte, Sweetie.«

Sie beobachtete, wie die Kellnerin einen anderen Tisch ansteuerte. Dann weckte die sich öffnende Tür ihre Aufmerksamkeit.

Zwei Männer betraten den Diner. Der Abgezehrte schien viel zu jung für sein weißes Haar zu sein. Obschon mit seinem blauen Freizeitanzug gut gekleidet, hatte sein Gesicht den gehetzten Ausdruck eines Flüchtlings. Der Mann neben ihm hätte sein Wärter sein können.

Tiefblaue Augen lagen in einem Gesicht, das sie an geschnitztes, glattpoliertes Holz denken ließ. Er hatte das selbstbewußte Auftreten eines Bullen. Oder Soldaten. Oder des Guides in Colorado, der sie und Karen bei der Rotwildjagd mit ihrem Vater geführt hatte.

Die beiden Männer nahmen an der Theke Platz. Der Entschlossenere hatte hellbraunes, sauber geschnittenes Haar, das bis zum Hemdkragen reichte. Das braune Hemd spannte über seinem breiten Rücken. Der schwarze Gürtel wirkte steif und neu in seinen Jeans, die so alt waren, daß eine der Gürtelschlaufen lose über der Gesäßtasche baumelte. Die Boots mit den Gummisohlen sahen noch älter aus als die Jeans.

Als hätte er ihren Blick gespürt, schaute der Mann über seine Schulter. Donna kämpfte gegen den Drang an, sich abzuwenden. Einen Moment lang erwiderte sie seinen Blick, sah dann zu dem anderen Mann und schließlich unbeteiligt hinüber zur Theke. Sie hob ihre Kaffeetasse. Ein öliger Film glänzte auf der Oberfläche in allen Spektralfarben wie verdorbenes Roastbeef. Trotzdem trank sie. Beim Absetzen der Tasse gestattete sie sich einen weiteren Blick auf den Mann.

Er beobachtete sie nicht mehr.

Enttäuschung überschattete Donnas Erleichterung.

Sie trank noch etwas Kaffee und musterte ihn genauer. Er hatte den Kopf gewandt, während er dem nervösen weißhaarigen Mann zuhörte. Eine Schulter versperrte ihr die Sicht auf seinen Mund. Sie erkannte eine leichte Wölbung auf seinem Nasenrücken, die offenbar von einem Bruch herrührte. Vom Ende seiner Braue bis zum Wangenknochen verlief eine Narbe. Sie starrte wieder in ihren Kaffee, um nicht abermals Aufmerksamkeit zu erregen.

Als sie flinke, vertraute Schritte hörte, drehte der Mann den Kopf. Er warf einen Blick auf Sandy, dann auf Donna und schaute dann wieder seinen Freund an.

»Alles sauber?« fragte Donna, vielleicht etwas zu laut.

»Es gab nichts zum Händeabtrocknen«, erklärte Sandy und setzte sich.

»Was hast du benutzt?«

»Meine Hosen. Wo bleibt das Essen?«

»Vielleicht haben wir Glück, und es kommt nicht.«

»Ich bin am Verhungern.«

»Ich schätze, wir können es mal versuchen.«

Bald kam die Kellnerin und brachte Teller mit Eiern, Wurstscheiben und Bratkartoffeln. Das Essen sah merkwürdigerweise gut aus. Als Donna in ihre Wurst schnitt, knurrte ihr Magen vernehmlich.

»Mutter«, kicherte Sandy.

»Scheint ein Gewitter im Anzug zu sein«, meinte Donna.

»Du kannst mich nicht täuschen. Das waren deine Innereien.«

»›Innereien‹ ist nicht höflich, Honey.«

Das Mädchen grinste. Dann pickte sie mit einer Grimasse des Abscheus einen Zweig Petersilie von ihren Kartoffeln und legte ihn über den Tellerrand.

Donna starrte den Mann an. Er trank Kaffee. Während sie mit Sandy aß und sich unterhielt, blickte sie häufig zu ihm hinüber. Sie bemerkte, daß er nichts aß. Offenbar waren er und sein Freund nur auf einen Kaffee in Sarah's Diner gekommen. Bald erhoben sie sich von ihren Plätzen an der Theke.

Der Mann griff in seine Gesäßtasche, als er zur Kasse ging. Sein nervöser Freund protestierte, mußte aber nachgeben. Nachdem der Mann die Rechnung beglichen hatte, holte er eine dünne Zigarre aus seiner Brusttasche. Er wickelte sie aus. Während er das Zellophan zu einem winzigen Ball zusammenknüllte, wanderte sein Blick über die Theke. Offenbar suchte er nach einem Abfallbehälter. Als er keinen entdeckte, stopfte er die Kugel in seine Hemdtasche. Er klemmte sich die Zigarre zwischen die Zähne. Plötzlich fixierte er Donna. Sein Blick heftete sich auf sie, hielt sie gebannt wie eine Hirschkuh im Scheinwerferlicht. Unverwandt schaute er sie an, während er ein Streichholz anzündete, dessen Flamme die Spitze seiner Zigarre beleckte. Er schüttelte die Flamme aus. Dann drehte er sich um und verschwand durch die Tür.

Donna atmete tief aus.

»Alles in Ordnung?« fragte Sandy.

»Mir geht's gut.«

»Was stimmt denn nicht?«

»Alles ist gut.«
»Du siehst aber gar nicht so gut aus.«
»Bist du mit dem Essen fertig?«
»Ganz fertig«, erklärte Sandy.
»Bereit zum Aufbruch?«
»*Ich* schon. Willst du nicht aufessen?«
»Nein, ich glaube nicht. Wir sollten uns auf den Weg machen.« Sie nahm die Rechnung. Sie schob drei Quarter unter den Rand ihres Tellers und erhob sich.
»Was ist los?«
»Ich möchte bloß raus.«
»Okay«, meinte das Mädchen zweifelnd, als sie Donna zur Kasse folgte.

Draußen blickte Donna den Bürgersteig entlang. Einen Block weiter trat eine alte Frau mit einem Pudel auf die Straße. Von den beiden Männern aus dem Diner war nichts zu sehen. Sie schaute prüfend in die andere Richtung.
»Wonach suchst du?« fragte Sandy.
»Versuche nur den besten Weg zu finden.«
»Von daher sind wir gekommen«, erinnerte sie Sandy.
»Okay.« Sie wandten sich also nach rechts und spazierten los.
»Glaubst du, daß wir heute morgen wegkommen?« fragte Sandy.
»Ich weiß nicht, wie lange es dauern wird. Ich denke, wir sind eine gute Stunde von der Stelle entfernt, wo wir das Auto haben stehen lassen. Das Mädchen vom Motel hat nicht gesagt, wann Axel losgefahren ist, um es zu holen.«
»Wenn wir nicht gleich fahren, können wir dann das Haus der Schrecken besichtigen?«
»Ich weiß nicht, Honey. Bist du sicher, daß du es dir anschauen möchtest?«

»Was ist das Haus der Schrecken eigentlich?«

»Es ist angeblich das Zuhause einer grauenvollen Bestie, die Leute ermordet und zerfleischt. Dort wurden vor drei Wochen drei Leute umgebracht.«

»Oh, *dieses* Haus.«

»Genau.«

»Wow! Können wir es besichtigen?«

»Ich bin nicht sicher, ob mir danach zumute ist.«

»Ach, komm. Wir sind fast da. Bitte?«

»Na, wir können ja mal schauen, um welche Zeit die Führungen beginnen.«

3

Von der nördlichen Ecke des Stacheldrahtzauns schaute Donna zum trostlosen, verwitterten Haus hinüber. Sie verspürte intensive Abneigung, es zu betreten.

»Ich bin nicht sicher, ob ich da rein möchte, Honey.«

»Du hast *gesagt*, wir könnten uns die Führungszeiten ansehen.«

»Ich bin nicht sicher, ob ich überhaupt hinein möchte.«

»Wieso nicht?«

Donna zuckte die Achseln. Sie hatte keine Lust, ihre unterschwellige Angst in Worte zu fassen. »Ich weiß nicht«, sagte sie.

Ihr Blick schweifte vom Erker mit den getönten Fenstern zu dem Balkon mit der Balustrade darüber, an einem Giebel entlang und zu einem Turm am Südende. Die Fenster des Turms spiegelten Leere wider. Das Dach endete in einem spitzen Kegel: einer Hexenkappe.

»Angst, du rastest dabei aus?«

»Deine Sprache reicht, mich ausrasten zu lassen.«

Sandy lachte und richtete ihre rutschende Sonnenbrille. »Okay, wir werden einen Blick auf den Führungsplan werfen. Aber ich verspreche nichts.«

Sie steuerten auf das Kassenhäuschen zu.

»Ich gehe alleine, wenn du dich fürchtest.«

»Du wirst da nicht allein hineingehen, junge Dame.« Donna zeigte ein so böses Grinsen, wie sie konnte, und murmelte: »Ich will nicht, daß die Bestie dich frißt.«

»Du bist gräßlich!«

»Nicht so gräßlich wie die Bestie.«

»Mutter!« Lachend schwenkte Sandy ihre Tasche aus Jeansstoff.

Donna blockte sie mit ihrem Unterarm ab, blickte auf und sah den Mann aus dem Diner. Sein Blick ruhte auf ihr. Während Donna einen weiteren Angriff ihrer Tochter abwehrte, lächelte sie ihm zu.

Sie sah ein blaues Billett in seiner Hand.

»Okay, Honey, es reicht. Wir machen die Führung mit.«

»Wirklich?« fragte Sandy entzückt.

»Schulter an Schulter werden wir der Bestie entgegentreten.«

»Ich werde sie mit meiner Handtasche erschlagen«, drohte Sandy.

Als sie sich der Schlange vorm Tor näherten, sah Donna, wie sich der Mann beiläufig zu seinem nervösen Freund umdrehte und etwas zu ihm sagte.

»Schau.« Sandy deutete auf das hölzerne Zifferblatt unter dem Dach das Kassenhäuschens. Das Schild darüber sagte: »Die nächste Führung beginnt um«, und die Uhr signalisierte zehn. »Wie spät ist es jetzt?«

»Fast zehn«, sagte Donna.

»Können wir das mitmachen?«
»Na gut. Stellen wir uns hinten an.«

Sie stellten sich hinter die letzte Person in der Schlange, einen schwammigen Jungen, dessen Hände über seinem Bauch gefaltet waren. Ohne einen Fuß zu rühren, drehte er sich herum, um Donna und Sandy kritisch zu mustern. Er gab ein leises »Hmmmpf« von sich, als wäre er durch ihre Anwesenheit gekränkt, und schwenkte den Oberkörper wieder nach vorne.

»Was hat denn *der* für Probleme?« flüsterte Sandy.
»Schscht.«

Donna zählte vierzehn Leute in der Schlange. Obschon acht Kinder darunter waren, sah sie nur zwei, die in die Kategorie ›Kinder unter zwölf‹ gepaßt hätten. Die Führung würde ungefähr fünfzig Dollar einbringen.

Nicht übel, dachte sie.

Der Mann aus dem Frühstückscafé wartete als Dritter in der Schlange.

Ein junges Paar mit zwei blonden Mädchen trat ans Kassenhäuschen.

»Das macht vierundsechzig«, sagte Donna.
»Was?«
»Dollar.«
»Wie spät ist es?«
»Noch zwei Minuten.«
»Ich hasse Warten.«
»Sieh dir die Leute an.«
»Wozu?«
»Sie sind interessant.«

Sandy blickte zu ihrer Mutter auf. Ihre skeptische Miene sprach Bände. Aber sie trat ein Stückchen zur Seite, um sich die Leute genauer anzusehen.

»Teufel!« kreischte jemand hinter ihnen. »Ghouls!«

Donna fuhr herum. Mitten auf der Straße kauerte eine dünne bleiche Frau, die auf sie zeigte, auf Sandy – auf sie alle. Die Frau war nicht älter als dreißig. Sie hatte das kurzgeschnittene Haar eines Jungen. Ihr ärmelloses gelbes Kleid war zerknautscht und fleckig. Schmutzstreifen zogen sich über ihre hellen Beine. Sie war barfuß.

»Du und du und du!« kreischte sie. »Ghouls! Grabschnüffler! Vampire seid ihr alle, ihr saugt das Blut der Toten!«

Die Tür des Kassenhäuschens knallte auf. Ein Mann kam herausgerannt. Sein Gesicht war kirschrot angelaufen.

»Weg hier, verdammtes Miststück!«

»Maden!« schrie sie. »Maden seid ihr! Ihr zahlt, um solch eine Schweinerei zu sehen. Aasgeier! Feiglinge!«

Der Mann riß seinen weißen Ledergürtel aus den Schlaufen und faltete ihn auf die Hälfte zusammen. »Ich warne dich!«

»Leichenficker!«

»Das ist zuviel«, murmelte er.

Die Frau taumelte zurück, als der Mann auf sie zuraste, den Gürtel zum Schlag erhoben. Sie stolperte und schlug hart aufs Pflaster. »Nur zu, Made! Die Ghouls lieben das! Schau, wie sie glotzen. Gib ihnen Blut! Deshalb sind sie doch gekommen!«

Sie erhob sich auf die Knie und riß sich vorne das Kleid auf. Für eine so hagere Frau hatte sie erstaunlich große Brüste. Sie pendelten über ihrem Bauch wie reife Säcke. »Zeig es ihnen! Gib ihnen Blut! Peitsch mein Fleisch! Das gefällt ihnen!«

Er hob den Gürtel über den Kopf, bereit, ihn hinabsausen zu lassen.

»Nicht.« Das Wort kam schnell und scharf wie ein Schuß. Der Mann drehte sich um.

Donna sah, wie der Mann aus dem Diner aus der Reihe trat. Er marschierte vorwärts.

»Du bleibst, wo du bist, Kumpel.«

Er marschierte weiter.

»Mischen Sie sich nicht ein!«

Der Mann sagte nichts zu dem Kassierer mit dem Gürtel, sondern ging an ihm vorbei zu der Frau. Er half ihr auf. Er hob den Stoff des Kleides, um ihre Schultern zu bedecken, und zog ihn vorne sanft zusammen. Mit zitternder Hand hielt die Frau die ausgerissenen Ränder zusammen.

Er sprach leise auf sie ein. Sie warf sich gegen ihn, küßte ihn leidenschaftlich auf den Mund und sprang davon.

»Lauft! Lauft um euer Leben!« heulte sie. »Lauft um eure Seelen!«

Und dann verschwand sie auf der anderen Straßenseite.

Einige Leute aus der Schar lachten. Irgendwer mutmaßte, daß die Verrückte zur Show gehörte. Andere widersprachen. Der Mann vom Frühstückscafé kam zurück und reihte sich schweigend neben seinem Freund wieder ein.

»Okay, Leutchen!« rief der Ticket-Mann. Er kam auf sie zu, wobei er seinen Gürtel durch die Schlaufen zog. »Wir entschuldigen uns für die Verzögerung, obwohl ich überzeugt bin, daß Sie alle den Kummer dieses Weibs verstehen. Vor drei Wochen hat die Bestie ihren Mann und ihr einziges Kind zu Fetzen zerfleischt. Das hat das arme Ding um den Verstand gebracht. Sie lungert seit Tagen hier rum, seit wir die Führungen wiederaufgenommen haben. Aber jetzt stelle ich Ihnen eine andere Frau vor, die ebenfalls durch das reinigende Feuer der Tragödie gewandert und gestärkt daraus hervorgegangen ist. Diese Frau ist die Eigentümerin des

Hauses der Schrecken und Ihre persönliche Führerin bei der heutigen Tour.«

Mit großer, ausholender Geste lenkte er den Blick der Versammelten zum Rasen vor dem Haus der Schrecken, wo eine gedrungene, schwergewichtige Frau auf sie zugehumpelt kam.

»Willst du immer noch teilnehmen?« fragte Donna.

Sandy zuckte die Schultern. Sie war bleich. Offensichtlich hatte die hysterische Frau sie schockiert.

»Yeah«, meinte sie, »ich denke schon.«

Sechstes Kapitel

1

Sie passierten das Drehkreuz und versammelten sich vor der alten Frau auf dem Rasen. Sie wartete. Den Elfenbeinstock hatte sie neben ihren rechten Fuß gepflanzt, und ihr geblümtes Kleid flatterte leicht um ihre Beine. Obwohl es warm war, trug sie einen grünen Seidenschal um den Hals. Sie nestelte kurz daran herum, dann sprach sie:

»Willkommen beim Haus der Schrecken.« Sie sagte es ehrfürchtig, mit tiefer, heiserer Stimme. »Mein Name ist Maggie Kutch, und mir gehört es. 1931 begann ich mit den Führungen durch das Haus. Kurz nachdem eine Tragödie das Leben meines Gatten und dreier Kinder gefordert hatte. Sie mögen sich fragen, warum eine Frau fremde Menschen durch ihr Heim führt, das Schauplatz eines so schrecklichen Ereignisses war. Die Antwort ist einfach: G-e-l-d.«

Leises Gelächter erhob sich in der Gruppe. Sie lächelte freundlich, drehte sich um und humpelte über den Weg. Am Fuß der Verandastufen umfaßte sie mit ihrer fleckigen Hand den Pfosten und deutete mit der Spitze ihres Stocks nach oben.

»Dort haben sie den armen Gus Goucher aufgeknüpft. Er war achtzehn und unterwegs nach San Francisco, um wie sein Bruder in den Sutro Baths zu arbeiten. Er legte hier am Nachmittag des 2. August 1903 einen Stopp ein und hackte Holz für Lilly Thorn, die damalige Besitzerin des Hauses. Sie entlohnte ihn mit einer Mahlzeit, dann setzte Gus seinen Weg fort. In dieser Nacht schlug die Bestie zum erstenmal zu. Niemand außer Lilly überlebte das Gemetzel. Sie rannte schreiend auf die Straße, als wäre sie dem Teufel persönlich begegnet.

Sofort darauf stellte die Stadt ein Aufgebot zusammen. Man durchsuchte das Haus vom Keller bis zum Dachboden, aber man fand nur die zerrissenen, angefressenen Leichen von Lillys Schwester und zwei kleinen Jungen. Die Freiwilligen durchkämmten die Wälder auf den Hügeln und stöberten Gus Goucher auf, der dort seelenruhig schlief.

Nun, einige der Leute aus der Stadt entsannen sich, ihn am Nachmittag beim Thorn-Anwesen gesehen zu haben und er wurde verhaftet. Er bekam eine Verhandlung. Es gab keine Zeugen, da alle umgekommen waren bis auf Lilly, und die war wahnsinnig geworden. Sie verurteilten ihn im Schnellverfahren. In jener Nacht brach der Mob ins Gefängnis ein und holte ihn raus. Sie schleiften den armen Kerl hierher, schlangen ein Seil über den Balkonpfosten dort oben und hievten ihn hoch.

Natürlich hat Gus Goucher niemanden umgebracht. Die Bestie hat's getan. Lassen Sie uns reingehen.«

Sie erklommen die sechs Holzstufen zur Veranda.

»Wie Sie sehen, ist die Tür neu. Die originale wurde vor drei Wochen zerschossen. Sie haben es wahrscheinlich in den Nachrichten gesehen. Ein Polizist zerschoß die Tür, um reinzukommen. Er wäre natürlich besser draußen geblieben.«

»Verzeihen Sie«, bat der skeptische Junge, »wie kamen die Zieglers rein?«

»Wie Diebe. Sie haben hinten ein Fenster eingeschlagen.«

»Danke.« Er schenkte der übrigen Gruppe ein Lächeln, offensichtlich erfreut über die Gunst, die ihm erwiesen wurde.

»Unsere Polizei«, fuhr Maggie Kutch fort, »hat ein antikes Schloß ruiniert, das hier an der Tür war. Aber sie haben die Angeln und den Türklopfer retten können.« Sie tippte mit ihrem Stock gegen den Messingklopfer. »Es soll eine Affenpfote darstellen. Lilly Thorn hat ihn dort angebracht. Sie hatte eine Schwäche für Affen.«

Maggie öffnete die Tür. Die Gruppe folgte ihr ins Innere. »Einer von Ihnen schließt die Tür, wenn Sie so freundlich sind. Möchte nicht, daß Fliegen reinkommen.«

Sie deutete mit dem Stock. »Da ist ein weiterer Affe.«

Donna hörte ihre Tochter aufstöhnen. Sie konnte ihr das nicht verübeln. Der ausgestopfte Affe, der mit ausgestreckten Armen an der Tür stand, schien zu knurren und im nächsten Moment beißen zu wollen.

»Schirmständer«, erklärte Maggie. Sie ließ den Gehstock in die Armbeuge des Affen rutschen und nahm ihn dann wieder heraus.

»Jetzt werde ich Ihnen den Schauplatz der ersten Bluttat zeigen. Gleich hier lang, in den Salon.«

Sandy ergriff Donnas Hand. Sie blickte nervös zu ihrer

Mutter auf, als sie den Raum links von der Eingangshalle betraten.

»Als ich anno '31 in dieses Haus kam, befand es sich in genau dem Zustand, in dem Lilly Thorn es in der Nacht des Bestienangriffs achtundzwanzig Jahre zuvor zurückgelassen hatte. Seitdem hatte niemand im Haus gewohnt. Niemand hatte das gewagt.«

»Warum haben *Sie* es gewagt?« fragte der pausbäckige, neugierige Junge.

»Mein Mann und ich waren schlicht und ergreifend übers Ohr gehauen worden. Man hatte uns weisgemacht, daß Gus Goucher die schmutzige Tat begangen hätte. Niemand rückte mit der Wahrheit über die Bestie heraus.«

Donna warf dem Mann vom Café einen Blick zu. Er stand vor ihr, direkt neben seinem weißhaarigen Freund. Donna hob die Hand. »Mrs. Kutch?«

»Ja?«

»Ist es inzwischen erwiesen, daß Gus Goucher unschuldig war?«

»Ich weiß nicht, wie *unschuldig* er war.«

Einige Umstehende lachten. Der Mann drehte sich zu ihr um. Sie mied seinen Blick.

»Er mag ein Rowdy, ein Dieb und ein Tunichtgut gewesen sein. Mit Sicherheit war er dumm. Aber jedermann in Malcasa Point wußte vom ersten Augenblick an, daß der arme Kerl die Thorns nicht überfallen hatte.«

»Woher wußten sie das?«

»Er hatte keine Krallen, Sweetie.«

Einige aus der Gruppe kicherten. Der pummelige Junge zog eine Braue hoch und wandte sich ab. Der Mann vom Diner's schaute sie immer noch an. Sie blickte ihm ins Gesicht. Seine Augen hielten sie fest, durchdrangen sie und ließen es warm durch ihre Lenden strömen. Er blickte sie scheinbar eine Ewigkeit lang an. Bebend versuchte Donna, ihre Fassung wiederzugewinnen. Schließlich wandte sie ihre Aufmerksamkeit wieder der Führung zu.

»...durch ein Fenster drüben in der Küche. Wenn Sie einfach hier um den Wandschirm gehen würden.«

Als sie um einen dreiflügligen Pappmaché-Schirm bogen, der eine Ecke des Zimmers abteilte, schrie jemand auf. Etliche Teilnehmer aus der Gruppe schnappten nach Luft. Andere murmelten leise. Wieder andere stöhnten vor Ekel. Donna folgte ihrer Tochter um den Schirm, erblickte eine ausgestreckte blutige Hand auf dem Boden und strauchelte, als Sandy zurückscheute.

Maggie kicherte leise.

Donna geleitete Sandy um das Schirmende herum. Auf dem Boden lag, ein Bein hoch auf das staubige Polster einer Couch gestützt, die Gestalt einer Frau. Ihre glänzenden Augen starrten nach oben. Ihr blutiges Gesicht war zu einer Grimasse aus Schmerz und Entsetzen verzerrt. Fetzen ihres zerrissenen Leinenkleides umhüllten ihren Körper und bedeckten gerade noch Brüste und Scham.

»Die Bestie riß die Trennwand um«, erläuterte Maggie, »sprang über die Rücklehne der Couch und überrumpelte Ethel Hughes, während diese die *Saturday Evening Post* las. Dies ist noch das Exemplar, das sie damals gelesen hat.« Maggie streckte den Gehstock über den Körper hinweg und tippte auf das Magazin. »Alles ist genauso wie in jener grauenvollen Nacht.« Sie lächelte freundlich. »Bis auf die Leiche, natürlich. Dieses Replikat wurde im Jahre 1936 von Monsieur Claude Dubois in Wachs nachgebildet. Jedes Detail ist authentisch – bis hin zur winzigsten Bißspur in ihrem Genick. Wir haben Fotos aus dem Leichenschauhaus benutzt.

Selbstverständlich ist dies das Hauskleid, das Ethel in jener Nacht tatsächlich getragen hat. Die dunklen Spuren sind Blutflecken.«

»Wurde sie mißbraucht?« fragte der Weißhaarige mit angespannter Stimme.

Maggies freundliche Augen verhärteten sich, und ihr Blick zuckte zu ihm hinüber. »Nein«, erklärte sie.

»Ich habe etwas anderes gehört.«

»Ich weiß nicht, was Sie gehört haben, Sir. Ich weiß nur, was ich weiß, und ich weiß mehr über die Bestie als jede andere Person, sei sie lebendig oder tot. Die Bestie dieses Hauses hat ihre Opfer niemals sexuell mißbraucht.«

»Dann bitte ich um Entschuldigung«, erwiderte er mit kalter Stimme.

»Als die Bestie mit Ethel fertig war, wütete sie im Salon. Sie schlug diese Alabasterbüste von Cäsar vom Kaminsims, wobei die Nase abbrach.« Die Nase lag neben der Büste auf dem Sims. »Sie schmiß ein halbes Dutzend kleiner Figuren in den Kamin. Sie warf Stühle um. Dieser edle Mittelfuß-Tisch aus Rosenholz wurde durchs Erkerfenster geschleudert. Der Krach weckte natürlich das ganze Haus. Lillys Zimmer befand sich direkt hier drüber.« Maggie deutete mit dem Stock zur Decke. »Die Bestie muß ihre Bewegungen gehört haben. Sie ging zur Treppe.«

Schweigend geleitete sie die Gruppe aus dem Salon und über eine breite Treppe zum ersten Stock hinauf. Sie wandten sich nach links. Dann betraten sie ein Schlafzimmer.

»Wir befinden uns jetzt über dem Salon. Hier hat Lilly Thorn in der Nacht geschlafen, als die Bestie zuschlug.« Eine in ein rosafarbenes Nachthemd gekleidete Wachsfigur saß aufrecht in ihrem Bett und starrte ängstlich über die Messingornamente am Fußende. »Als der Tumult Lilly aufgeweckt hatte, schob sie den Frisiertisch von hier –« sie zeigte mit dem Stock auf den schweren Rosenholztisch mit dem Spiegel neben dem Fenster »– nach dort und verbarrikadierte die Tür. Dann flüchtete sie durchs Fenster. Sie sprang auf das Dach des Erkers unten, dann auf die Erde.

Mir ist es immer rätselhaft geblieben, warum sie nicht versucht hat, ihre Kinder zu retten.«

Man folgte Maggie aus dem Schlafzimmer hinaus.

»Als die Bestie feststellte, daß sie nicht in ihr Zimmer gelangen konnte, ging sie den Korridor entlang.«

Sie kamen am oberen Treppenabsatz vorbei. Vier Brentwood-Stühle versperrten die Mitte des Korridors. Eine Wäscheleine spannte sich von einem Stuhl zum anderen. Die Teilnehmer der Führung quetschten sich zwischen Wand und Leine hindurch.

»Hier werden wir unser neues Schaubild aufstellen. Die Figuren sind bereits in Auftrag gegeben, aber wir rechnen kaum vor dem nächsten Frühjahr damit.«

»Wie schade«, meinte der Mann mit den beiden Kindern sarkastisch zu seiner Frau.

Maggie trat durch eine Tür zu ihrer Rechten. »Die Bestie fand diese Tür offen«, erklärte sie.

Das Fenster des Zimmers blickte auf die bewaldeten Hügel hinter dem Haus hinaus. Die beiden Messingbetten im Raum ähnelten dem in Lillys Zimmer, aber die Laken waren zu Haufen zerknüllt. Ein Schaukelpferd mit verblichenem Anstrich stand neben dem Waschtisch in einer Ecke.

»Earl war zehn«, sagte Maggie. »Sein Bruder Sam acht.«

Ihre Leichen, zerfleischt und angefressen, lagen bäuchlings ausgestreckt zwischen den beiden Betten. Beide trugen die Überreste von gestreiften Nachthemden, die, bis auf ihre Pobacken, kaum etwas verbargen.

»Laß uns gehen«, sagte der Mann mit den zwei Kindern. »Dies ist der grausamste, taktloseste Fall von Voyeurismus, der mir je begegnet ist.«

Seine Frau lächelte Maggie entschuldigend an.

»Zwölf Dollar für so was!« spie der Mann. »Guter Gott!«

Seine Frau und die Kinder folgten ihm aus dem Zimmer.

Eine gepflegte Frau in weißer Bluse und Shorts nahm ihren Sohn beim Ellbogen. »Wir gehen ebenfalls.«

»Mutter!«

»Keine Widerrede. Wir beide haben bereits zuviel gesehen.«

»Ach, Mist!«

Sie schleifte ihn zur Tür hinaus.

Als sie fort waren, lachte Maggie leise. »Sie sind vor dem besten Teil gegangen«, sagte sie.

Nervöses Lachen wisperte durch die verbliebenen Teilnehmer der Führung.

2

»Wir haben sechzehn Nächte in diesem Haus gelebt, ehe die Bestie zuschlug.« Sie geleitete sie den Flur entlang an den Stühlen und der Treppe vorbei. »Mein Gatte Joseph empfand eine tiefe Abneigung gegen die Räume, in denen die Morde geschehen waren. Deshalb nutzten wir sie kaum und richteten uns anderweitig ein. Cynthia und Diana waren nicht so zimperlich. Sie blieben im Jungenzimmer, das wir eben verlassen haben.«

Sie führte die Gruppe durch eine Tür gegenüber Lillys Zimmer. Donna suchte den Boden nach Wachsleichen ab, entdeckte aber keine, statt dessen allerdings eine vierflüglige

Wand aus Pappmaché, die eine Ecke und ein Fenster abschirmte.

»Joseph und ich schliefen hier. Es war die Nacht des siebten Mai 1931. Das liegt mehr als vierzig Jahre zurück, aber das Datum hat sich in meine Seele gebrannt. An jenem Tag hatte es ganz schön gegossen. Nach Dunkelwerden ließ es etwas nach. Wir hatten die Fenster geöffnet. Ich konnte den Nieselregen draußen hören. Die Mädchen schliefen tief und fest am Ende des Flurs, und das Baby, Theodore, schlummerte im Kinderzimmer.

Ich schlief ein, fühlte mich ganz in Frieden und Geborgenheit. Aber kurz vor Mitternacht wurde ich durch lautes Glassplittern geweckt. Joseph war ebenfalls aufgewacht, stand ganz leise auf und ging auf Zehenspitzen dort zur Kommode hinüber. Dort bewahrte er immer seine Pistole auf.«

Sie zog die obere Schublade auf und nahm einen .45er Colt Automatic heraus. »Diese Pistole. Sie ist fürchterlich laut, wenn man damit schießt.«

Nachdem sie ihren Stock unter den Arm geklemmt hatte, griff sie den schwarzen Abzug der Automatic und ließ ihn mit einem leisen metallischen Schaben hin und her gleiten. Ihr Daumen gab den Hahn frei. Sie legte die Waffe wieder in ihre Schublade.

»Joseph nahm die Pistole und verließ das Zimmer. Als ich seine Schritte auf der Treppe hörte, stahl ich mich aus dem Bett. So leise ich konnte, machte ich mich auf den Weg über den Flur. Ich mußte meine Kinder holen, verstehen Sie.«

Die Gruppe folgte ihr in den Korridor.

»Ich war genau hier oben an der Treppe, als ich von unten Schüsse hörte. Ich hörte Joseph schreien, wie ich ihn nie zuvor gehört hatte. Ein Schlurfen, dann Schritte. Ich stand genau hier, war vor Furcht wie erstarrt und lauschte den näherkommenden Schritten. Ich wollte losrennen und meine Kinder in Sicherheit bringen, aber vor Angst war ich wie gelähmt.

Aus der Dunkelheit unter mir tauchte die Bestie auf. Ich konnte nichts erkennen, nur daß sie aufrecht ging wie ein Mensch. Sie gab eine Art Lachen von sich, dann sprang sie mich an und zerrte mich zu Boden. Sie riß mit Zähnen und Klauen an mir. Ich versuchte mich zu wehren, aber natürlich war ich für das Ding kein Gegner. Ich machte mich gerade darauf gefaßt, meinem Schöpfer entgegenzutreten, als der kleine Theodore in seinem Zimmer am Ende des Flurs zu schreien begann. Die Bestie kletterte über mich hinweg und rannte zu dem Baby. Trotz meiner Verletzungen jagte ich ihm nach. Ich *mußte* mein Baby retten.«

Die Gruppe folgte ihr zum Ende des Flurs. Maggie blieb vor einer geschlossenen Tür stehen.

»Diese Tür stand offen«, erklärte sie und tippte mit ihrem Stock dagegen. »Im Spiegel der Fenster sah ich, wie die bleiche Bestie mein Kind aus der Wiege zerrte und darüber herfiel. Ich wußte, daß ich Klein-Theodor nicht mehr helfen konnte.

Voller Grauen schaute ich dem Massaker zu, als eine Hand an meinem Nachthemd zupfte. Cynthia und Diana standen in Tränen aufgelöst hinter mir. Ich nahm beide bei der Hand und führte sie schweigend vom Kinderzimmer fort.«

Sie führte die Gruppe abermals an den mit Tau verbundenen Stühlen vorbei.

»Wir befanden uns gerade hier, als die Bestie aus dem Kinderzimmer gerannt kam. Dies war die nächste Tür.« Sie öffnete sie. Dahinter war eine schmale Treppe mit einer Tür am Ende. »Wir duckten uns hinein, und ich konnte die Tür eben noch vor der Bestie schließen. Wir rannten diese Stufen hinauf, so schnell uns unsere Beine tragen konnten. Wir stolperten und schrien im Dunkeln. Wir traten oben durch die Tür. Ich verriegelte sie hinter uns. Dann hockten wir oben in der muffigen Schwärze des Dachbodens und warteten.

Wir hörten die Bestie die Stufen heraufkommen. Sie schnüffelte an der Tür. Und dann platzte die Tür mit einer derartigen Geschwindigkeit auf, daß wir uns nicht mehr regen konnten, und die Bestie sprang zwischen uns. Binnen weniger Sekunden tötete sie Cynthia und Diana, dann stürzte sie sich auf mich. Sie hielt mich mit ihren Krallen am Boden, und ich wartete nur noch darauf, daß sie meinem Leben ein Ende setzte. Aber das tat sie nicht. Sie blieb einfach auf mir hocken, während mir ihr fauliger Atem ins Gesicht schlug. Dann stieg sie herunter. Sie stapfte die Treppe hinunter und verschwand. Seit jener Nacht habe ich die Bestie nicht wiedergesehen. Andere jedoch schon.«

3

»Warum hat sie Sie nicht getötet?« fragte ein Mädchen, dessen rundes Gesicht vor Akne blühte.

»Das habe ich mich häufig selbst gefragt. Obschon ich diese Seite des Abgrunds niemals kennen werde, denke ich manchmal, die Bestie hat mich leben lassen, um ›von mir und meinem Fall denen zu sagen, die's nicht zufrieden sind‹, wie der sterbende Hamlet Horatio bittet. Vielleicht wollte sie keinen anderen Gus Goucher für ihre Verbrechen hängen sehen.«

»Mir kommt es so vor«, meinte der Weißhaarige, »als hätten Sie eine Menge Vertrauen in die Bestie.«

»Lassen Sie uns den Dachboden besichtigen«, verlangte der dickliche, neugierige Junge.

»Ich zeige den Boden nicht. Ich halte ihn verschlossen – immer.«

»Dann das Kinderzimmer.«

»Auch das zeige ich nie.«

»Haben Sie keine weiteren Puppen mehr?«

»Es gibt keine Wachsfiguren von meiner Familie«, sagte sie.

Mit hochgezogenen Brauen ließ der Junge den Blick über die Gruppe schweifen, als suchte er nach anderen, die sein Mißfallen darüber teilten, daß die Frau so wählerisch in der Präsentation der Geschichte war. »Und was ist mit diesen anderen beiden Burschen? Die gehörten nicht zu Ihrer Sippschaft.«

»Die *beiden Burschen*, auf die sich dieser junge Mann bezieht, waren Tom Bagley und Larry Maywood.«

Sie schloß die Tür zur Bodentreppe und führte die Gruppe den Korridor entlang zu ihrem Schlafzimmer. »Tom und Larry waren zwölf Jahre alt. Ich habe beide gut gekannt. Sie nahmen an etlichen Führungen teil und wußten wahrscheinlich mehr über das Haus der Schrecken als sonst jemand.

Der Himmel weiß, warum sie nicht mehr Verstand besaßen, als nachts hierherzukommen. Sie waren keine Ignoranten wie diese Zieglers: Sie wußten nur zu gut, was sie erwartete. Aber sie brachen dennoch hier ein. Im Jahre '51.

Sie waren eine ganze Weile im Haus und stöberten herum. Sie versuchten, die Schlösser von Kinderzimmer und Dachboden aufzubrechen. Sie schnüffelten in diesem Raum herum, als die Bestie kam.

Sie riß Tom Bagley zu Boden, und Larry Maywood lief zum Fenster.«

Maggie zog die Pappmaché-Wand beiseite, die das Fenster und ein Stück des Fußbodens davor abschottete. Einige aus der Gruppe machten einen Satz rückwärts. Das Mädchen mit der Akne fuhr herum und würgte. Eine Frau murmelte: »Echt«, mit Ekel in der Stimme.

Die Wachsfigur von Larry Maywood, der versuchte, das Fenster hochzuschieben, starrte wie alle anderen im Raum auf den verstümmelten Körper. Die Kleider waren zerfetzt und entblößten ihn bis auf die Pobacken. Die Haut auf seinem Rücken war tief eingekerbt. Der Kopf lag ein gutes Stück vom zerquetschten Hals entfernt. Das Gesicht war nach oben gerichtet und die Augen geöffnet, der Mund breit verzerrt.

»Larry Maywood überließ seinen Freund der Gewalt der Bestie und sprang vom...«

»Ich bin Larry Maywood!« schrie der Weißhaarige. »Und Sie lügen! Tommy war tot! Er war tot, ehe ich sprang. Ich sah, wie ihm die Bestie den Kopf abdrehte! Ich bin kein Feigling! Ich habe ihn nicht hier zurückgelassen, damit er stirbt!«

Sandy preßte Donnas Hand ganz fest.

Ein Kind begann zu weinen.

»Das ist Verleumdung! Durch und durch Verleumdung!« Nach einer Drehung marschierte der Mann aus dem Raum. Sein Freund aus dem Frühstückscafé folgte ihm.

»Ich habe genug gesehen«, flüsterte Donna.

»Ich auch.«

»Damit wäre unsere Führung für diesen Morgen abgeschlossen, Ladies und Gentlemen.«

Maggie verließ das Zimmer, gefolgt von der Gruppe.

»Im Erdgeschoß befindet sich ein Andenkenstand, wo Sie ein bebildertes Büchlein über die Geschichte des Hauses der Schrecken erwerben können. Sie können auch 35-Millimeter-Dias in Farbe kaufen, inklusive der Mordszenen. Wir haben Haus der Schrecken-T-Shirts, Aufkleber und eine große Anzahl schöner Souvenirs. Die Ziegler-Darstellung wird nächstes Frühjahr fertig sein. Sie werden dies nicht versäumen wollen.«

Siebtes Kapitel

1

»Wie kann diese alte Schreckschraube behaupten, ich hätte Tommy im Stich gelassen, um meine eigene Haut zu retten! Diese elende alte Hexe, diese Mißgeburt! Ich werde rechtliche Schritte unternehmen!«

»Ich wünschte, Sie hätten Ihre Identität nicht preisgegeben.«

»Tut mir leid.« Er schüttelte den Kopf und runzelte dabei zerknirscht die Stirn. »Aber *wirklich*, Judge, Sie haben gehört, was sie von mir behauptet hat.«

»Ich hab's gehört.«

»Dieses verachtenswerte Fläschchen Faulgas!«

»Entschuldigen Sie!« rief eine weibliche Stimme hinter ihnen.

»O je«, murmelte Larry.

Sie schauten sich zu der Frau um, die auf dem Bürgersteig auf sie zueilte, ein blondes Mädchen im Schlepp. Judge erkannte die beiden.

»Wir rennen zum Auto«, flüsterte Larry.

»Ich glaube, das ist nicht nötig.«

»Judge, bitte! Bestimmt ist sie eine Reporterin oder gehört zu irgendeiner anderen Spezies von schamlosen Schnüfflern.«

»Auf mich wirkt sie ehrenwert.«

»Um Himmels willen!« Er stampfte mit dem Fuß auf. »Bitte!«

»Sie gehen zum Wagen, und ich nehme sie unter die Lupe.« Jud hielt ihm die Schlüssel hin. Larry schnappte sie sich und eilte etliche Schritte vor der Frau von dannen. »Er hat eine gesunde Angst vor der Presse«, erklärte Jud ihr.

»Ich bin nicht von der Presse«, sagte sie.

»Das dachte ich auch nicht.«

Sie lächelte.

»Aber, wenn Sie nicht von der Presse sind, wieso laufen Sie uns dann nach?«

»Aus Angst, Sie würden fortgehen.«

»Oh?«

»Ja.« Den Kopf zur Seite geneigt, zuckte sie die Achseln. »Ich bin Donna Hayes.« Sie reichte ihm die Hand. Jud hielt sie leicht in seiner. »Das ist meine Tochter Sandy.«

»Ich bin Jud Rucker«, sagte er, immer noch ihre Hand haltend. »Was kann ich für Sie tun?«

»Wir haben Sie beim Frühstück gesehen.«

»*Ich* nicht«, erklärte Sandy.

»Nun, aber ich.«

Jud zog amüsiert die Brauen hoch, ohne ihre Hand loszulassen.

»O ja«, sagte er schließlich. »Sie saßen am Tisch hinter mir, nicht wahr?«

Donna nickte. »Wir haben ebenfalls an der Führung teilgenommen.«

»Stimmt. Hat's Ihnen gefallen?«

»*Ich* fand's grauenvoll.«

»*Mir* hat's gefallen«, meinte das Mädchen. »Es war so eklig.«

»Es war eklig, das stimmt.« Er richtete den Blick auf Donna und wartete ab.

»Wie auch immer«, sagte sie. Sie holte tief Luft. Trotz ihres Lächelns wirkte sie besorgt.

»Wie fanden Sie diese verrückte Frau vor der Führung?« fragte Sandy ihn.

Die Besorgnis schwand plötzlich aus Donnas Gesicht. Mit belegter Stimme erklärte sie: »Deshalb wollte ich mit Ihnen sprechen, deshalb bin ich... Ihnen nachgelaufen.« Sie lächelte schüchtern. »Ich wollte Ihnen dafür danken, daß Sie für die Frau eingetreten sind. Es war so rücksichtsvoll.«

»Danke.«

»Sie hätten diesem Penner eins auf die Nase geben sollen«, meinte Sandy zu ihm.

»Daran habe ich durchaus gedacht.«

»Sie hätten ihm die Lichter auspusten sollen.«

»Er hätte gekniffen.«

»Sandy findet Geschmack an Gewalt«, stellte Donna fest.

»Also«, sagte Jud. Er ließ dies so stehen und beendete damit seinen Beitrag zur Konversation.

»Also«, echote Donna. Trotz ihres Lächelns wollte sie etwas loswerden, erkannte Jud. »Ich wollte Sie bloß wissen lassen... wie sehr ich die Art bewundere, in der Sie der Frau geholfen haben.«

»Danke. Nett, Sie beide kennenzulernen.«

»Nett, Sie kennenzulernen«, sagte Sandy.

Donna wollte ihre Hand wegziehen, aber Jud verstärkte seinen Griff. »Haben Sie noch Zeit für eine Bloody Mary?« fragte er.

»Nun...«

»Sandy«, fragte er, »wie wär's mit einer Coke oder einem 7-up?«

»Toll!«

»Wie sieht's aus?« fragte er Donna.

»Sicher. Warum nicht?«

»Ich denke, das Welcome Inn hat das, was wir suchen. Sind Sie zu Fuß?«

»Schon den ganzen Morgen«, erklärte Donna.

»In diesem Fall werde ich Sie persönlich bis vor die Tür chauffieren.«

Er ging neben ihnen her zu seinem Chrysler und stellte fest, daß er abgeschlossen war. Larry grinste zu ihm heraus, vor Genugtuung fast überfließend. Jud machte eine Drehbewegung. Summend glitt das Beifahrerfenster hinunter.

»Ja?« fragte Larry unschuldig.

»Es sind Freunde.«

»*Ihre* Freunde vielleicht.«

Jud wandte sich zu Donna. »Becircen Sie ihn.«

Sie beugte sich in den Wagen. In Augenhöhe mit ihm erklärte sie: »Ich heiße Donna Hayes.« Sie streckte eine Hand durchs Fenster. Larry nahm sie und schüttelte sie knapp, wobei er ein bemühtes Lächeln aufsetzte.

»Ich sehe schon«, sagte er, »Sie sind eine Reporterin.«

»Ich bin Fluggast-Vertreterin bei TWA.«

»Sind Sie nicht.«

»Ist sie doch«, sagte Sandy.

»Wer hat dich gefragt«, schnauzte er.

Sandy mußte kichern.

»Wer ist das?«

»Das ist Sandy, meine Tochter.«

»Tochter, hm? Dann sind Sie verheiratet?«

»Nicht mehr.«

»Aha! Eine Feministin!«

Sandy wandte sich laut lachend ab.

»Mögen Sie keine Feministinnen?« fragte Donna ihn.

»Nur mit Sauce béarnaise«, erwiderte er.

Als Donna lachte, begannen auch Larrys Mundwinkel zu zucken.

»Ich nehme an...« Er schluckte. »Ich nehme an, ich werde auf den Rücksitz zurückgestuft, gemeinsam mit Miss Kicherkicher.« Er entriegelte die Tür und stieg aus.

Donna kletterte in den Wagen. Sie rutschte bis zur Mitte der Vorderbank. »Miss Kicherkicher kann alleine auf dem Rücksitz thronen.«

»Eine *Lady!* Ich habe eine *Lady* getroffen!« Larry stieg zu ihr ein. Sie entriegelte für Jud die Fahrertür, während Larry nach dem Schließknopf der Hintertür langte.

»Wohin?« fragte Larry und klatschte sich auf die Schenkel.

»Zum Welcome Inn«, erklärte Jud. »Auf ein paar Drinks und ein Lunch.«

»Wundervoll. Eine Party. Ich liebe Parties.« Er schaute über die Schulter zurück. »Liebst du Parties, Miss Kicherkicher?«

»Ich finde sie entzückend«, erwiderte Sandy und brach in einen neuen hysterischen Anfall aus.

Als sie an der Chevron-Station vorbeikamen, rief Sandy: »Da steht unser Auto!«

»Fehlt ihm was?« fragte Larry.

Donna erklärte: »Wir hatten gestern abend einen kleinen Unfall.«

»Nichts Ernstliches, hoffe ich.«

»Nur Schrammen und Kratzer.«

»Möchten Sie, daß ich anhalte?« fragte Jud.
»Wenn es Ihnen nichts ausmacht.«
Er bog in die Tankstelle ein. Larry stieg aus, um Donna hinauszulassen. Dann stieg er wieder ein und schloß die Tür.
»Ich nehme an, für eine Frau ist es nicht schwer, ein Auto zu demolieren«, meinte Larry und drehte sich zu Sandy um. »Wie hat deine Mutter es bewerkstelligt?«
Jud achtete nicht auf die Antwort des Mädchens. Seine ganze Aufmerksamkeit galt Donna: Er bewunderte die Art, wie ihre braune Haarflut in der Sonne schimmerte, ihre elegant geschwungene Taille, ihre wohlgeformten Pobacken, die sich beim Gehen unter ihrer Cordhose abzeichneten. Vor dem Büro traf sie auf einen Mann mit einem Overall und einem süffisanten Grinsen. Sie sprachen miteinander. Donna bog den Oberkörper ein bißchen zur Seite und griff sich in die Gesäßtasche. Sie nickte. Mit einer graziösen Drehung folgte sie dem Mann zu ihrem Wagen, wo er die Motorhaube öffnete und den Kopf schüttelte.
Jud beobachtete, wie ihr das Haar übers Gesicht fiel, als sie sich bückte, um unter die Motorhaube zu schauen. Sie richtete sich auf und sagte etwas.
»Oha«, hörte er Sandy sagen.
Der Mann knallte die Haube zu.
Donna sprach mit ihm und nickte. Sie steckte die Hände in die Seitentaschen und verlagerte das Gewicht auf das linke Bein. Dann drehte sie sich schwungvoll um. Mit langen Schritten kam sie auf Juds Wagen zu, zuckte die Achseln, zog eine Grimasse der Verzweiflung und lächelte dann.
Larry kletterte aus dem Wagen, um sie einsteigen zu lassen.
»Also«, erklärte sie Jud, »es weilt noch unter den Lebenden. Allerdings mußte er einen neuen Kühler in Santa Rosa bestellen.«

»Das wird einige Tage dauern, nicht wahr?«
»Er meint, wir könnten vielleicht morgen wegkommen.«
»Morgen?« Sandy klang beunruhigt.
»Wir haben keine andere Wahl, Honey.«
»Müssen Sie irgendwohin?« fragte Jud und fuhr wieder auf die Straße.
»Nein, nicht unbedingt. Zwei Tage in dieser Stadt sind eben zwei Tage mehr, als wir gerechnet hatten, das ist alles.«
»Ich habe zwölf Jahre in diesem zauberhaften Kaff zugebracht«, sagte Larry. »Sie wären überrascht, wie viele Zerstreuungsmöglichkeiten sich Ihnen hier bieten.«
»Was denn?« fragte Sandy.
»Am populärsten ist es, an der Ecke von Front und Division zu sitzen und das Umschalten der Ampeln zu beobachten.«
»O boy.«
»Haben Sie ein Zimmer?« fragte Jud.
Donna nickte. »Wir haben im Welcome Inn was bekommen.«
»Nun, ist das kein lustiger Zufall!« meinte Larry aufgeräumt. »Wir ebenfalls! Wie wäre es mit einer Partie Bridge?«
»Hab' ich noch nie probiert«, erklärte Jud.
»Keine *Angeberei!*«
»Außerdem haben wir für heute abend schon was vor.«
»Oh.«
»Wir müssen etwas Geschäftliches erledigen«, erklärte er Donna.
»Sind Sie nur heute in der Stadt?« fragte sie.
»Kann sein, daß wir einige Tage hierbleiben. Zu diesem Zeitpunkt ist es schwer zu sagen. Kommt drauf an, wie die Sache läuft.«
»In welcher Branche sind Sie tätig?«

»Wir sind...« Plötzlich erkannte er, daß er nicht lügen wollte. Nicht gegenüber dieser Frau. »Ich möchte lieber nicht darüber sprechen«, sagte er ausweichend.

»Oh. Fein. Es tut mir leid, wenn ich aufdringlich war.«

»Nein, Sie waren nicht...«

»Ich möchte Ihnen erzählen, womit wir uns beschäftigen.«

»Larry!«

»Wir wollen...«

»Nicht!«

»...die Bestie töten.«

»Was?« fragte Donna.

»Die Bestie. Das Monster vom Haus der Schrecken. Judgement Rucker und ich werden ihr das Handwerk legen!«

»Tatsächlich?« fragte Donna und drehte sich zu Jud um. »Glauben Sie, daß es dort eine Bestie gibt?« fragte er.

»Irgend etwas hat all diese Menschen umgebracht, schätze ich.«

»Oder irgend *jemand*«, sagte Jud.

»Der Killer von Tom Bagley war *kein* Mensch«, beharrte Larry.

»Was war es denn?« fragte Sandy.

»Wir werden Ihnen den Kadaver zeigen«, versprach Larry. »Dann können Sie selbst entscheiden.«

»Was ist ein Kadaver?«

»Das ist eine Leiche, Honey.«

»Oh, wie eklig.«

»Wir wollen herausfinden«, sagte Jud, »was – oder wer – die Leute in diesem Haus getötet hat. Dann werden wir uns darum kümmern.« Er lächelte sie an. »Wette, Ihnen war nicht bewußt, daß Sie mit zwei Irren fahren. Haben Sie immer noch Lust auf eine Bloody Mary?«

»Jetzt könnte ich zwei vertragen.«

2

»Entschuldigen Sie mich«, sagte Donna. Sie stieß ihren Stuhl zurück. »Sollten die Drinks kommen, während ich weg bin, warten Sie nicht auf mich.«

»Ich komme mit«, erklärte das Mädchen.

Jud sah ihnen nach, als sie den überfüllten Speisesaal durchquerten. Dann beugte er sich zu Larry hinüber. Leise sagte er: »Das haben Sie vorhin richtig schön versaut. Wenn irgend jemand in dieser Stadt rauskriegt, was wir vorhaben, ist alles vorbei. Ich behalte meinen Vorschuß, fahre nach San Francisco zurück, und das war's dann.«

»*Wirklich*, Judge. Was für einen Schaden...?«

»Noch ein Wort...«

»Schon gut. Wenn Sie es so wollen.«

»Ich muß.«

Während der Cocktails oder beim Lunch erwähnte niemand das Haus der Schrecken. Als sie fertig waren, erzählte Larry ihnen von einem Pfad, der durch eine Schlucht zum Strand führte.

Nach dem Lunch gingen sie alle ins Motel-Büro hinüber, um sich für eine weitere Nacht einzutragen. Dann trennte man sich, um Donna und Sandy Gelegenheit zu geben, ihre Badeanzüge anzuziehen. Jud entspannte sich auf dem Bett, die Beine übereinander geschlagen, die Hände hinter dem Kopf gefaltet. Er schlummerte ein.

»Sie sind da!« weckte ihn Larry. Der nervöse Mann verließ seinen Platz am Fenster und begutachtete sich im Spiegel des Frisiertischs. »Wie sehe ich aus?«

Jud warf einen Blick auf das rotgeblümte Hemd und die weißen Shorts. »Wo ist Ihr Panama-Hut?«

»So kurzfristig konnte ich nicht alles einpacken.«

Sie verließen ihr Zimmer. Larry eilte voraus, um die beiden Damen zu begrüßen, während Jud zurückblieb, um Donna einen ausgiebigen Blick zu widmen. Sie trug ein blaues Hemd, dessen Ärmel bis zum Ellbogen aufgekrempelt waren. Unterhalb der lose hängenden Hemdzipfel kamen ihre schlanken, gebräunten Beine zum Vorschein. Von einem Badeanzug nicht die Spur.

»Ich hoffe, Sie sind unter dieser Bluse nicht *au naturel*«, sagte Larry.

»Das werden Sie abwarten müssen.«

»O bitte, gönnen Sie uns einen kurzen Blick. Nur einen klitzekleinen.«

»Nö.«

»Bitte.«

Sandy stürzte lachend vorwärts und schwang ihre Stofftasche in Larrys Richtung. Er wirbelte herum und duckte sich. Die Tasche klatschte gegen seinen Rücken.

»Brutales Mäuschen!« schrie er auf.

Das Mädchen holte noch einmal aus.

»Das reicht, Honey.«

»Aber er ist verrückt«, keuchte Sandy lachend.

»Ist er immer so?« fragte Donna Jud.

»Ich habe ihn erst gestern abend kennengelernt.«

»Ist das wahr?«

»Judgement lügt nie«, bestätigte Larry.

Sie stiegen in Juds Chrysler, und Larry dirigierte ihn über die Front Street in Richtung der Chevron-Station, an Sarah's Diner vorüber und an zwei Blocks mit Geschäften vorbei. Das Haus der Schrecken erhob sich drohend zur Linken. Abrupt erstarb das Schwatzen und Lachen, doch niemand erwähnte das Haus.

Larry brach das Schweigen. »Biegen Sie rechts in die Schotterstraße ein.«

Jud bog ab.

»Wohnt dort Axels Mutter?« fragte Sandy und zeigte auf ein Backsteinhaus.

»Das ist das Haus«, sagte Donna.

Jud betrachtete das Backsteinhaus zur Linken und bemerkte, daß es keine Fenster besaß. »Merkwürdig«, murmelte er.

»In der Tat«, bestätigte Larry. Er fragte Donna: »Woher kennen Sie Axel?«

»Er hat uns gestern abend mit in die Stadt genommen.«

»Er ist ein krummer Hund.«

»Er ist verrückt«, erklärte Sandy.

»Wer würde das nicht bei einer Mutter wie Maggie Kutch.«

»Was?« fragte Sandy.

»Axels Mutter ist Maggie Kutch, die Besitzerin vom Haus der Schrecken, die Fremdenführerin.«

»Die?«

»Ja, tatsächlich.«

»Hat sie nach den Morden wieder geheiratet?« fragte Donna.

»Halten Sie sich rechts, Judge. Nein, sie bekam allerdings öfter Besuch. In der Stadt heißt es, Wick Hapson sei Axels Vater. Er hat von Anfang an mit Maggie zusammengearbeitet, und sie leben zusammen.«

»Der Mann im Kassenhäuschen?« fragte Donna.

»Ge-nau.«

»Reizende Familie«, meinte Jud. »Sieht aus, als hätte das Haus keine Fenster.«

»Hat es auch nicht.«

»Warum?« fragte Sandy.
»Damit die Bestie nicht eindringen kann, natürlich.«
»Oh.« Das Mädchen klang, als bereute es die Frage.
Die Schotterstraße wurde breiter und endete dann.
»Ah, wir sind da! Parken Sie einfach irgendwo, Judge.«
Er wendete den Wagen und parkte am Straßenrand.
»Sie werden diesen Strand garantiert lieben«, versprach Larry beim Aussteigen.

Ehe Jud seine Tür öffnete, sah er Donna zu. Wie vermutet, trug sie einen Badeanzug unter dem Hemd: zumindest das Oberteil. Der blaue Stoff schimmerte ihm entgegen, als sie sich bückte, um auszusteigen.

Jud gesellte sich neben die anderen, die beim Wagen standen.

Der Wind, der die Hitze wie ein kühlender Regen durchschnitt, tat gut.

»Wollen wir gehen?« fragte Larry Donna.
»Wollen wir los?« fragte sie Jud.
»Ich bin fertig. Bist du fertig, Sandy?«
»Ihr seid *alle* verrückt.«

Sie stapften im Gänsemarsch einen engen Weg entlang, der sich zwischen zwei sandigen Hügeln abwärts schlängelte. Jud kniff vor dem Wind die Augen zusammen. Er pfiff ihm um die Ohren und verschluckte Larrys Erzählungen von seinen Kindheitserlebnissen am Strand bis auf ein paar unzusammenhängende Wortfetzen.

Nach einer Kurve kam der Ozean in Sicht. Das in allen Schattierungen leuchtende Blau war mit weißen Schaumkronen gespickt. Wellen klatschten gegen einen Felsvorsprung. Direkt diesseits dieses Punktes spülten sie sanft auf einen Streifen Strand. Jud konnte unten niemanden entdecken.

»Ah, wundervoll!« jubelte Larry, indem er die Arme ausbreitete und tief die Luft einsog.

»Der letzte am Strand ist ein faules Saftei!«

Er lief los. Sandy jagte ihm nach.

Jud drehte sich zu Donna um. »Ist Ihnen nicht nach einem Wettrennen zumute?«

»Nö.« Der Wind wehte ihr einige Haarsträhnen ins Gesicht. Jud strich sie beiseite. Er konnte den Blick nicht von ihren Augen wenden.

»Ich wette, ich weiß warum«, sagte er.

»Warum?«

»Sie fürchten, ich könnte Sie schlagen.«

»Ist das so?« Ihre Augen blickten ihn amüsiert, doch ernsthaft an, als wollte sie sich keinesfalls durch sein Geplänkel irremachen lassen.

»Das ist so«, stellte er fest.

»Heißen Sie tatsächlich Judgement?«

»Tatsächlich.«

»Ich wünschte, wir wären allein, Judgement.«

Er legte ihr die Hände auf die Schultern und zog sie an sich, so daß er den Druck ihres Körpers spürte, die weiche, feuchte Öffnung ihrer Lippen.

»Wir sind nicht alleine«, sagte sie nach einer Weile.

»Ich schätze, wir sollten besser aufhören, wie?«

»Solange aufhören gut ist.«

»Ich würde nicht sagen, daß es gut ist«, meinte Jud.

»Ich auch nicht.«

Händchen haltend spazierten sie den Weg hinunter. Unter ihnen lief Sandy vor Larry über den Sandstrand. Sie platschte ins Wasser. Larry blieb am Ufer stehen und sank auf die Knie. Das Mädchen winkte ihm nachzukommen, aber er schüttelte den Kopf.

»Kommen Sie schon!« hörte Jud über den Lärm von Wind und Brandung hinweg.

Sandy planschte im Wasser, kauerte sich nieder und spritzte Larry naß.

»Wir beeilen uns lieber«, meinte Donna, »ehe meine reizende Tochter durchdreht und ihn hineinzerrt.«

Kaum hatte sie dies gesagt, da lief das Mädchen schon an den Strand und begann, an Larrys Armen zu ziehen.

»Laß ihn in Ruhe, Sandy!«

Obwohl er immer noch auf den Knien war, schaffte es Larry, sich umzuschauen. »Es ist wirklich in Ordnung, Donna«, rief er. »Mit ihr werde ich schon fertig.«

Sandy ließ seinen Arm los, wirbelte um ihn herum und sprang auf seinen Rücken. »Jippijee!« schrie sie.

Er warf sich nach vorn und schüttelte sich, ehe er auf Händen und Knien durch den Sand kroch und dabei ein Geräusch von sich gab, das entfernt an das Wiehern eines Pferdes erinnerte. Dann kam er auf die Beine. Sandy hatte sich fest um seinen Hals geklammert und schaute zu Donna und Jud zurück. Obwohl sie nichts sagte, stand Angst in ihrem Gesicht. Larry drehte sich im Kreis, zerrte dabei an den Armen des Mädchens. Jud erkannte nacktes Entsetzen in seinen Augen. Sein Wiehern war in Wirklichkeit ein abgehacktes, panisches Stöhnen. Er hüpfte und bockte bei dem Versuch, sich zu befreien.

»O mein Gott!« kreischte Donna und stürmte los.

Jud raste hinter ihr her auf das Mädchen zu, das jetzt laut um Hilfe schrie.

»Larry, aufhören!« brüllte er.

Der Mann schien nichts zu hören. Er sprang und wand sich, während er wie besessen an den Armen des Mädchens zerrte.

Da fiel Sandy rückwärts, ohne die Umklammerung ihrer Beine um Larrys Hüften zu lösen, während ihre Arme lose herunterbaumelten. Eine Hand krallte sich in Larrys Kragen. Das Hemd platzte hinten auf, und er brüllte auf. Jud fing das fallende Mädchen auf. Sein keuchender Atem beruhigte sich.

Jud überantwortete Sandy in die Arme ihrer Mutter und trat zu Larry.

»Sie hätte... mir nicht auf den Rücken springen dürfen.« Seine Stimme war ein hohes Jaulen. »Nicht auf meinen *Rükken*.«

»Es ist ja wieder gut«, sagte Jud.

»Nicht auf meinen Rücken.« Er lag im Sand, bedeckte die Augen mit dem Unterarm und weinte leise.

Jud kniete sich neben ihn. »Es ist schon gut, Larry. Alles ist vorbei.«

»Es ist nicht vorbei. Es wird nie vorbei sein. Nie.«

»Sie haben der Kleinen einen fürchterlichen Schrecken eingejagt.«

»Ich wei-eiß«, sagte er und dehnte das Wort wie ein qualvolles Stöhnen. »Es tut mir lei-eid. Vielleicht... wenn ich um Verzeihung bitte.«

»Könnte helfen.«

Er schniefte und wischte sich über die Augen. Als er sich aufsetzte, sah Jud die Narben. Sie zogen sich in einer grellweißen, grausamen Zickzack-Spur über die blasse Haut auf Schulter und Rücken.

»Die stammen nicht von der Bestie, falls Sie das denken sollten. Die hab' ich mir beim Sturz geholt. Die Bestie hat mich nie berührt. Nie.«

Achtes Kapitel

Roy vergewisserte sich noch einmal, daß er alle Vorbereitungen getroffen hatte. Wahrscheinlich war es gleichgültig. Aber Roy wollte nichts dem Zufall überlassen.

Im Wohnzimmer beugte er sich nieder und zündete die Kerze an. Er klopfte auf den Zeitungsstapel, um sich abermals zu vergewissern, daß er dicht genug am Kerzenstumpf war. Dann eilte er in die Küche, stapfte dabei durch die raschelnden Zeitungsstapel und die Kleidung, die er über den Boden verstreut hatte.

Das Feuer mochte nicht alle Beweise vernichten, würde aber keinesfalls schaden.

Er setzte eine Sonnenbrille und eine ausgebleichte Dodger-Mütze auf, die Marv gehört hatten, und ging durch die Hintertür hinaus. Beim Zuziehen drehte er die Hand, um die Fingerabdrücke am Knauf zu verwischen. Er stakste die drei Stufen zum Innenhof hinunter und stand dann auf der Zufahrt. Mit einem Blick zur Straße erkannte er, daß ein Tor die Ausfahrt versperrte. Gelassen ging er hinüber, entriegelte und öffnete es.

Das Nachbarhaus stand sehr dicht. Er musterte die Fenster, sah aber niemand hinausschauen.

Er ging die Zufahrt hinauf zur Garage. Eine Doppelgarage mit zwei durch einen Träger getrennten Türen. Er schob die linke Tür hoch. Dahinter stand ein roter Chevy. Er kletterte hinein, warf einen Blick auf die drei Schlüsselbunde, die er aus dem Haus mitgenommen hatte. Die Schlüssel des Chevrolet waren leicht zu erkennen.

Er startete den Motor und setzte rückwärts aus der Garage.

Die Fahrt zu Karens Haus dauerte keine zehn Minuten. Er hatte erwartet, das Haus wiederzuerkennen, aber es sah keineswegs vertraut aus. Er prüfte die Adresse nochmals. Dann fiel ihm ein, daß sie und Bob kurz vor der Verhandlung umgezogen waren. Dies war das richtige Haus.

Er parkte davor. Ein prüfender Blick auf seine Uhr – Marvs Armbanduhr – jetzt die seine. Fast halb drei.

Das Viertel schien sehr ruhig zu sein. Als er zur Haustür ging, sah er sich nach beiden Seiten um. Vier Häuser weiter hieb ein japanischer Gärtner Zweige von einem Busch. Zur Linken krauchte eine einsame scheckige Katze über den Rasen und verfolgte etwas. Roy ersparte es sich, ihre Beute auszumachen. Er hatte seine eigene Beute.

Grinsend läutete er an der Tür. Er wartete und klingelte noch mal. Schließlich gelangte er zu dem Schluß, daß niemand da war.

Er eilte ums Haus herum, machte zwei Schritte um die letzte Ecke und verharrte abrupt.

Da war sie. Vielleicht war es nicht Karen, aber *irgendeine* Frau auf einer Liege, die der Musik aus einem Transistorradio lauschte. Die Liege stand in der anderen Richtung, so daß ihre Rücklehne ihm die Sicht versperrte. Eine weiße Mütze wie die eines Seglers ragte darüber.

Roy ließ seinen Blick prüfend über den Garten schweifen. Hohe Büsche grenzten Seiten und Ende ab. Gut. Er bückte sich, zog ein Hosenbein hoch und ließ das Messer aus seiner Scheide gleiten.

Leise schlich er sich heran, bis er über die Lehne der Liege schauen konnte. Die Frau trug einen weißen Bikini, dessen Träger ihr lose über die Schultern hingen. Ihre Haut glänzte ölig. In ihrer rechten Hand hielt sie eine Illustrierte so weit ab, daß der Schatten nicht auf ihren Bauch fiel.

Ihre Hand zuckte und ließ die Zeitschrift fallen, als Roy ihr den Mund zuhielt.

Er drückte ihr die Messerklinge gegen die Kehle.

»Keinen Mucks, oder ich schlitze dich auf.«

Sie versuchte, etwas durch seine Hand hindurch zu sagen.

»Halt's Maul. Ich werde meine Hand wegnehmen, und du wirst keinen Laut von dir geben. Okay?«

Ihr Kopf nickte einmal.

Roy gab ihren Mund frei, fegte ihr die Segelmütze vom Kopf und packte ihren braunen Haarschopf.

»Okay, steh auf.« Er half nach, indem er sie am Haar zog. Als sie stand, riß er ihren Kopf herum. Das gebräunte Gesicht war Karens, ganz bestimmt. »Kein Wort«, murmelte er.

Er führte sie zur Hintertür.

»Öffnen«, befahl er.

Sie zog die Maschendrahttür auf. Sie betraten die Küche. Nach dem sonnigen Garten wirkte es dort sehr düster, aber Roy konnte keine Hand entbehren, um die Sonnenbrille abzunehmen. »Ich brauche eine Leine«, erklärte er. »Wo hast du so was?«

»Du meinst, ich darf jetzt sprechen?«

»Wo findet man ein Seil?«

»Wir haben keins.«

Er verstärkte den Druck der Klinge. »Du solltest lieber hoffen, daß ihr so was habt. Also, wo ist es?«

»Ich weiß nicht...« Sie keuchte, als er sie am Haar riß. »Wir haben eines bei der Campingausrüstung, glaube ich.«

»Zeig's mir.« Er nahm das Messer weg, hielt es aber immer noch einen halben Zoll vor ihren Hals, während er sein Handgelenk auf ihre Schulter stützte. »Beweg dich.«

Sie verließen die Küche und gingen links den Flur entlang. Sie kamen an geschlossenen Türen vorüber, wahrscheinlich

Einbauschränke. Am Badezimmer vorbei. Gingen durch eine Tür zur Rechten. Der Raum war ein Arbeitszimmer und mit Bücherregalen, einem überladenen Schreibtisch und einem Schaukelstuhl ausgestattet.

»Kinder?« fragte Roy.
»Nein.«
»Zu schade.«
Sie blieb vor einer Tür neben dem Schaukelstuhl stehen.
»Da drin«, sagte sie.
»Mach auf.«
Sie zog die Tür auf. Im Schrank befand sich nur Campingzeug: zwei Schlafsäcke, die auf Bügeln hingen, am Boden Wanderstiefel, gegen die Wand gelehnt Rucksäcke. Auf einem Brett stand eine lange, rote Tasche, die wahrscheinlich ein Gebirgszelt enthielt. Auf Bügeln hingen außerdem Freizeitsachen: Regenumhänge, Flanellhemden, sogar ein Paar grauer Lederhosen.

»Wo ist das Seil?«
»Im Rucksack.«
Er ließ ihr Haar los. Er nahm das Messer von ihrer Kehle und drückte die Spitze gegen ihren nackten Rücken. »Hol es.«

Sie trat in den Einbauschrank, kniete nieder und schlug die Klappe eines roten Kelty-Rucksacks zurück. Sie kippte den Rucksack nach vorn, langte hinein und wühlte darin herum. Ihre Hand kam mit einer Rolle steifer neuer Wäscheleine zum Vorschein.

»Gibt's noch mehr davon?« Er nahm sie ihr ab und warf sie hinter sich.
»Reicht das nicht?«
»Sieh im anderen Sack nach.«
Sie wandte sich diesem zu, ohne den anderen zu schlie-

ßen. Als sie die Verschlußklappe zurückschob, schien ihr Arm zu erstarren.

»Tu's nicht.« Roy fuhr mit der Klinge durch Karens Haar, bis die Spitze in ihrem Genick innehielt. Sie atmete kurz durch. Ohne das Messer aus ihrem Genick zu nehmen, beugte Roy sich hinunter. Er langte über ihre Schulter und zog die Handaxt aus dem Rucksack. Ihr Stiel war aus Holz. Ein Lederbezug umhüllte das Blatt. Er warf die Axt hinter sich. Sie prallte dumpf auf dem Teppichboden auf.

»Okay, jetzt nimm das andere Seil heraus.«

Sie suchte im Rucksack herum und brachte eine weitere Rolle Wäscheleine ähnlich der ersten zum Vorschein, allerdings grau und weich vom Gebrauch.

»Steh auf.«

Sie stand auf.

Roy drehte sie zu sich herum. »Hände ausstrecken.«

Er nahm ihr die Leine ab. Dann stopfte er das Messer unter seinen Gürtel und fesselte ihre Hände. Er trat zurück und rollte mehr Leine ab. Dann hob er die Handaxt und die übrige Wäscheleine auf. An der Leine führte er sie aus dem Raum in den Flur. Am Ende des Ganges fand er das Schlafzimmer. Er zog sie dort hinein.

»Rate mal, was jetzt passiert?« sagte er.

»Bin ich nicht zu alt für dich?«

Er grinste, weil er an Joni denken mußte. »Du bist entschieden zu alt für mich«, sagte er.

Er führte sie durch das mit Teppich ausgelegte Zimmer zu einem Einbauschrank. Dessen Tür öffnete er zur Hälfte und stieß Karen gegen die Wand, so daß die Tür zwischen ihnen war. Dann warf er die Leine über die Türkante und zog sie straff.

»Verdammt!« murmelte sie.

»Halt die Klappe.«
»Roy!«
Er ruckte am Seil. Die Tür schlug gegen sein Knie, als Karen auf der anderen Seite dagegenprallte. Ihre Fingerspitzen tauchten oberhalb der Kante auf. Kein Türknauf innen. Mist! Er ließ das straffe Seil bis zum Fuß der Tür laufen und stopfte es unten durch. Er hob einen von Karens Füßen. Sie trat nach ihm. Er schlug ihr in die Kniekehle, so daß sie aufschrie. Dann zog er die Leine zwischen ihren Beinen hoch und legte sie ihr ums rechte Bein. Er befestigte sie am Knauf neben ihrer Hüfte.

Zurücktretend bewunderte er sein Werk. Karen stand mit nach oben gestreckten Armen gegen die Tür gepreßt. Das Seil erschien unten an der Tür, ungefähr in der Mitte, und zog sich dann quer nach rechts über ihr Bein zum Türknauf.

»Jetzt erzähl mir mal, was ich wissen will.«
»Und das wäre?«
»Wo sind Donna und Sandy?«
»In ihrer Wohnung?« fragte sie. Ungeachtet ihrer Lage klang ihre Stimme sarkastisch.

Roy durchschnitt einen ihrer Bikiniträger, dann den anderen. »Dort sind sie nicht, und das weißt du.«
»Sind sie nicht?«
Er durchschnitt den Rücken des Oberteils. Er langte hinüber und zog den Bikini zwischen ihr und der Tür heraus. »Erzähl mir, wo sie sind.«
»Wenn sie nicht zu Hause sind, wüßte ich nicht...«
Er fuhr mit der Klinge durch die linke Seite ihres Bikinihöschens. Die Enden schnellten zurück. Sie klemmte die Beine zusammen, um das Höschen am Rutschen zu hindern.
»Um welche Zeit kommt dein Mann nach Hause?«
»Bald.«

»Um welche Zeit?« Er zerrte die Hose bis auf ihre Fesseln herunter.

»Vielleicht halb fünf.«

»Jetzt ist es erst drei. Dann hätten wir noch eine Menge Zeit.«

»Ich weiß nicht, wo sie sind.«

»Oh?« Er lachte. »Vielleicht erträgst du eine Menge Schmerzen. Es wird mir eine Freude sein, sie dir zu bereiten. Aber laß' mich dir eines sagen: Wenn du deinen Typ von Ehemann liebst, dann erzähl mir, was ich wissen will, bevor er heimkommt. Wenn du mir verrätst, wo sie stecken, verschwinde ich. Ich werde dir nichts tun. Ich werde deinem Mann nichts tun. Sollte ich aber noch hier sein, wenn er kommt, dann werde ich euch beide umbringen.«

»Ich *weiß* nicht, wo sie sind.«

»Natürlich weißt du das.«

»Ich weiß es nicht.«

»Nun denn, das ist wirklich bedauerlich für euch beide, nicht?«

Sie erwiderte nichts.

»Wohin sind sie?«

Er kauerte sich nieder, zog ein Fragezeichen über das weiße Fleisch ihrer linken Pobacke und beobachtete, wie das Blut hervorquoll.

Neuntes Kapitel

1

Von seinem Posten an der Front Street nahe der Südecke des Stacheldrahtzauns beobachtete Jud, wie ein halbes Dutzend Leute das Haus der Schrecken verließ. Die letzte Führung für diesen Tag war vorbei. Er schaute auf seine Armbanduhr. Fast vier.

Maggie Kutch verließ das Haus als letzte und schloß die Tür ab. Langsam stieg sie die Stufen der Veranda herab und stützte sich dabei schwer auf ihren Gehstock. Wie anstrengend ihre Arbeit als Fremdenführerin war, konnte man deutlich an ihrem müden Gang erkennen.

Beim Kassenhäuschen traf sie Wick Hapson. Man schloß auch dort ab. Dann nahm Wick sie beim Arm und spazierte mit ihr über die Front Street. Sie hinkten langsam über die ungepflasterte Zufahrt und verschwanden schließlich im fensterlosen Haus.

Jud zog eine Zigarre aus seiner Brusttasche. Er riß die Hülle auf und zerknüllte sie zu einem winzigen Ball, den er auf den Boden des Wagens warf. Dann nahm er aus derselben Tasche ein Streichholzbriefchen. Er zündete die Zigarre an und wartete.

Um 16 Uhr 25 setzte ein alter Pick-up rückwärts aus der Garage des Kutch-Hauses und fuhr, eine Staubwolke hinter sich herziehend, die Zufahrt hinunter. Er bog in die Front Street ein und kam auf Jud zu. Der gab vor, eine Straßenkarte zu studieren. Der Kleinlaster bremste ab und fuhr auf die andere Straßenseite.

Jud sah einen Mann hinausspringen und auf den Zaun zuhumpeln. An der Ecke befand sich ein breites Tor mit einem Vorhängeschloß. Der kleine untersetzte Mann schloß auf, band die Kette ab und stieß das Tor auf. Er fuhr den Laster hindurch und verschloß das Tor wieder.

Jud beobachtete, wie der Pick-up über den Rasen fuhr und neben dem Haus der Schrecken parkte. Der Fahrer stieg aus. Er ließ die Ladeklappe des Lasters herunter und sprang auf die Fläche. Gebückt schob er eine Laderampe auf den Boden. Dann rollte er einen Motorrasenmäher die Rampe hinunter.

Sobald der Mann den Mäher eingeschaltet hatte, wendete Jud. Er fuhr langsam und studierte die linke Straßenseite. Zwei Meilen südlich von Malcasa Point entdeckte er eine Feuerstraße, die in den Wald führte. Näher gab es nichts. Das war schlecht. Er nutzte die Feuerstraße zum Wenden und brauste zur Stadt zurück.

Hundert Meter hinter der Stelle, von der aus er die Hausfront beobachtet hatte, rollte er von der Straße herunter. Er stieg aus. Außer der kurvigen Straße und den bewaldeten Hängen war nichts zu sehen. Einige Sekunden stand er reglos da, um ganz sicherzugehen.

Von Ferne kam das Knattern des Rasenmähers. Er hörte hoch über seinem Kopf die Blätter im Wind rauschen und das Zwitschern zahlloser Vögel. Neben seinem Gesicht summte eine Fliege. Er wedelte sie fort und öffnete den Kofferraum seines Wagens.

Zuerst zog er den Parka an. Dann hakte er unter der Jacke einen Stoffgurt fest und vergewisserte sich, daß die Halfterklappe zugeschnappt war. Er hob einen Rucksack aus dem Kofferraum und streifte ihn über. Dann nahm er seine Gewehrtasche heraus und schloß den Kofferraum.

Seine Wanderung durch den weglosen Wald führte ihn einen Hügel hinauf, über Felsbrocken und umgestürzte Bäume und schließlich oben auf einer Lichtung ins Sonnenlicht. Er rieb sich den Schweiß aus den brennenden Augen. Er trank lauwarmes Wasser aus seiner Feldflasche. Dann begann er mit dem Abstieg über die linke Hügelseite, wobei er den Felsvorsprung suchte, den er am Morgen vom hinteren Fenster des Hauses der Schrecken aus gesehen hatte.

Schließlich entdeckte er die Felsen. Er erklomm den Vorsprung, indem er von Fels zu Fels sprang. Als er über die Spitze lugte, hatte er freie Sicht auf das Haus der Schrecken unter sich.

Der kleine, hinkende Mann war offenbar vorne mit dem Rasen fertig und mähte jetzt hinten. Jud beobachtete, wie er langsam über den Rasen ging, hinter einem verwitterten Pavillon verschwand und wieder auftauchte.

Er würde lange warten müssen.

Aber er würde nicht in dieser Position bleiben: hinter einem Felsen kauernd und hinüberlugend. Verflixt unbequem. Er wich zurück. Auf gleicher Höhe und einige Fuß von der Spitze fand er zwischen kleinen Kiefern ein Plätzchen. Dort setzte er seinen Gewehrkasten ab. Er schüttelte sich den Rucksack von den Schultern und stützte ihn gegen eine der Kiefern. Dann zog er den Parka aus. Die Brise kühlte sein verschwitztes Hemd. Er streifte das Hemd ab und trocknete sich damit das Gesicht ab, dann breitete er es auf einem sonnenbeschienenen Felsbrocken aus.

Als nächstes öffnete er seinen Rucksack. Er zog sein Fernglas hervor und aus einer Papiertüte ein Sandwich. Donna hatte es ihm am frühen Nachmittag gemacht.

Nach dem Vorfall mit Larry waren sie vom Strand zum Welcome Inn zurückgekehrt. Donna und Sandy hatten sich umgezogen, und Larry hatte sich verdrückt, wahrscheinlich, um an der Motel-Bar einen Drink zu nehmen. Dann war Jud in Begleitung der beiden Damen in die Stadt spaziert. Er hatte die Zutaten für die Sandwiches in einem Lebensmittelgeschäft in der Nähe von Sarah's Diner gekauft. Später in Donnas Zimmer hatte sie die Sandwiches belegt. Vier davon. Als sie fragte, wo er die Nacht verbringen wolle, hatte er ihr lediglich erklärt, daß er am Morgen zurückkommen werde.

Mit Fernglas und Sandwich bewaffnet, forschte er nach einem geeigneten Beobachtungsplatz. Erst als er zur Spitze vorgekrochen war, fand er ihn: ein kleines Plateau auf halbem Weg abwärts, das durch einen Felsvorsprung geschützt war.

Ehe er dorthin abstieg, wickelte er sein Sandwich aus, ein Sauerteigbrötchen mit Mayonnaise, Käse und Salami. Er aß und starrte dabei zur Rückseite des Hauses der Schrecken hinüber.

Der Kerl mähte immer noch.

Jud beobachtete ihn durch sein Bushnell-Glas. Der Kahlkopf des Mannes glänzte vor Schweiß. Trotz der Hitze trug er ein Sweat-Shirt und Handschuhe. Gelegentlich wischte er sich mit dem Ärmel übers Gesicht.

Jud blickte auf den schwitzenden Mann hinunter und beglückwünschte sich zu seinen Privilegien: der kühlen Brise auf seiner nackten Haut, dem Kieferduft in der Luft, dem Geschmack seines Sandwiches und der Überzeugung, daß er heute eine Frau getroffen hatte, die ihm etwas bedeutete.

Als er das Brötchen gegessen hatte, kletterte er zu der kleinen Stelle hinunter, wo er Rucksack und Gewehr gelassen hatte. Sein Hemd war noch klamm. Er packte es zusammen mit Parka und Fernglas in den Rucksack, dann kehrte er zu seinem Beobachtungsposten zurück.

2

Nachdem der Pick-up das Grundstück des Hauses der Schrecken verlassen hatte, rührte sich nichts mehr innerhalb des Zauns – zumindest nichts innerhalb von Juds Blickfeld. Dieses schloß die gesamte Rückfront des Hauses und seine Südseite mit ein.

Jud scherte sich nicht sonderlich um die Vorderseite. Bei den Thorn- und Kutch-Morden hatte der Killer offenbar die hinteren Fenster eingeschlagen. Er mußte also aus den Wäldern hinter dem Haus und quer durch den Garten gekommen sein.

Sollte diese Nacht jemand eindringen, würde Jud ihn beobachten können.

Aber keinen Schuß auf ihn abgeben.

Das hatte Zeit. Man legt niemanden um, nur weil er nachts in ein Haus geht – oder weil er ein Affenkostüm trägt. Er mußte erst vollkommen sicher sein.

Er überprüfte das Gebiet durch sein Fernglas. Dann verspeiste er noch ein Sandwich und spülte es mit Wasser aus seiner Feldflasche herunter.

Als die Sonne zu tief stand, um ihn noch zu wärmen, zog er sein Hemd über. Es war jetzt trocken und ein wenig steif. Er stopfte es in die Jeans.

Nachdem er sich noch eine Zigarre angezündet hatte, lehnte er sich gegen die steile Felsnase. Der schützende Steinwall vor seiner Nische versperrte ihm zum Teil die Sicht. Trotzdem konnte er immer noch die gesamte Rückseite des Hauses überblicken. Er würde also nicht die ganze Nacht lang herumhocken oder -kriechen müssen.

Nachdem er das Haus eine Stunde lang beobachtet hatte,

faltete er seinen Parka zusammen und setzte sich darauf. Dessen dickes Innenfutter polsterte nicht nur den vorher harten Sitz, sondern verschaffte ihm eine höhere Position und damit einen besseren Überblick.

Während seiner Wache dachte er über vieles nach. Er konzentrierte sich auf das, was er über die Bestie erfahren hatte und suchte nach der plausibelsten Erklärung für die rätselhaften Vorfälle. Immer wieder kam er auf den Zeitfaktor zurück: die ersten Morde 1903, die letzten 1977. Es war also so gut wie ausgeschlossen, daß ein einziger Mensch all die Greueltaten begangen hatte.

Dennoch konnte er sich nicht mit der Vorstellung anfreunden, daß der Killer ein übermenschliches, krallenbewehrtes Monster sein sollte. Trotz allem, was Larry erzählt hatte. Trotz Maggie Kutchs Geschichten.

Trotz der Narben auf Larrys Rücken?

Ein menschliches Wesen konnte diese Narben verursacht haben. Wenn schon nicht mit Fingernägeln, dann mit den Krallen künstlicher Pfoten. Ein Mensch in einem Affenkostüm vielleicht – oder einem Bestienkostüm.

Wie sah's da mit dem Zeitfaktor aus? Fast fünfundsiebzig Jahre...

Okay, mehrere Menschen in Bestienkostümen.

Okay, wer und warum?

Plötzlich hatte er seine Theorie.

Je mehr er sich damit befaßte, desto einleuchtender erschien sie ihm. Als er zu überlegen begann, wie er sie beweisen könnte, bemerkte er, daß es dunkel geworden war.

Rasch kroch er zum Felsrand. Das Haus war schwarz. Der Rasen bildete eine dunkle Fläche wie die Oberfläche eines Sees in einer wolkigen Nacht. Jud zog ein ledernes Kästchen aus seinem Rucksack hervor. Er öffnete die Lasche und nahm ein Starlight Noctron IV heraus. Es vor die Augen haltend, unterzog er Haus und Garten einer kurzen Überprüfung. Im Rotlicht seines Infrarotsehgeräts schien alles seine Richtigkeit zu haben.

Als ihn die Beine vom Hocken schmerzten, rückte er von der Kante ab. Er ließ das Starlight nur so lange sinken, bis er den Parka angezogen hatte. Dann erhob er sich, lehnte sich gegen die Felsnase und setzte seine Bewachung fort.

Sollte seine Theorie zutreffen, hatte er nichts zu gewinnen, wenn er hier oben eine kühle Nacht verbrachte. Er würde keine Bestie sehen.

Nun, es konnte nicht schaden hierzubleiben.

Wir hätten jemanden ins Haus schicken sollen. Einen Köder.

Wer würde hineingehen?

Ich, ich werde das sein.

Zu früh bei diesem Spiel für so etwas. Erst mußte er den Gegner beobachten, ihn aus sicherer Distanz ausspähen. Lerne deinen Feind kennen.

Und wenn er nur feststellte, daß der Feind in dieser Nacht das Haus nicht von hinten betrat.

Das Gerät wurde ihm schwer. Er setzte es ab und holte sein letztes Sandwich aus dem Rucksack. Während er aß, beobachtete er das Haus ohne Hilfe seines teuren Geräts weiter, konnte aber außer Düsternis kaum etwas erkennen. Rasch schlang er das Sandwich hinunter und nahm wieder das Glas zur Hand.

Nach einer Weile kniete er nieder und stützte die Ellbogen auf den Felswall. Er überprüfte den Garten, den Waldsaum, den Pavillon, selbst die Fenster des Hauses, obschon deren Glas die meiste Hitze abhielt, die das Sichtgerät hätte registrieren können.

Er ließ das Glas auf dem Wall liegen, trat hinter seinen Rucksack und urinierte ins Dunkle.

Er kehrte zu seinem Nachtglas zurück. Er ließ den Blick über das Grundstück schweifen. Nichts. Er schaute auf seine Armbanduhr. Kurz nach halb elf. Er setzte sich wieder und behielt seine Position für fast eine Stunde bei, während er weiter beobachtete.

Während dieser Zeit dachte er über die Bestie nach. Über seine Theorie. Dachte an andere Nächte, die er einsam mit Nachtglas und Gewehr verbracht hatte. Dachte viel über Donna nach.

Er dachte daran, wie sie am Morgen in Jeans und Cordhose ausgesehen hatte, die Hände in den Hosentaschen. Sie wurden zu seinen Händen, mit denen er die warmen weichen Kurven ihres Körpers streichelte. Dann sah er seine Hände die Bluse aufknöpfen, sie langsam öffnen und ihre Brüste berühren, die er nie gesehen, sich aber lebhaft vorstellen konnte.

Hart dehnte sich sein Penis gegen seine Hose.

Denk an die Bestie.

Ihm schoß das fette, schwarze Gesicht von General Field Marshal und Herrscher auf Lebenszeit Euphrates D. Kenyata durch den Kopf. Eines der großen runden Augen verschwand, als eine Kugel hindurchfetzte und den Hinterkopf des Herrschers mitnahm.

Die Bestie von Kampala war tot.

Wie Juds Erektion.

Die Wachen – wenn die ihn geschnappt hätten. Aber das hatten sie nicht. Sie waren ihm nicht einmal nahe gekommen. Zumindest nicht näher, als er zugelassen hatte. Dennoch, wenn sie ihn geschnappt hätten...

Da!

Auf dieser Seite des Zauns.

Er hielt das Glas ganz ruhig. Obwohl etwas – wahrscheinlich ein Strauch – einen Teil des Wärmefeldes verdeckte, konnte er die gebückte Figur erkennen, die definitiv von menschlicher Gestalt war.

Sie legte sich flach auf den Boden. Sie schob irgend etwas vor sich her, offenbar durch ein Loch unter dem Zaun. Dann schlängelte sie sich selbst unten durch. Auf der anderen Seite hob sie den Gegenstand auf und stand aufrecht auf zwei Beinen da. Sie blickte sich nach beiden Seiten um.

Die Gestalt eilte zur Rückseite des Hauses, erklomm die Stufen und verschwand auf der Veranda.

Einige Sekunden vergingen. Dann vernahm Jud das kurze, schwache Klirren von berstendem Glas.

3

Als Jud den Zaun erreichte, keuchend und zerschrammt vom eiligen Abstieg über den dunklen Hügel, nahm er sich nicht die Zeit, das Buddelloch zu suchen. Er strahlte die Zaunpfähle mit der Taschenlampe an, sprang und packte die obere Strebe mit beiden Händen. Er schwang sich hinauf. Mit steifen Armen stemmte er sich über die Stange. Aus dem Haus drang ein erstickter Schrei. Sein Gewicht zog ihn hinunter, und er spürte die Spitze eines Stachels gegen den Bauch drücken. Er lehnte sich zurück und schwang das linke Bein herüber. Sein Fuß ertastete die Stange. Er drückte sich kräftig ab und ließ los. Er fiel sehr lange. Als er auf dem Boden aufprallte, stolperte er, rollte sich ab, kam wieder auf die Füße und nahm die Taschenlampe wieder an sich. Dann spurtete er zur Rückseite des Hauses.

Als er die Verandastufen hinaufeilte, zog er den .45er Colt Automatic aus dem Halfter. Er fragte sich kurz, ob er den Ladestreifen wechseln sollte – das Standard Sieben-Schuß-Magazin gegen das Zwanziger Oversize tauschen, das er in seinem Parka hatte. Teufel... wenn er es nicht mit sieben erledigte... *es?*

Die Hintertür stand offen. Eine Scheibe war zerbrochen. Er trat ein. Er knipste seine Taschenlampe an, ließ ihren Strahl wandern. Die Küche. Er rannte durch eine Tür in einen schmalen Gang. Vor sich sah er den ausgestopften Schirmständeraffen und die Vordertür. Er schwenkte den Strahl über seine linke Schulter. Das Licht erhellte die Treppe. Er hetzte zum unteren Treppenabsatz, schaute prüfend nach links und rechts und richtete die Lampe auf den oberen Absatz.

Auf halbem Wege lag ein umgekippter roter Benzinkanister. Jud stieg bis dorthin hinauf. Die Verschlußkappe war noch zugeschraubt. Ein ein Meter langes Stück Tau war durch den Griff gezogen und zu einer Schlinge zusammengeknotet worden. Als er den Kanister hinstellte, schwappte Flüssigkeit darin. Er steckte seine Pistole ein und drehte den Verschluß auf. Er schob die Kappe in seine Hemdtasche und schnüffelte an der Öffnung. Benzin, ganz eindeutig. Als er wieder in die Tasche nach dem Verschluß griff, hörte er Atmen über sich. Dann das Geräusch trockenen Gelächters.

Sein Lichtstrahl kletterte die Stufen hinauf, beleuchtete ein nacktes Bein, von dem Blut rann, eine Hüfte, eine zerfetzte Brust, ein Gesicht. Haare hingen über das Gesicht. Blut tropfte vom Kinn. Ein Stück lose Stirnhaut lappte über ein Auge.

Noch mehr Gelächter, als tropfte es mit dem Blut aus ihrem Mund.

»Mary?« rief Jud leise hinauf. »Mrs. Ziegler?«

Sie glitt ihm auf merkwürdige Weise entgegen, wobei ihre Arme locker an den Seiten pendelten und ihre Beine sich kaum zu bewegen schienen.

Jud senkte die Taschenlampe so weit, daß er ihre Füße zwei Zoll über dem Boden schweben sah.

»O Gott«, murmelte er und wollte nach seiner Pistole greifen.

Die Leiche flog auf ihn herab.

Er sackte in die Hocke, war auf alles gefaßt. Die Leiche traf ihn, rollte über seinen Rücken ab und fiel dann die Treppe herunter. Es polterte, als sie auf den unteren Stufen aufprallte.

Dann traf noch etwas seinen Rücken.

Er jagte seinen Ellbogen in weiches Fleisch und hörte ein Stöhnen. Widerwärtiger Gestank ließ ihn würgen, doch stieß er seinen Ellbogen nochmals zurück und drehte sich dabei. Etwas Scharfes ratschte über seine Schulter, zerriß Parka und Haut, während das schwere Gewicht von seinem Rücken wich. Vor Schmerz ließ er seine Automatic fallen.

Er tastete auf den Stufen danach, versuchte, sie zu finden. Statt dessen erwischte er den Benzinkanister. Er ergriff ihn. Unter sich hörte er Grunzen und Knurren.

Den Kanister schwingend, verspritzte er Benzin in die Dunkelheit. Ein bleicher Schemen tauchte auf, gekrümmt und emporkletternd. Er hörte Benzin darauf platschen. Die Arme des Wesens schwangen hin und her, und es kreischte. Es schlug Jud den Kanister aus den Händen. Jud wich nach oben zurück und langte dabei in seine Brusttasche. Hinter der Zigarrenschachtel befand sich das Streichholzbriefchen.

Krallen fetzten seinen Oberschenkel auf.

Er riß ein Streichholz ab, während er immer weiter rückwärts die Stufen hinaufstieg. Er ratschte damit über die Reibefläche und sah einen blauen Funken.

Das Streichholz entzündete sich nicht.

Aber das Wesen unter ihm befand sich inzwischen mitten in der Luft, weil es gerade übers Geländer flankte.

Es grunzte, als es tief unten auf den Boden prallte. Dann lief es in Richtung Küche davon.

Jud tastete sich über die Stufen, bis er seine Lampe und seine Waffe fand. Dann setzte er sich irgendwo oberhalb der zerfledderten Leiche von Mrs. Ziegler hin und lauschte auf die Hausgeräusche.

Zehntes Kapitel

Roy tat alles weh. Vor allem Schulter und Rücken. Ihm war, als führe er schon ewig. Dabei waren es erst sieben Stunden. Er sollte sich nicht so mies fühlen, nicht nach sieben Stunden.

Er langte nach der Tüte neben sich und spürte die Wärme der Big Macs. Er wollte sich einen herausangeln. Dann stellte er die Tüte wieder hin. Das konnte warten. Er würde bald einen Stopp machen. Dann würde Zeit zum Essen sein.

Als er über die Golden Gate fuhr, starrte er nach rechts Richtung Alcatraz. Zu dunkel. Wozu wollte er auch ein verdammtes Gefängnis sehen?

Es ist kein Gefängnis mehr, erinnerte er sich.

Doch ist es das. Einmal Gefängnis, immer Gefängnis. Es konnte niemals etwas anderes sein.

Wenn er noch weitere zehn Minuten auf der 101 blieb,

würde er San Quentin sehen können. Shit, als ob er nicht genug von diesem Rattenloch gesehen hätte.

Er wollte nicht daran denken.

Er fuhr weiter und nahm einen Big Mac heraus. Er wickelte ihn aus und aß langsam. Als er den letzten Bissen hinunterschluckte, setzte er den Blinker und steuerte den Pontiac Grand Prix auf die Ausfahrt nach Mill Valley.

Geschmeidig. Ihm gefiel die Art, wie der Wagen reagierte. Bob Mars-Riegel hatte ein gutes Händchen für Autos.

Mill Valley hatte sich kaum verändert. Es besaß immer noch das Flair eines kleinen Landstädtchens. Die Vitrinen des Tamalpias Theaters waren dunkel. Das alte Busdepot sah aus wie immer. Auf der linken Seite hatte man die alten Gebäude durch einen riesigen Holzbau ersetzt. Der Ort wandelte sich langsam.

Ein großer Hund, eine Labrador-Kreuzung, trottete auf die Straße. Roy trat aufs Gas und machte einen Schlenker, um ihn zu überfahren, aber das verdammte Vieh sprang außer Reichweite.

Am Ortsende bog er in eine Straße ein, die zum Mount Tamalpais, den Muir Woods und zum Stinson Beach führte. Sie schlängelte sich durch die bewaldeten Hügel. Eine Zeitlang kam er an einzeln stehenden Häusern vorüber. Dann lagen sie hinter ihm. Er fuhr tiefer in den Wald hinein. Als er an die Abzweigung einer Schotterstraße gelangte, rollte er hinein und hielt. Er schaltete die Scheinwerfer aus. Dunkelheit hüllte den Wagen ein. Als er die Tür öffnete, ging die Innenbeleuchtung an. Er nahm die Tüte von MacDonalds, öffnete die hintere Tür und zog einen roten Kelty-Rucksack vom Sitz. Nachdem er aus einer Seitentasche eine Taschenlampe genommen hatte, schulterte er den Rucksack. Er schloß die Wagentüren und schritt zum Waldrand hinüber.

Der Boden stieg sachte an. Als er hinaufstieg, griffen Zweige von Büschen nach seinen Jeans. Kurz darauf stolperte er über einen niedrigen Stacheldraht. Eine Spitze durchbohrte seine Hose und kratzte über seine Haut. Er zerrte sein Bein frei und setzte den Aufstieg fort.

Oben auf dem Hang blickte er forschend über den Nadelwald. Er schien dicht bewachsen. Er wollte die Suche schon aufgeben, als der Strahl seiner Taschenlampe über eine Stelle weiter unten schweifte, die schön frei zu sein schien. Er stapfte hinüber und grinste.

Die Lichtung von etwa zwanzig Fuß Durchmesser besaß eine geeignete flache Stelle für seinen Schlafsack. Ein Kranz von großen Steinen markierte eine alte Feuerstelle. Innerhalb des Kreises stand ein halbes Dutzend geschwärzter Dosen. Sich niederkniend berührte Roy eine von ihnen. Kalt.

Er überprüfte die Umgebung mit Hilfe seiner Taschenlampe. Der Wald ringsum war dunkel und still.

Der ideale Platz.

Er nahm den Rucksack ab und öffnete ihn. Obenauf lag eine Plastikdecke für den Boden. Er breitete sie aus. Dann holte er eine blaue Stofftasche heraus, löste die Kordel und breitete Bobs Schlafsack aus. Den legte er oben auf die Decke.

Hätte eines dieser Gummikissen mitnehmen sollen, dachte er. Wenn ihm das bloß eingefallen wäre.

Er spazierte zwischen den Bäumen herum und sammelte Holz. Er klaubte ein paar Handvoll Zweige zusammen und trug sie zu dem Steinkranz. Dann sammelte er Äste, die er neben der Feuerstelle stapelte. Die verbrannten Dosen schleuderte er in den Wald.

Mit Toilettenpapier aus dem Rucksack setzte er ein Feuer in Gang. Er fütterte es mit Zweigen. Es wuchs, knackte und spuckte. Seine Flammen wärmten ihm die Hände und warfen einen flackernden Schein über die Lichtung. Er legte größere Zweige nach. Als das Holz Feuer gefangen hatte, legte er noch mehr nach.

Er stand übers Feuer gebeugt und beobachtete das Lodern und Züngeln der Flammen, während er die Wärme vorne auf seinem Körper spürte. Dann trat er zurück, aus der Hitze heraus. Er hob die Taschenlampe auf.

Auf dem Rückweg durch den dichten Wald blickte er ab und zu über die Schulter zurück. Das Feuer war noch lange zu sehen, sein Widerschein schimmerte auf den Blättern über der Lichtung. Aber hinter dem Hügel konnte man vom Feuer nicht mehr auch nur die geringste Spur erkennen.

Zufrieden kehrte er wieder zum Feuer zurück.

Elftes Kapitel

1

Ein leises Klopfen weckte Donna. Als sie das Gesicht vom Kissen hob, merkte sie, daß mit dem Fenster etwas nicht stimmte: es war drüben an der Seite, statt direkt über dem Bett. Seltsames Zimmer. Draußen war es immer noch dunkel. Irgendwer klopfte andauernd. Furcht verursachte ihr ein unangenehmes Kribbeln im Bauch.

Dann erkannte sie das Zimmer und erinnerte sich.

Sie rollte sich aus dem Bett. Kalt. Keine Zeit, in der Dunkelheit ihren Morgenmantel zu suchen. Sie eilte an die Tür und öffnete sie einen Spalt.

Larry stand im gestreiften Pyjama vor ihr und hatte angesichts des eisigen Windes die Arme um sich geschlungen.

»Was ist los?« flüsterte sie, während sich ihr Magen verkrampfte.

»Judge. Er ist zurück. Er ist verletzt.«

Sie warf einen Blick über die Schulter auf Sandys Bett und entschied, ihre Tochter nicht zu wecken. Sie ging hinaus, zog die Tür hinter sich zu und vergewisserte sich, daß sie abgeschlossen war.

Als sie Larry über den Parkplatz folgte, spürte sie unter dem Nachthemd die kalte Brise und das Schaukeln ihrer Brüste, als wäre sie nackt. Es war unwichtig. Nur Judge war wichtig. Außerdem könnte sie sich gleich etwas zum Überziehen leihen.

»Wie schlimm ist es?« fragte sie.

»Die Bestie hat ihn erwischt.«

»O mein Gott!« Sie erinnerte sich an die Wachsfiguren, zerfetzt und blutig. Aber bei ihm konnte es nicht so sein. Nicht bei Jud. Er ist verletzt, aber nicht tot. Er wird gesund werden.

Larry öffnete die Tür zu Bungalow Nummer 12. Zwischen beiden Betten brannte eine Lampe, aber beide Betten waren leer. Eines war unbenutzt. Donna blickte sich suchend im Zimmer um. »Wo ist er?«

Larry machte die Tür zu und schloß ab.

»Larry?«

Sie sah, wie er ihren Körper von oben bis unten musterte, als wäre er überrascht und verwirrt darüber, daß er sich so deutlich unter dem Nachthemd abzeichnete.

»Er ist nicht hier«, bemerkte Donna.

»Nein.«

»Wenn Sie glauben, Sie könnten...«

»Was?« fragte Larry und wandte den Blick von ihren Brüsten ab. Seine Augen waren verschwommen.

»Ich werde gehen.«

»Warten Sie. Wieso? Es tut mir leid, wenn ich Sie in Verlegenheit gebracht habe. Ich... ich... war bloß...«

»Ich weiß, was Sie bloß vorhatten. Sie haben sich bloß gedacht, Sie könnten Jud als Vorwand benutzen, mich herzulocken, damit Sie...«

»Um Himmels willen, nein. Du lieber Himmel.« Er lachte nervös. »Jud bat mich, Sie zu holen.«

»Und wo *ist* er?«

»Da drüben.«

Sie folgte ihm quer durchs Zimmer.

»Judge wollte kein Blut auf dem Bett hinterlassen, verstehen Sie.«

Er öffnete die Badezimmertür. Donna sah Kleider auf dem Fußboden. Dann erblickte sie Jud, der mitten in der leeren Wanne saß. Blut beschmierte seinen Rücken und befleckte die hintere Seite seiner Jockey-Shorts. Er wickelte gerade einen breiten Verband um seinen Oberschenkel.

»Damit wäre das erledigt«, meinte er und schaute zu Donna auf.

Sie sank auf die Knie und beugte sich über den Wannenrand, um ihn zu küssen. Sie fuhr ihm mit der Hand durchs feuchte Haar.

»Du siehst furchtbar aus«, sagte sie.

»Du hättest mich sehen sollen, bevor ich geduscht habe.«

»Duschst du immer in Unterhosen?«

»Ich wollte dich nicht schockieren.«

»Verstehe.« Sie küßte ihn wieder, diesmal länger, wobei sie die sich ausbreitende Wärme in ihrem Bauch spürte und wünschte, Larry würde verschwinden.

»Ich würde nicht die ganze Nacht mit Knutschen zubringen«, meinte Larry. »Immerhin *blutet* der Mann.«

»Wärst du so nett, mir die Schulter zu verbinden?« bat Jud sie.

»Natürlich.«

»Larry ist zu empfindlich.«

»Ich kann kein Blut sehen«, bestätigte Larry und verließ das Badezimmer.

Donna quetschte einen Waschlappen über der Schulter aus. »Die *Bestie* hat das getan?«

»Irgend etwas hat es getan«, erklärte er.

»Sieht nach Krallenspuren aus.«

»So fühlen sie sich auch an.«

Sie betupfte sie behutsam mit dem Waschlappen.

»Schütte ein bißchen Desinfektionsmittel darauf«, sagte Jud. »Es steht wahrscheinlich neben deinen Knien.«

Sie ließ es über die Schnitte träufeln. Es perlte und schäumte. Dann bedeckte sie die Wunden mit einem großen Mullstreifen aus dem Erste-Hilfe-Kasten, der auf dem Toilettendeckel stand. »Offensichtlich bist du auf alles vorbereitet«, meinte sie, als sie den Mullverband festdrückte.

»Hm-mmm.«

»Muß noch eine Stelle versorgt werden?«

»Das müßte reichen. Danke.«

»Jetzt sollten wir dich waschen. Kannst du dein Bein trokken halten, wenn ich Wasser einlasse?«

»Falls es nicht zu tief wird.«

Sie steckte den Stöpsel in den Abfluß und drehte das Wasser auf. Mit hochgezogenem Knie hielt Jud seine Oberschenkel-Bandage oberhalb des Wasserspiegels. Donna drehte die Hähne zu und begann, seinen Rücken mit einem seifigen Waschlappen abzuschrubben.

»Bist du in das Haus gegangen?« fragte sie.
Er nickte.
»Meine Güte, das ist der absolute Gipfel.«
»Du bist nicht begeistert?«
»Du hättest umgebracht werden können.«
»Ich war nahe dran.«
»Wie bist du entkommen?«
»Ich habe Benzin auf das Ding geschüttet. Schätze, es hatte Angst, in Flammen aufzugehen.«

Juds Rücken war sauber und glatt. Sie beugte sich über den Wannenrand und küßte ihn darauf. Ihr Mund wurde naß von seiner Haut. »Alles erledigt«, sagte Donna.

»Vielen Dank, Ma'am. Kannst du mir ein Handtuch reichen?«

Sie gab ihm eines und sah zu, wie er es auf seinen Oberschenkel preßte, um zu verhindern, daß Wasser über den Verband lief, während er sich aufrichtete.

»Ich bin in einer Minute draußen«, versprach er, als er aus der Wanne kletterte.

»Bist du das?« fragte sie lächelnd und versuchte dabei, so auszusehen, als hätte sie nicht verstanden, daß sie das Bad verlassen sollte.

»Oh, du ziehst es vor zu bleiben?«

Sie nickte. Hinter sich langend, zog sie die Tür zu. Das Schloß schnappte zu.

»Das ist nicht eben der bequemste Platz auf Erden«, meinte Jud.

»Für mich ist das in Ordnung.«

Hände strichen über ihre Schultern, als Jud die Träger ihres Nachthemds abstreifte.

2

»Du meine Güte, womit habt ihr euch bloß so lange aufgehalten?« fragte Larry und sah vom Fernseher auf.

»Mir war es fast zu kurz«, meinte Donna lächelnd.

Jud, der nur ein Handtuch und seinen Verband trug, holte einen Bademantel aus dem Schrank. Er zog ihn an und nahm das Handtuch ab.

»Also«, sagte Larry. »Wo wir jetzt beide hier sind und Sie schön verpflastert sind, würden Sie so gut sein, uns zu erzählen, was Ihnen widerfahren ist?«

»Möchtest du bleiben?« fragte Jud Donna.

»Ich möchte Bescheid wissen«, sagte sie. »Allerdings friere ich. Dürfte ich?«

»Bediene dich.«

Sie schlug die Decke des unbenutzten Bettes zurück, setzte sich darauf, stopfte das Kissen gegen das Kopfende und lehnte sich dagegen. »Alles klar«, meinte sie und zog sich die Decke bis über die Schultern.

Jud erzählte ihnen, was geschehen war: Er berichtete, wie er das Haus vom Hügel aus observiert hatte, wie er die Frau hineingehen sah, wie er ihr gefolgt war und dann den Benzinkanister auf der Treppe gefunden hatte.

»Ah«, sagte Larry. »Gute Frau. Sie wollte den üblen Ort einäschern.«

»Ich wüßte gerne, warum sie so lange damit gewartet hat«, sagte Donna.

»Könnte eine Menge Gründe haben. Sicherlich hat sie nach den Morden die Stadt verlassen, um Mann und Kind zu beerdigen. Wissen Sie, woher die Familie stammte?« fragte er Larry.

»Aus Roseville in der Nähe von Sacramento.«

»Es wird nur einige Tage beansprucht haben, sie zu begraben und dann hierher zurückzukommen. Was hat sie in der Zwischenzeit gemacht?«

»Vielleicht hat sie sich überlegt, wie sie Rache nehmen könnte. Dann kam die Planung, die Vorbereitung. Als ich diese Nacht vom Haus abhaute, bin ich durch ein Loch unterm Zaun. Ich glaube, sie hat dieses Loch gegraben. Nachdem die Vorkehrungen getroffen waren, mußte sie sich wahrscheinlich erst dazu durchringen, tatsächlich dort einzubrechen und die Tat durchzuführen.«

Larry runzelte die Stirn. »Warum, um Himmels willen, haben Sie nicht versucht, sie aufzuhalten?«

»Ich bin nicht hineingegangen, um sie aufzuhalten, sondern um herauszufinden, wer sie war und was sie vorhatte. Bis ich den Schrei hörte.«

»O mein Gott.« Trotz der Decke verspürte Donna ein Frösteln. »Wie schlimm war sie verletzt?«

»Sie war tot.«

»Genauso wie bei den anderen?« fragte Larry.

»Genauso wie die junge Frau im Salon. Ethel? Die von heute besaß ziemlich genau dieselbe Figur, falls die Wachspuppe realitätsgetreu war. Ich habe sie mir gut angesehen, nachdem... der Killer... verschwunden war.«

»Würden Sie sagen können, daß sie sexuell mißbraucht worden ist?« fragte Larry.

Jud nickte. »Das war ziemlich offensichtlich.«

Bei dem Gedanken daran mußte Donna die Beine zusammenpressen. Ihr wurde bewußt, daß sie Jud immer noch in sich spüren konnte. Furcht und Ekel ließen nach. Einen Augenblick lang überlegte sie, wie sie es wohl arrangieren könnte, nochmals mit ihm allein zu sein.

»Ich wußte, daß sie mißbraucht worden ist«, erklärte Larry. »Die Bestie... das ist ihr Motiv. Sexuelle Befriedigung. Ich sollte wohl darüber froh sein. Das hat mir das Leben gerettet. Die Kreatur war mehr daran interessiert, ihre Lust mit Tommy zu stillen...«

»Ich halte Sex nicht für das Hauptmotiv.«

»Oh?« Larry klang skeptisch.

»Lassen Sie mich meine Theorie erläutern. Ich glaube, die Bestie ist ein Mann.«

»Dann ist Ihre Theorie Mist.«

»Hören Sie mal zu. Es ist ein Mann in Verkleidung. Das Kostüm hat Krallen.«

»Nein.«

»Zuhören, verdammt. Du auch, Donna, mal sehen, was du davon hältst. Die ersten Morde, die an der Schwester der Thorn-Lady und den Kindern, wurden von Gus Goucher begangen, dem Mann, den sie hängten.«

»Nein«, sagte Larry.

»Warum nicht?«

»Sie sind mit Krallen zerfetzt worden.«

»Woher wissen Sie das?«

»Von den Aufnahmen aus dem Leichenschauhaus.«

»Haben Sie diese Fotos gesehen?«

»Nein, aber Maggie Kutch.«

»Wenn Sie der glauben. Wer ist im Besitz dieser Fotos?«

»Maggie, nehme ich an.«

»Vielleicht könnten wir mal einen Blick drauf werfen.«

»Das bezweifle ich.«

»Okay, lassen wir das. Das ist jetzt nicht so wichtig. Gus Gouchers Geschworene müssen die Fotos gesehen haben, müssen Zeugen gehört haben...«

»Nach alten Zeitungsberichten haben sie das.«

»Und was die Jury hörte, hat ihr genügt, den Mann zu verurteilen.«

»Zugegeben.«

»Wir sollten das prüfen, aber ich habe den Eindruck, daß Goucher bis zu den Kutch-Morden dreißig Jahre später durchaus als Thorn-Killer galt.«

»Es wurde so gedreht, daß es danach aussah. Sie brauchten einen Sündenbock.«

»Nein. Sie brauchten einen Verdächtigen. Er war einer. Und außerdem höchstwahrscheinlich der Schuldige.«

»Man hat Goucher gehängt«, sagte Donna. »Also war er mit Sicherheit nicht für den Anschlag auf Maggie Kutch und ihre Familie verantwortlich.«

»In gewisser Weise vielleicht doch. Denk an das, was Maggie nach den Morden tat. Sie zog aus, tat sich mit Wick Hapson zusammen und öffnete das Haus der Schrecken für Führungen. Ich denke, sie und Wick kamen zu dem Schluß, ohne Mr. Kutch glücklicher sein zu können. Sie töteten ihn nach dem Muster der Thorn-Morde und bauschten diese Bestiengeschichte auf, um sich zu entlasten. Als sie merkten, auf welches Interesse ihre fiktive Bestie stieß, beschlossen sie, davon zu profitieren, indem sie das Haus für Führungen öffneten.«

Larry schüttelte schweigend den Kopf.

»Eines noch«, sagte Donna. »Ich kann mir keine Frau vorstellen, die ihre eigenen Kinder umbringt.«

»Dieser Aspekt hat mich auch irritiert. Genaugenommen irritiert er mich immer noch. Um ihre Bestien-Version aufrechtzuerhalten, mußten die Kinder allerdings aus dem Weg geräumt werden.«

»Das würde sie nicht tun. Keine Mutter würde das tun.«

»Sagen wir, es ist unwahrscheinlich«, korrigierte Jud. »Es

ist bekannt, daß Mütter ihre Kinder getötet haben. Wahrscheinlicher ist, daß Wick sich um die Kinder gekümmert hat.«

»Ihre Theorie ist lächerlich«, meinte Larry.

»Wieso?«

»*Weil es in dem Haus eine Bestie gibt.*«

»Die Bestie ist ein Gummianzug mit Krallen.«

»Nein.«

Donna runzelte die Stirn. »Glaubst du, das war Wick Hapson heute nacht?«

»Falls es Wick war, ist er für einen Mann seines Alters verdammt stark.«

»Axel?«

»Axel kommt nicht in Frage. Er ist zu klein, in den Schultern zu breit und zu schwerfällig.«

»Wer dann?«

»Keine Ahnung.«

»Es ist die Bestie«, erklärte Larry. »Es ist kein Mann im Gummianzug. Es ist eine Bestie.«

»Verraten Sie uns, warum Sie so sicher sind.«

»Ich weiß es.«

»Woher?«

»Ich weiß es. Die Bestie ist kein Mensch.«

»Werden Sie mir glauben, wenn ich Ihnen ihr Kostüm zeige?«

Merkwürdig lächelnd nickte Larry. »Gewiß. Tun Sie das. Sie zeigen mir ihr Kostüm, und ich glaube Ihnen.«

»Wie wär's mit morgen abend?«

»Morgen abend werde ich...« Er wurde durch ein Klopfen an die Tür zum Verstummen gebracht.

3

Donna sah zu, wie Jud zur Tür ging und öffnete. »Oh, hallo«, sagte er.

»Ist meine Mutter hier?«

»Klar doch. Komm nur herein.«

Sandy trat mit schlafzerwühltem Haar und in einem ein wenig zu kleinen Bademantel ein. Als ihr Blick dem von Donna begegnete, seufzte sie vor Erleichterung. »Also hier steckst du. Was machst du im Bett?«

»Mich warm halten. Was machst du *außerhalb* des Bettes?«

»Du warst weg.«

»Nur für ein paar Minuten.« Sie blickte zu Jud. »Ich schätze, ich gehe jetzt besser wieder.« Sie kletterte aus dem Bett und ging mit Sandy zur Tür. Jud hielt sie für sie auf. Wie gern hätte sie ihm einen Gutenachtkuß gegeben, ihn festgehalten und seine Kraft und Wärme an ihrem Körper gespürt. Doch nicht vor Sandy. Nicht vor Larry.

»Bis morgen dann«, meinte sie.

»Ich bringe euch rüber.«

»Das ist nicht nötig.«

»Und ob es das ist.«

Er schlenderte neben Donna her, ohne sie zu berühren. Sandy lief vor ihnen her. Sie öffnete die Tür und wartete.

»Geh du schon mal rein«, sagte Donna zu ihr. »Ich komm' in einer Sekunde nach.«

»Ich werde warten.«

»Mach die Tür zu, Honey.«

Das Mädchen gehorchte.

An die Tür gelehnt, streckte Donna Jud die Arme entgegen.

Er trat zu ihr und umarmte sie. Er roch schwach nach Seife.
»Kalt hier draußen«, meinte sie. »Du bist so warm.«
»Heute morgen sagtest du zu Larry, du seist verheiratet.«
»Geschieden«, berichtigte sie. »Wie steht's mit dir?«
»Ich war nie verheiratet.«
»Ist dir die Richtige nie begegnet?« fragte sie.
»Es hat ein paar ›Richtige‹ im Lauf meines Lebens gegeben, schätze ich. Mein Beruf ist allerdings... ein bißchen riskant. Ich wollte diese Art Leben niemandem zumuten.«
»Um was für eine Branche handelt es sich denn?«
»Ich kille Bestien.«
Sie lächelte. »Tatsächlich?«
»Tja.« Er küßte sie. »Und jetzt gute Nacht.«

Zwölftes Kapitel

1

Ein Angstschrei riß Jud aus dem Schlaf. Er blickte durch die Dunkelheit in Larrys Richtung. »Sind Sie okay?«
»Nein!« Der Mann saß vorgebeugt auf seinem Bett und hatte die Arme um die an die Brust gezogenen Knie geschlungen. »Nein. Ich werde niemals okay sein. Nie!« Und er fing zu weinen an.
»Wenn diese Sache erst erledigt ist«, meinte Jud, »wird es Ihnen gutgehen.«
»Es wird nie erledigt sein. *Sie* glauben ja nicht einmal, daß es eine Bestie gibt. Sie sind mir wirklich eine große Hilfe.«
»Was immer es ist, ich werde es töten.«

»Werden Sie das?«

»Dafür bezahlen Sie mich doch.«

»Werden Sie ihr für mich den Kopf abschneiden?«

»Nichts Derartiges.«

»Ich möchte, daß Sie das tun. Ich will, daß Sie der Bestie den Kopf abschneiden, ihren Schwanz und...«

»Hören Sie damit auf, ja? Ich bringe das Ding um. Sonst nichts. Nichts von diesem Verstümmelungsmist. Davon habe ich genug gesehen.«

»Haben Sie?« Die Stimme aus der Dunkelheit klang überrascht und interessiert.

»Ich habe einige Jobs in Afrika erledigt. Habe eine Menge abgehackter Köpfe gesehen. Ein Typ bewahrte welche im Eisschrank auf und vergnügte sich damit, sie anzubrüllen.«

Jud vernahm ein leises Lachen vom anderen Bett her. Das Gelächter besaß einen seltsamen Unterton, der ihn nervös machte. »Vielleicht sollte ich Sie morgen nach Piburon zurückfahren. Ich kann den Job alleine zu Ende bringen.«

»O nein. Nein, das können Sie nicht.«

»Wir kämen vielleicht beide besser weg, Larry.«

»Ich muß hier sein, wenn Sie die Bestie töten. Ich muß sie sterben sehen.«

2

Um sechs Uhr erwachte Jud durch seinen Wecker. Das Schrillen schien Larry nicht zu stören. Nachdem er aus dem Bett gestiegen war, stand Jud auf dem kalten Fußboden und entfernte seinen Beinverband. Die vier parallelen Kratzwunden waren getrocknet und bildeten dunkle Markierungen von etwa zehn Zentimetern Länge. Sie schmerzten, sahen aber so aus, als würden sie problemlos heilen. Er ging ins Bad, ließ die blutgetränkte Bandage auf den Kleiderhaufen fallen und legte einen neuen Verband an. Im Spiegel prüfte er den Schulterverband. Es war ein wenig Blut durchgekommen, sah aber jetzt trocken aus. Vielleicht könnte er Larry oder Donna später dazu bewegen, ihn zu wechseln.

Er wusch sich. Nachdem er sich saubere Sachen angezogen hatte, war sein Koffer fast leer. Er warf den verbliebenen spärlichen Inhalt aufs Bett und nahm den Koffer mit ins Bad. Dort stopfte er seine zerrissenen, blutigen Sachen hinein. Er ließ den alten Verband hineinfallen und schloß den Koffer. Dann trug er ihn hinaus.

Es war ein stiller Morgen, als ob außer den Vögeln niemand wach wäre. Er schaute zum Bungalow Nummer 9 hinüber. Donna würde dort sein, höchstwahrscheinlich noch schlafen. Es war ein wunderschöner Morgen, und er wünschte, sie wäre bei ihm. Aber er wollte sie nicht wecken.

Er legte den Koffer in den Kofferraum seines Wagens und schloß leise die Klappe. Dann kehrte er in seinen Bungalow zurück. Mit Waschlappen und Seife schrubbte er alle sichtbaren Blutflecken im Badezimmer weg. Die weißen Handtücher waren noch sauber. Ebenso der andere Waschlappen. Der in seiner Hand war rosa von Blut.

Er schaute in den Abfalleimer des Bades. Im Plastiksack befanden sich Stücke von Pflaster und Mull, Verbandsstreifen und blutiges Toilettenpapier. Er ließ den schmutzigen Waschlappen hineinfallen und nahm den Müllbeutel heraus.

Mit dem Erste-Hilfe-Kasten und dem Müllsack ging er zu seinem Auto. Niemand war in der Nähe. Er legte beides in den Kofferraum.

Als er alle Spuren beseitigt hatte, setzte er sich auf die Stufe vor der Zimmertür und zündete sich eine Zigarre an. Sie schmeckte gut, weil sich das Aroma ihres Rauchs mit dem frischen Kiefernduft der Luft vermengte.

Er lehnte sich zurück, stützte die Ellbogen hinter sich auf die Stufe und grinste. Trotz seiner Wunden fühlte er sich außerordentlich gut.

Als er die Zigarre geraucht hatte, fuhr er mit dem Wagen die Front Street hinunter. Das Städtchen lag ruhig da. Er bremste ab, um einem zotteligen braunen Hund Zeit zu lassen, aus der Fahrbahn zu trotten. Vor Sarah's Diner parkte ein blauweißer Streifenwagen. Das einzige sich bewegende Auto war ein sich langsam nähernder Porsche, der nur höchst unwillig die Geschwindigkeitsbegrenzung einzuhalten schien.

Zur Linken stand das unbelebt wirkende Haus der Schrecken. Zur Rechten regte sich nichts auf dem Grundstück des fensterlosen Hauses. Er fuhr langsamer, als er den Felsvorsprung am Hang hinter dem Haus der Schrecken sah. Er würde sich bald hinaufbegeben und seine Ausrüstung holen müssen.

Aber nicht jetzt.

Hinter dem Ort wendete er und kam zurück. Er passierte die beiden Häuser. Einen Block weiter parkte er vor einem geschlossenen Friseurgeschäft. Er spazierte zum Kassenhäuschen des Hauses der Schrecken.

An dessen Wänden hingen unter Glas gerahmte Zeitungsausschnitte. In einigen wurde über die Morde berichtet. Andere konzentrierten sich auf die Führungen. Er las etliche Artikel. Lieber hätte er alle gelesen, aber dies hätte zuviel Zeit in Anspruch genommen. Er wollte keine Aufmerksamkeit erregen.

Er warf einen Blick auf das Zifferblatt über dem Schalterfenster. Dann einen weiteren, prüfenden auf seine Armbanduhr. Die erste Führung würde erst in knapp drei Stunden um zehn Uhr stattfinden.

Mit den Händen in den Hosentaschen stromerte er den Bürgersteig entlang. Er hielt inne, um das verwitterte viktorianische Haus zu betrachten, wobei er sich Mühe gab, wie ein Tourist auf einem Morgenspaziergang zu wirken.

Als er um die Kurve gebogen war, suchte er Schutz hinter den Bäumen und kehrte um.

Etliche Meter vom Zaun entfernt entdeckte er eine freie Stelle, von wo aus er eine gute Sicht auf die Vorderseite vom Haus der Schrecken hatte und die ihm trotzdem ein Versteck bot.

Sich niederkauernd, begann er zu warten.

3

Gleich nach halb zehn parkte ein Wohnmobil auf der Front Street. Ein Mann stieg aus, warf einen prüfenden Blick auf das Kassenhäuschen und kehrte zum Camper zurück. Heraus kamen eine Frau und drei Kinder. Bald danach tauchte ein junges Paar in einem VW auf.

Jud machte sich auf zur Straße und spazierte zum Kassenhäuschen. Immer noch keiner da.

Während Jud in der Nähe der Kasse wartete, kamen noch mehr Leute. Er beobachtete das fensterlose Haus auf der anderen Straßenseite. Die Tür war geschlossen. Der grüne Pick-up parkte immer noch vor der Garage.

Endlich, zehn Minuten vor der angekündigten Führung, sah Jud, wie Maggie und Wick das Haus verließen. Auf Wick gestützt, trug Maggie ihren Gehstock, ohne ihn jedoch zu benutzen. Sie benötigten eine ganze Weile, um die Front Street zu erreichen. Nachdem sie einen Kombi abgewartet hatten, überquerten sie die Straße.

Wick half ihr den Bordstein hinauf und ließ dann ihren Arm los. Sie stützte sich schwer auf den Stock.

»Willkommen beim Haus der Schrecken«, verkündete sie mit leiser, aber klarer Stimme. »Mein Name ist Maggie Kutch, und mir gehört es. Sie können Ihre Eintrittskarten bei meinem Assistenten kaufen.« Sie schwenkte den Stock Richtung Kassenhäuschen, wo Wick gerade die Tür aufschloß. »Die Tickets kosten vier Dollar für Erwachsene, für Kinder unter zwölf nur zwei Dollar. Es ist eine Erfahrung fürs Leben.«

Die Leute hatten zugehört, still und reglos. Als Maggie zu sprechen aufhörte, eilten die, welche noch nicht in der Schlange standen, zur Kasse.

Maggie schloß das Drehkreuz auf und schob sich hindurch.

»Auf ein Zweites, eh?« fragte Wick, als Jud das Schalterfenster erreichte.

»Ich kann es einfach nicht lassen.« Er schob eine Fünf-Dollar-Note unter der Scheibe hindurch.

»Schätze, Ihre Freundin hat sich nicht blicken lassen.«

»Wer wäre das?«

»Ihre Freundin. Die Tante, die dort auf der Straße herumgetobt und ihre Titten gezeigt hat.« Wick gab ihm die Karte und das Wechselgeld.

»Ich frage mich, wo sie steckt«, sagte Jud.

»Höchstwahrscheinlich in der Klapsmühle.« Wick lachte in sich hinein, so daß seine schiefen, braunen Zähne zu sehen waren.

Jud ging durch das Drehkreuz. Als die ganze Gruppe auf dem Gehweg versammelt war, begann Maggie zu sprechen.

»Ich begann vor langer Zeit, nämlich im Jahre '31, das Haus zu zeigen. Direkt nachdem die Bestie meinen Gatten und meine drei geliebten Kinder niedergemetzelt hatte. Sie mögen sich fragen, warum eine Frau fremde Menschen durch ihr Haus führt, das Schauplatz einer solchen persönlichen Tragödie war. Die Antwort ist einfach: G-e-l-d.«

Einige Leute lachten unbehaglich.

Maggie humpelte den Weg zum Fuß der Verandastufen entlang. Mit ihrem Stock zeigte sie nach oben zum Balkon. »Dort haben sie Gus Goucher gelyncht.«

Jud hörte der Geschichte von Gus Goucher genau zu, wobei er jedes Detail auf seine Theorie hin prüfte, nach der Goucher tatsächlich schuldig gewesen war. Nichts, was sie erzählte, widersprach seiner Ansicht. Er folgte Maggie die Verandastufen hinauf. Sie berichtete von der alten Tür, die von Officer Jenson aufgeschossen worden war. Sie zeigte auf den Affenpfoten-Klopfer. Dann öffnete sie die Tür und stieß sie auf.

Der stechende Geruch von Benzin drang Jud in die Nase.

»Ich muß Sie wegen des Geruchs um Verzeihung bitten«, meinte Maggie. »Mein Sohn hat gestern Benzin verschüttet. Wenn wir uns vom Treppenhaus entfernt haben, wird es nicht mehr so schlimm sein.«

Jud trat ein.

Er schob sich langsam an den anderen vorbei, bis er direkt auf die Treppe schaute. Nichts. Wo Marys Leiche hätte sein müssen, befand sich nur ein dunkler Fleck. Alles Blut war sorgfältig weggeschrubbt worden, ehe jemand den Teppich mit Benzin getränkt hatte.

Dreizehntes Kapitel

1

Der Sonnenschein in seinem Gesicht weckte Roy auf. Er hob den Kopf von seinen zusammengerollten Jeans und stützte sich auf die Ellbogen. Ein Spatz pickte nahe der Überbleibsel vom Lagerfeuer auf der Suche nach Brotkrumen.

Bei Tageslicht wirkte die Lichtung nicht annähernd so abgeschlossen wie im Dunkeln. Die Abstände zwischen den umstehenden Bäumen waren größer und boten einen weiter reichenden Ausblick als erwartet. Noch schlimmer, von einem Hügel aus konnte man das Fleckchen einsehen.

Als er den Hang hinaufstarrte, hörte er einen Motor. Er sah das blaue Dach eines Autos vorbeirasen.

»Oh, Scheiße«, murmelte er.

Er öffnete den Reißverschluß an der Seite des Schlafsacks und kroch hinaus. Im Stehen rollte er seine Jeans auseinander. Er zog seine Jockey-Shorts heraus und schlüpfte hinein.

Er vernahm Stimmen.

»Mist, was für ein Mist.«

Rasch setzte er sich auf den Schlafsack und begann, die Jeans überzustreifen.

Zwei Wanderer, ein Pärchen, kamen den Hang heruntermarschiert, direkt oberhalb seines Lagers. Sie trugen weiche Filzhüte.

Sie kamen immer näher.

Indem er das Becken hob, zog er die Jeans ganz hoch. Reißverschluß zu. Gürtel zu.

Das junge Paar trat auf die Lichtung.

Er konnte es nicht fassen! Der verfluchte Wanderweg führte geradewegs an seinem Schlafsack vorbei!

»Oh, hallo«, grüßte der männliche Part des Pärchens. Er schien angenehm überrascht, auf Roy zu treffen.

»Hi«, sagte das junge Mädchen, das bei ihm war.

»Hallo«, antwortete Roy. »Beinahe hätten Sie mich mit runtergelassenen Hosen erwischt.«

Das Mädchen grinste. Sie hatte einen breiten Mund und große Zähne. Auch große Brüste. Sie wackelten ganz schön unter ihrem engen grünen Top. Dazu trug sie weiße Shorts. Die Beine sahen schön gebräunt und kräftig aus.

Der Mann zog eine Bruyère-Pfeife aus seinen Shorts. »Sie campen aber auch mitten auf dem Pfad«, stellte er fest, als fände er dies amüsant.

»Ich wollte mich nicht verirren.«

Der Mann zückte einen Lederbeutel aus der Gesäßtasche und begann, seine Pfeife zu stopfen. »Wo haben Sie Ihr Wasser bekommen?«

»Ich habe mich ohne begnügt.«

»Ungefähr eine Meile in diese Richtung gibt's einen öffentlichen Campingplatz.« Er deutete mit dem Pfeifenstiel zum Hügel hinüber. »Mit fließend Wasser und Toiletten.«

»Das ist gut zu wissen. Vielleicht breche ich in diese Richtung auf.«

Der Mann zündete ein Streichholz an und sog durch die Pfeife an der Flamme. »Camping ist hier illegal, wissen Sie.«

»Das wußte ich nicht.«

»Tja. Überall bis auf diese öffentlichen Plätze.«

»Ich kann diese Plätze nicht ab«, sagte Roy. »Sie sind so überfüllt. Da bliebe ich lieber zu Hause.«

»Sie sind grauenvoll«, pflichtete ihm das junge Mädchen bei.

»Yep«, sagte der Mann und paffte.

»Wohin sind Sie unterwegs?« fragte Roy in der Hoffnung, sie loszuwerden.

»Stinson Beach«, sagte der Mann.

»Wie weit ist das?«

»Wir haben vor, so gegen Mittag dort zu sein.«

»Nun«, sagte Roy, »dann wünsche ich Ihnen eine gute Wanderschaft.«

»Eine schöne Ausstattung haben Sie da. Wo haben Sie sich ausrüsten lassen?«

»Ich bin aus L. A.«, behauptete er.

»Tatsächlich? Waren Sie bei Kelty's in Glendale?«

»Dort habe ich das meiste von meinem Zeug gekauft.«

»Ich bin auch da gewesen. Genauer, ich habe meine Stiefel dort gekauft. Vor etwa sechs Jahren.« Er starrte hingerissen auf sie hinunter. Dann schaute er seine Begleiterin an. »Nun, wir machen uns jetzt besser auf den Weg«, meinte er.

»Eine schöne Wanderung«, wünschte Roy ihm nochmals.

»Ihnen auch.«

Sie marschierten an ihm vorbei, und er blickte ihnen nach, bis sie hinter den Bäumen verschwunden waren. Dann rollte er sein Hemd auseinander. Er schob sein Hosenbein hoch und steckte das Messer in die an der Wade befestigte Scheide. Dann zog er sein Hemd über.

Das Lager abzubrechen, schien eine lange Zeit zu beanspruchen. Während er sich darum kümmerte, achtete er auf Stimmen und behielt den Pfad am Hang sowie die Straße im Auge. Endlich war alles in den Rucksack gestopft. Er schwang ihn sich über die Schulter und kehrte zurück zur unteren Straße.

Ein Ford-Transporter fuhr vorbei.

Er winkte und lächelte.

2

Während er fuhr, hörte Roy aus dem Radio die Berichte über ein brennendes Haus und einen Familienmord in Santa Monica. Die Namen der Opfer wurden nicht genannt. Von Karen und Bob Marston hörte er nichts.

Das beunruhigte ihn.

In Gedanken ging er noch mal alles durch: wie Karen über Malcasa Point ausgepackt hatte; wie überrascht sie war, als er sie gewürgt hatte, statt sie freizulassen; wie er in der Diele versteckt auf Bobs Heimkommen gewartet hatte; wie Bob stöhnend den Kopf geschüttelt hatte, als er seine tote Frau an der Tür hängen sah; das Geräusch von Bobs unter der Axt zersplitterndem Schädel; die sorgsam inmitten von Zeitungsstapeln plazierte Kerze, genau wie in dem anderen Haus.

Vielleicht war ein Besucher vorbeigekommen und hatte das Feuer gelöscht.

Vielleicht war die Kerze irgendwie ausgegangen.

Wenn die Kerze ausgegangen war, hatte man vielleicht die Leichen noch gar nicht entdeckt.

Dieses Risiko konnte er nicht eingehen. Besser, er verhielt sich, als wäre der Wagen heiß, und organisierte sich einen neuen.

Er schwenkte in einen Schotterweg ein, wo die Reifen gelbe Staubwolken aufwirbelten. Er stieg aus, öffnete die Motorhaube und beugte sich wartend über den Motor.

Bald hörte er einen Wagen. Er blieb unter der Haube und griff nach dem Keilriemen. Der Wagen raste vorüber, ohne anzuhalten. Er versuchte denselben Trick bei zwei weiteren Autos. Keines hielt.

Als er wieder einen Motor hörte, beugte er sich unter die Haube, bis das Auto ganz nah war. Dann richtete er sich auf, machte ein frustriertes Gesicht und winkte. Der Fahrer schüttelte den Kopf. Seine Miene besagte: »Keine Chance, Freundchen.«

Roy brüllte: »Du mich auch!«

Als der nächste Wagen kam, hielt er einfach den Daumen hoch. Er sah die Beifahrerin den Kopf schütteln, als sie den Fahrer anschaute. Der Wagen fuhr weiter. Der nächste ebenfalls.

Er knallte die Motorhaube zu.

Als er zum Heck des Wagens ging, näherte sich ein Kleintransporter. Ein Sonnenrad war vorne aufgemalt. Am Steuer saß eine Frau mit glattem schwarzen Haar. Sie trug ein Stirnband und eine Lederweste. Er sah, wie ihr rechter Arm auf ihn zeigte. Er winkte. Ihr Anblick gefiel ihm.

Aber das Aussehen des Mannes, der »Ärger mit dem Wagen?« aus dem Beifahrerfenster rief, gefiel ihm nicht. Die Stimme des Mannes war rauh. Er trug einen ausgebleichten, schweißfleckigen Cowboyhut, eine Sonnenbrille und hatte einen schwarzen, struppigen Schnauzer. Seine blaue Levi's-Jacke war ärmellos. Auf dem Oberarm war ein tropfendes Stilett eintätowiert.

»Kein Ärger!« rief Roy. »Ich habe nur eine Pinkelpause gemacht.«

»Power für dich.« Der Mann grüßte ihn mit geballter Faust, und der Transporter rollte von dannen.

Roy wartete, bis er außer Sicht war, dann ging er langsam die Straße entlang. Etwas weiter legte er sich bäuchlings und mit zur Seite gedrehtem Kopf mitten auf die Straße. Er brauchte nicht lange zu warten.

Er mußte sich ein Grinsen verkneifen, als er einen schwarzen Rolls-Royce um die Kurve biegen sah. Ein Mann saß am Steuer und neben ihm eine Frau.

Der Wagen machte einen Schlenker, um Roy nicht zu überfahren, drosselte das Tempo und rollte hinter den Pontiac. Der Fahrer stieg aus. Die Wagentür offen lassend, eilte er zu Roy zurück. Es war ein großer Mann, mindestens einsneunzig und gut zwei Zentner schwer.

Ein verfluchter Football-Spieler!

Mist.

Der kräftige Mann kniete sich neben ihn. Er berührte seinen Hals, um den Puls zu fühlen. Der Rolls stand etwa zwanzig Fuß von Roy entfernt. Alle Fenster waren hochgedreht.

Der Mann begann, sein Sport-Sakko auszuziehen.

Roy versetzte ihm mit aller Kraft einen Tritt in die Hoden. Der Mann sackte zusammen. Die Frau begann, den Kopf zu drehen. Roy rannte los und donnerte mit dem Stiefel auf den Kofferraum des Rolls. Der Wagen schaukelte unter seinem Gewicht. Der Mann stand auf. Roy sprang vor der offenen Tür hinab. Die Frau schrie, als er sich auf den Fahrersitz warf. Er zog den Wagenschlag zu und verriegelte ihn einen Augenblick, ehe der Mann kam.

Die schreiende Frau warf sich mit der Schulter gegen die Beifahrertür. Roy riß sie am Kragen ihrer Bluse. Der Stoff platzte auf, aber es reichte, sie so lange zurückzuhalten, bis Roy sie am Haar gepackt hatte. Er zog sie zu sich. Sie schlug mit der Wange gegen das Steuerrad. Er zwang ihren Kopf in seinen Schoß und schlug ihr dann mit der Handkante ins Genick.

Das Gesicht des Mannes war gegen das Fenster gepreßt, in seinen Augen stand Wut, und die Fäuste hämmerten gegen die Scheibe.

Roy bemerkte, daß der Motor immer noch lief. Er legte den

Rückwärtsgang ein und trat aufs Gas. Der Wagen schoß zurück. Der große Mann rettete sich durch einen raschen Sprung zur Seite und blickte ihn durch eine aufwallende Staubwolke an.

Roy stellte die Automatic auf Fahren. Als der Rolls vorwärts brauste, hüpfte der Mann auf den Kofferraum des Pontiac. Roy spannte seinen Körper an. Mit voller Wucht prallte der Rolls gegen den Pontiac. Die Beine des Mannes wirbelten durch die Luft. Schwer krachte er auf die Motorhaube des Rolls. Mit einem raschen Schalten in den Rückwärtsgang ließ Roy den Rolls nach hinten schnellen und schüttelte den Mann ab.

Er fiel direkt vor den Wagen.

Roy raste vorwärts. Der Rolls gab ein befriedigendes Brummen von sich, als er über den Mann rollte.

Als wäre er über einen dicken Ast gerollt. Roy grinste.

Das Grinsen verging ihm sogleich.

Was, wenn ein anderes Auto käme?

Die Frau auf seinem Schoß war bewußtlos, vielleicht tot.

Er ließ den Motor laufen und stieg aus. Die Leiche des Mannes lag bequemerweise dicht hinter dem Pontiac. Roy öffnete dessen Kofferraum. Er wollte sich die Leiche nicht näher anschauen. Aber ihm blieb keine Wahl. Als er die Leiche hochhievte, gab sie plätschernde, schwappende Geräusche von sich. Er ließ sie in den Kofferraum fallen und übergab sich augenblicklich. Dann knallte er den Kofferraum zu.

Er griff sich den Rucksack und warf ihn in den Rolls, stieg hinterher und lenkte den Wagen auf die Straße.

3

Roy fuhr den Rolls fast vier Stunden, ehe er eine Nebenstraße entdeckte, die ihm zusagte. Sie führte über kahle Hügel nach links. Er war sicher, daß sie zum Ozean führte, also bog er dorthin ab.

Die Frau auf dem Vordersitz war tot. Die Art, wie ihr Kopf in seinem Schoß lag, gefiel Roy gar nicht, aber er verzichtete darauf, sie aufrecht hinzusetzen: Wenn es auch kein Blut gab, hatte sie im Todeskampf ihr Gesicht grauenhaft verzerrt. Ihre Haut hatte einen graublauen Schimmer. Würde er sie aufrichten, könnte man auf sie aufmerksam werden. Daher akzeptierte er einfach das widerliche Gewicht ihres Kopfes auf seinem Schoß, wie er das Blut an seinen Händen, Hemd und Hose akzeptierte. Er mußte es akzeptieren, jedenfalls bis er einen verlassenen Küstenstrich gefunden hatte.

Das da vor ihm sah vielversprechend aus.

Die Straße endete etwa hundert Meter vor der Küste. Er parkte im Schatten. Keine Autos in Sicht. Auf dem Hang weideten einige Kühe. Er stieg aus. Direkt links neben der Straße fiel der Boden steil ab und formte einen mit dichtem Strauchwerk gefüllten Schlund. Längs des Randes der Schlucht führte ein Trampelpfad zum Strand.

Gern hätte er die Leiche der Frau ins Wasser geschleppt. Aber sie bis zum Wasser zu tragen, würde schwer sein. Dazu gefährlich. Vergiß es.

Er würde sie in die Schlucht rollen.

Vierzehntes Kapitel

1

»Wir müßten ihn heute reinkriegen, Lady. Das ist alles, was ich Ihnen sagen kann. Wenn wir ihn kriegen, baue ich ihn ein.«

»Glauben Sie, der Wagen ist morgen fertig?« fragte Donna.

»Wie ich gerade sagte, es kommt drauf an, wann der Kühler hier ist.«

»Bis wann haben Sie auf?« fragte sie.

»Bis neun.«

»Kann ich meinen Wagen dann noch abholen?«

»Wenn er fertig ist. Stu wird ihn Ihnen übergeben. Allerdings gehe ich um fünf. Stu ist kein Mechaniker. Wenn er bis fünf nicht fertig ist, wird er nicht vor morgen fertig.«

»Danke.«

Sie entdeckte Sandy in der Nähe vor einem Verkaufsautomaten. »Kann ich Kartoffelchips haben?« fragte sie.

»Nun...«

»Bitte? Ich bin am Verhungern.«

»Wir essen bald. Warum wartest du nicht und nimmst Kartoffelchips zu deinem Essen?«

»Wo können wir denn hier essen?« fragte sie und wandte sich vom Automaten ab.

»Ich weiß nicht recht«, gab Donna zu.

»Nicht in dem Lokal von gestern. Das war zu eklig.«

»Versuchen wir es mal in dieser Richtung.« Sie begannen, die Front Street in südlicher Richtung entlangzugehen.

»Wann wird das Auto fertig?«

»Wer weiß.«

»Ha?« Sandy krauste die Nase. Als sie sie wieder glattzog, rutschte ihre Sonnenbrille herunter. Sie schob sie mit dem Zeigefinger zurück.

»Der Typ von der Tankstelle war nicht bereit, mir zu sagen, wann es fertig ist. Aber ich habe so das Gefühl, daß wir morgen noch hier sind.«

»Falls Dad uns nicht zuvor erwischt.«

Die Bemerkung ließ Donna zusammenzucken. Irgendwie hatte sie die Furcht vor ihrem Ex-Mann seit der Begegnung mit Jud in eine dunkle Ecke ihres Verstandes abgeschoben und verdrängt. »Er weiß nicht, wo wir sind.«

»Tante Karen aber.«

»Weißt du was, wir rufen Tante Karen an.«

Als sie sich umschaute, sah sie an der Ecke der soeben verlassenen Chevron-Station eine Telefonzelle. Sie kehrten um.

»Was kosten die Kartoffelchips?«

»Fünfunddreißig Cents.«

Sie gab Sandy eine Dollarnote. »Du mußt es dir wechseln lassen.«

»Willst du irgendwas?«

»Nein danke. Nun lauf.«

Sie sah ihrer Tochter nach und betrat dann die Telefonzelle. Als die Verbindung hergestellt war, hörte sie das Läuten des Telefons ihrer Schwester. Nach dem zweiten Klingeln wurde abgenommen. Donna wartete auf Karens Stimme. Sie hörte nur Schweigen.

»Hallo?« fragte sie schließlich.

»Ja.«

»Bob?« fragte sie, obwohl die Stimme nicht wie seine klang. »Bob, bist du das?«

»Wer ist da, bitte?«

»Wer ist *da*?«

»Sergeant Morris Woo, Santa Monica Police Department.«

»O mein Gott.«

»Also. Was wollten Sie von Mrs. Marston?«

»Ich wollte bloß... sie ist meine Schwester. Ist ihr etwas zugestoßen?«

»Woher rufen Sie an, bitte?«

Woher weiß ich, daß du ein Bulle bist? fragte sie sich innerlich. Und sie gab sich die Antwort: Ich weiß es nicht. »Ich rufe aus Tucson an«, log sie.

»Aha.«

In Gedanken sah sie ihn auflegen und sich grinsend, daß er die Information so leicht erhalten hatte, zu Roy umwenden. Aber er legte nicht auf.

»Bitte, wie heißen Sie?«

»Donna Hayes.«

»Aha. Adresse und Telefonnummer?«

»Was ist mit Karen passiert?«

»Bitte. Hat Ihre Schwester in diesem Bereich von Los Angeles Angehörige?«

»Verdammt!«

»Nun, Mrs. Hayes, ich muß Ihnen leider mitteilen, daß Ihre Schwester vom Tode ereilt wurde.«

Vom Tode ereilt?

»Sie und ihr Gatte, Robert Marston, wurden gestern abend vom Tode ereilt. Nun. Sollte es Angehörige geben...«

»Unsere Eltern.« Sie war wie betäubt. »John und Irene Blix.«

»Blix. Nun, Mrs. Hayes, dürfte ich bitte Ihre Adresse haben?«

Sie nannte ihm Adresse und Telefonnummer.

»Nun.«

»Sie wurden... ermordet?«

»Ermordet, ja.«

»Ich glaube, ich weiß, wer sie umgebracht hat.«

»Nun?«

»Was meinen Sie mit *nun*? Verdammt, ich weiß, wer sie umgebracht hat!«

»Aha. Sagen Sie's mir bitte.«

»Es war mein Ex-Mann. Sein Name ist Roy Hayes. Er wurde gestern aus San Quentin entlassen. Ich meine, am Samstag. Irgendwann am Samstag.«

»Aha.«

»Er saß dort sechs Jahre, weil er unsere Tochter vergewaltigt hat.«

»Aha.«

»Also hat er Karen getötet, um herauszufinden, wo ich bin.«

»Wußte sie es? Bitte?«

»Ja, sie wußte es.«

»Aha. Dann sind Sie also in Gefahr. Beschreiben Sie Ihren Roy Hayes, bitte.«

Während sie dem Mann eine Beschreibung ihres Ex-Gatten durchgab, sah sie Sandy mit Kartoffelchips zurückkehren. Die Tüte war geöffnet. Sandy klaubte sich einen Chip nach dem anderen heraus und schob sie seitlich in den Mund.

»Aha. Er fährt ein Auto?«

»Ja, aber ich weiß nicht, was für eines. Er könnte einen von Karens Wagen genommen haben. Sie besitzen einen gelben Volkswagen und einen weißen Pontiac Grand Prix.«

»Aha. Welches Baujahr?«

»Weiß ich nicht.« Sie betrachtete ihre Tochter, die vor der

Telefonzelle Kartoffelchips mampfte. Donna wandte sich ab und begann zu weinen.

»Bitte, Mrs. Hayes, sind die Wagen neu?«

»Der VW ist von '77. Beim anderen weiß ich das nicht. Ein '72er, '73er.«

»Aha. Sehr gut, Mrs. Hayes. Sehr gut. Jetzt möchte ich Ihnen vorschlagen, die Polizei von Tucson anzurufen und sie über Ihre Situation zu informieren. Vielleicht bekommen Sie eine Eskorte zum Flughafen.«

»Flughafen?«

»Genau. Ihre Eltern sollten in dieser Phase der Tragödie nicht allein bleiben.«

»Nein. Sie haben recht. Ich werde so schnell wie möglich kommen.«

»Genau.«

»Vielen Dank, Mr. Woo.« Sie hängte ein. Sandy klopfte an die Plastikwand der Zelle. Ohne sie zu beachten, kramte Donna in ihrer Handtasche nach weiteren Münzen. Sie fand welche und machte einen weiteren Anruf.

»Santa Monica Police Department«, sagte eine Frau. »Officer Bleary am Apparat. Kann ich Ihnen helfen?«

»Gibt es bei Ihnen einen Morris Woo?«

»Einen Moment, bitte.«

Donna hörte ein Telefon läuten. Es wurde abgehoben. »Morddezernat«, sagte ein Mann. »Detective Harris.«

»Gibt es bei Ihnen einen Morris Woo?«

»Er ist zur Zeit nicht hier. Kann *ich* Ihnen helfen?«

»Ich habe mit einem Mann telefoniert.« Sie schniefte und rieb sich mit dem Handrücken über die Nase. »Er behauptete, ein Sergeant Morris Woo zu sein. Ich wollte mich nur vergewissern, daß er wirklich Polizist ist.«

»Aha?«

2

Nach einem knappen tränenreichen Anruf, um ihren Eltern die Nachricht zu überbringen, verließ sie die Zelle. »Laß uns zum Motel zurückkehren.«

»Was ist los?« heulte Sandy. »Sag's mir!«

»Tante Karen und Onkel Bob. Sie wurden ermordet.«

»Das ist nicht wahr!«

»Ich habe gerade mit einem Polizisten gesprochen, Honey.«

»Nein!«

»Nun komm, gehen wir zum Motel zurück.«

Statt dessen warf das Mädchen sich laut schluchzend gegen Donna und umarmte sie fest.

Fünfzehntes Kapitel

1

Als Jud aus seinem Wagen stieg, sah er Donna auf den Stufen zu ihrem Bungalow sitzen. Er wußte augenblicklich, daß etwas nicht stimmte. Er ging zu ihr hinüber. Sie bemerkte ihn und stand auf. Er nahm sie in die Arme, und sie begann leise zu weinen, wobei ihr Rücken unter seiner Hand bebte. Jud strich ihr über den Kopf. Ihre Wange an seinem Gesicht war naß. Er hielt sie lange fest.

Dann blickte Donna zu ihm auf. Sie schniefte, lächelte entschuldigend und rieb sich mit dem Ärmel übers Gesicht.

»Danke«, sagte sie.

»Geht's wieder?«

Sie nickte mit zusammengepreßten Lippen. »Können wir einen Spaziergang machen?« fragte sie.

»Ich kenne einen hübschen Platz. Allerdings müssen wir dazu das Auto nehmen.«

»Ehe wir fahren, werde ich mich besser für die Nacht eintragen.«

»Das ist eine gute Idee«, sagte Jud. »Das muß ich auch machen.«

Gemeinsam gingen sie zum Motel-Büro. Sie trugen sich ein. Dann gingen sie zurück zu Juds Wagen. »Wo ist Sandy?« fragte er.

»Sie schläft.«

»Mein Eindruck ist, daß sie das ziemlich häufig tut, nicht wahr?«

»Es ist eine gute Möglichkeit zu flüchten.«

»Ist mit ihr alles in Ordnung?«

»Nein, wahrscheinlich nicht.«

Sie stiegen in den Chrysler, und Jud steuerte auf die Front Street.

»Wir haben heute morgen dein Auto in der Stadt gesehen«, sagte Donna, offensichtlich bemüht, das Thema zu wechseln. »Haben sie tatsächlich eine Führung veranstaltet? Ich hätte vermutet, die Polizei...«

»Anscheinend weiß die Polizei nichts von dem Mord. Die Leiche ist weg. Ebenso das Blut. Es sieht aus, als hätte jemand gut saubergemacht.«

»Schrubbe-di-schrubb.« Donna erwiderte seinen Blick und runzelte die Stirn. »Das hat Axel gesagt. Es ist seine Aufgabe, das Haus sauberzuhalten.«

»Axel steckt bis zum Kragen in dieser Sache. Seine Mutter

ebenso. Sie alle. Das ist ein Familienunternehmen. Man braucht nur hin und wieder einen Mord, um die Touristen antanzen zu lassen.«

»Wenn die Leiche aber doch verschwunden ist...«

»Ich denke, sie wurden nervös, weil die letzten Morde erst vor so kurzer Zeit geschahen. Nervös genug vorzutäuschen, daß nichts passiert ist.«

»Warum haben sie sie umgebracht – ausgerechnet die? Warum haben sie sie umgebracht, wenn sie kein Aufsehen erregen wollten?«

»Sie wollte das Haus niederbrennen.«

»Ich schätze, das reicht als Grund. Was willst du als nächstes unternehmen? Willst du ihre Leiche suchen?«

»Das würde uns nicht viel einbringen. Wir brauchen den Kerl im Affenkostüm.«

»Und dann?«

»Wenn es sein muß, werde ich ihn töten.«

»Du *beabsichtigst*, ihn zu töten, nicht wahr?«

»Ich bezweifle, daß er mir eine Wahl läßt.«

Sie schwiegen, als sie am Haus der Schrecken vorbeifuhren. Nach der Kurve sagte Donna: »Hast du viele Menschen umgebracht?«

»Ja.«

»Denkst du... oft daran?«

Er warf ihr einen langen Blick zu, lenkte dann an den Straßenrand und hielt. »Du meinst, ob mein Gewissen mich plagt?«

»Ich schätze, das meine ich.«

»Ich habe nie einen Typ umgebracht, der's nicht verdient hätte.«

»Wer richtet darüber?«

»Ich. Ich richte darüber und verurteile ihn.«

»Wie kannst du das?«

»Ich höre Stimmen.«

Sie lächelte. »Ich mein's ernst.«

»Ich auch. Ich höre eine Stimme. Gewöhnlich ist es meine, und sie sagt, ich solle diesen Bastard besser killen, ehe er mich umlegt.«

»Du bist gräßlich.«

Er lachte leise. Und dann spürte er, wie es sich kalt in ihm zusammenzog. Er schluckte. »Manchmal höre ich auch die Stimmen der Toten. Menschen, die ich nie gekannt habe. Menschen, die ich auf Fotos oder mit meinen eigenen Augen sah. Sie sagen zu mir: ›Ich wäre heute am Leben, wenn dieser Bastard mein Ticket nicht gestrichen hätte.‹ Dann blicke ich auf die Lebenden, und sie sagen: ›Dieser Bastard wird mich morgen umbringen.‹ Und dann richte ich diesen Bastard und exekutiere ihn, wenn ich kann. Ich will die Toten rächen und ein paar Leben retten. Vielleicht klingt das schrecklich, aber ich bin mit meinem Gewissen im reinen.«

»Tötest du für Geld?«

»Wenn er die Art von Typ ist, die ich töte, gibt es immer irgendwen, der dafür zahlt, daß ich's erledige.«

Sie stiegen aus dem Wagen. Jud nahm Donna bei der Hand und führte sie über die Straße. »Wie wär's mit Jogging?«

»Von mir aus gern.«

Sie gingen in den Wald. Jud lief voran und suchte Wege zwischen den engstehenden Kiefern, um Felsen oder unpassierbare Flecken mit gestürzten Bäumen herum. Zweimal hielt er inne, bis Donna aufgeholt hatte.

»Du hast mir nicht gesagt, daß es ein Hindernislauf wird«, meinte sie an einer Stelle.

Die letzten paar Meter ging es steil aufwärts, und Jud sah sich nach Donna um. Ihre Miene wirkte entschlossen. Mit dem Handrücken wischte sie sich einen Schweißtropfen von der Nase. Das Haar klebte feucht an ihrer Stirn. »Gleich da«, sagte er und streckte ihr die Hand entgegen. Er zog sie auf einen abgestorbenen Baumstamm hinauf, von dem beide dann hinuntersprangen. »Geschafft.«

Mühelos erklommen sie den Kamm des Hügels und gelangten auf eine windige Lichtung.

Donna streckte sich und breitete dabei die Arme aus. »Ah, diese Brise tut gut.«

»Du kannst hier warten. Ich muß weiter unten ein paar Sachen holen.«

»So läuft also der Hase!«

Sie begleitete Jud an den Rand der Lichtung, wo er hinunter auf die Felsnase zeigte. »Ich habe meine Ausrüstung bei den Felsen gelassen«, erklärte er.

»Dort warst du letzte Nacht?«

»Genau dort.«

»Ich komme mit, okay?«

Gemeinsam kletterten sie hinunter. Dann arbeiteten sie sich zur Felsspitze vor, von wo sie hinunter auf die Rückseite des Hauses der Schrecken schauten.

»Ich kann mir nicht vorstellen, bei Nacht dort hineinzugehen«, sagte Donna. »Es ist schon bei Tageslicht schlimm genug.«

»Ich klettere hinunter und hole mein Zeug«, sagte Jud.

»Gut. Ich warte.«

Während Donna sich auf die Felskante hockte, arbeitete Jud sich zu der kleinen Nische mit den beiden Kiefern hinunter. Sein Rucksack, das Gewehr und das Starlight lagen noch genau so, wie er sie zurückgelassen hatte, als er den Hügel hinuntergerannt war, um die Frau aufzuhalten. Er steckte das Fernglas in sein Futteral und stopfte es in den Rucksack, dessen Schnüre er zuzog. Dann hängte er sich den Sack über die Schultern. Er nahm die Gewehrtasche und kletterte nach oben.

»Laß uns wieder zur Lichtung gehen«, sagte Donna.

»Klar.«

»Mir behagt das Gesicht dieses Hauses einfach nicht.«

»Das ist eigentlich sein Hinterkopf«, erklärte Jud.

»Wie auch immer.«

Sie stiegen zur grasbewachsenen Lichtung empor. Jud setzte den Rucksack ab und legte das Gewehr daneben. Donna trat zu ihm, legte die Handflächen gegen seine Brust und schaute zu ihm auf. »Können wir noch ein bißchen reden?« fragte sie.

»Natürlich.«

»Übers Töten?«

»Wenn du möchtest.«

»Was heute geschehen ist...« Sie senkte den Blick. »Also... ich habe vorhin erfahren... daß meine Schwester...« Ihre Stimme brach. Sie wandte sich ab und atmete tief durch. Jud legte ihr die Hände auf die Schultern.

»Meine Schwester wurde ermordet!« stieß sie hervor. Dann brach sie in Tränen aus.

Jud drehte sie zu sich herum und hielt sie ganz fest.

»Ich habe sie *umgebracht*, Jud. Ich habe sie umgebracht. Ich bin weggelaufen. Er hätte es sonst nicht getan. Er hätte es nicht tun brauchen. Gott! Ich wußte es nicht. Ich *wußte* es nicht! Ich habe sie umgebracht. Ich habe sie beide umgebracht!«

2

Nach einer Weile beruhigte Donna sich ein wenig. Sie hatte aufgehört zu reden und weinte nur noch. Jud ließ sie aufs Gras sinken. Mit dem Rucksack als Rückenstütze saß er da und hielt sie fest. Ihre Tränen durchnäßten die Vorderseite seines Hemdes. Schließlich hörte sie auf.

»Wir kehren besser um«, meinte sie. »Sandy. Ich möchte sie nicht zu lange allein lassen.«

»Wir gehen, wenn du mir erklärst, was los ist. Wer hat deine Schwester umgebracht, Donna?«

»Mein Ex-Mann, Roy Hayes.«

»Warum?«

»Auch um mir eins zu verpassen, schätze ich. Vor allem aber, um sie dazu zu bringen zu verraten, wo ich bin.«

»Warum sollte er das wissen wollen?«

»Er war im Gefängnis. Er... hat Sandy vergewaltigt. Sie war erst sechs, und er nahm sie auf einen Ausflug mit seinem Crossrad mit... und vergewaltigte sie. Mit mir hatte er zuvor auch schon... solche Dinge gemacht. Gemeine Sachen.

Ich wußte, sie würden ihn eines Tages rauslassen. Ich stellte mir vor, wir würden alles stehen- und liegenlassen und abhauen. Und das haben wir getan, als ich am Sonntagmorgen erfuhr, daß er frei war.

Niemals... es ist mir einfach nicht in den Sinn gekommen, daß er zu Karen gehen könnte. Ich weiß nicht, was ich dachte. Aber niemals... Gott, niemals hätte ich gedacht, er würde Karen oder sonstwen aufsuchen und... er muß sie gefoltert haben. Gott, und das alles meinetwegen!

Wir hätten nicht fortlaufen dürfen. Wir hätten bleiben sollen. Ich hätte mir eine Waffe besorgen und einfach auf ihn warten sollen. Aber das ist mir nie in den Sinn gekommen. Ich dachte einfach, wir verlassen die Stadt, ändern vielleicht unseren Namen, und alles wird gut. Aber es ist anders gekommen. Und jetzt weiß er, wo wir sind.«

»Wo lebte deine Schwester?«

»In Santa Monica.«

»Also etwa zehn oder zwölf Stunden von hier?«

»Keine Ahnung. Irgend so etwas wahrscheinlich.«

»Weißt du, wann deine Schwester umgebracht wurde?«

»Irgendwann gestern abend.«

»Früh, spät?«

»Ich weiß nicht.«

»Er könnte schon in der Stadt sein.«

»Ich nehme es an.«

»Wie sieht er aus?«

»Er ist fünfunddreißig, etwa einsachtundachtzig. Sehr stark, zumindest war er das immer. Etwa hundert Kilo.«

»Hast du ein Foto von ihm?«

Sie schüttelte den Kopf. »Ich habe alle vernichtet.«

»Welche Haarfarbe hat er?«

»Schwarz. Er trug es immer kurz.«

»Noch irgendwas über ihn?«

Sie zuckte die Achseln.

Jud erhob sich und half ihr auf. »Bist du überzeugt, daß fortzulaufen nichts nützt?« fragte er.

»Er hat mich überzeugt.«

»Dann laß uns ins Motel zurückkehren und auf ihn warten.«

»Was wollen wir tun?«

»Wenn's sein muß, werde ich ihn töten.«

»Ich sollte diejenige sein, die mit ihm fertig wird.«

»Ausgeschlossen. Du gehörst zu mir.«

»Ich will nicht, daß du jemanden tötest... nicht für mich.«
»Ich würde es nicht für dich tun, nur für mich. Und wegen der Stimmen.«

Sechzehntes Kapitel

1

»Larry und ich müssen für eine Weile weg«, erklärte Jud, als er Donna nach dem Lunch über den Parkplatz begleitete. »Ich möchte, daß du mit Sandy in unserem Zimmer bleibst, bis wir zurück sind.«

»Okay.«

Keine Einwände. Keine Fragen. Ihr vollkommenes Vertrauen gab Jud ein gutes Gefühl.

Er beobachtete, wie sie sich Sandy zuwandte, die mit Larry hinter ihnen herkam. Statt einer Kluft hatte der gestrige Vorfall am Strand eine innigere Verbindung zwischen dem Mädchen und dem Mann geschaffen. Während des Lunchs hatten sie sich wie Freunde unterhalten. Jud fand ihre Vertrautheit unter den gegebenen Umständen zwar eigenartig, aber nicht ungünstig.

»Sandy«, sagte Donna, »wir werden uns eine Zeitlang in Juds und Larrys Zimmer aufhalten. Möchtest du deine Karten oder ein Buch oder irgend etwas holen, um dich zu beschäftigen?«

Das Mädchen nickte.

»Wir sind gleich wieder da«, sagte Donna. Sie gingen in ihren Bungalow, wobei sie die Tür auf ließen.

Larry sagte mit gedämpfter Stimme: »Das arme Kind wurde geschändet.«

»Das muß fürchterlich sein.«

»Fürchterlich, in der Tat. Sie wird sich ihr Leben lang fürchten. Diese elende Mißgeburt sollte erschossen werden.«

»Das wird er wahrscheinlich.«

»Das hoffe ich ganz bestimmt.«

»Heute nacht, wenn wir Glück haben.«

»Heute nacht?«

»Es ist ziemlich wahrscheinlich, daß er irgendwann heute aufkreuzt. Tut er das, werde ich ihn mit einer Kanone erwarten.«

»Was ist mit dem Haus der Schrecken?«

»Das kann noch einen Tag warten.«

»Ich nehme an, Sie haben recht, obschon ich mich *wirklich* besser fühlen würde, wenn wir ein für allemal mit...«

»Ich kann Donna und Sandy diesem Kerl nicht in die Hände fallen lassen. Er hat ihnen schon genug angetan.«

»Ganz bestimmt. Ich will sie auch nicht im Stich lassen. Auf gar keinen Fall.«

»Außerdem wäre es überstürzt, heute nacht die Bestie zu jagen.«

»Wieso?« fragte Larry.

»Ich will mehr wissen. Deshalb werden wir das Anwesen der Kutchs heute nachmittag besuchen.«

»Das Haus der Schrecken?«

»Nein. Das andere. Das ohne Fenster.«

2

Sobald Jud sicher war, daß Donna mit seinem Gewehr umgehen konnte, fuhren Larry und er los. Er bog rechts von der Front Street ab und in die schmale Schotterstraße, die zum Strand führte. Er parkte an einer von Bäumen geschützten Stelle.

Als Jud seinen .45er aus dem Kofferraum holte, sagte Larry: »Damit läßt sich die Bestie natürlich nicht aufhalten.«

Jud stopfte die Automatic im Rücken unter seinen Gürtel und ließ das Hemd locker darüber fallen. »Wieso kommen Sie darauf, wir könnten der Bestie über den Weg laufen? Beschränkt sie sich nicht nur aufs Haus der Schrecken?«

»Trotzdem.«

Er sah zu, wie Larry ein Buschmesser aus dem Kofferraum nahm. »Trotz was?«

»Man kann nie wissen, oder?«

Jud klappte den Kofferraum zu. »Sie können im Auto bleiben, wenn Sie wollen.«

»Nein. Das geht schon in Ordnung. Ich komme mit. Ich kann der Gelegenheit, diesem seltsamen Haus einen Besuch abzustatten, nicht widerstehen. Und Sie haben natürlich recht. Wir haben höchstwahrscheinlich nichts von der Bestie zu befürchten.«

Jud blickte prüfend auf seine Armbanduhr. »Okay, die Ein-Uhr-Führung müßte gerade anfangen. Gehen wir.«

»Wie steht's mit Axel?«

»Sollte er zu Hause sein, werde ich mich um ihn kümmern. Sie bleiben einfach an meiner Seite.«

»Ich hoffe stark, Sie wissen, was Sie tun.«

Jud antwortete nicht darauf. Er ging zwischen den Bäumen hindurch, bis diese aufhörten. Dann hastete er über den Rasen zur Rückseite der Garage. Larry folgte.

»Wissen Sie, ob es eine Hintertür gibt?«

»Ich bin mir nicht sicher.«

»Wir werden es herausfinden.« Jud arbeitete sich zur Rückseite des Hauses vor. Er achtete darauf, daß die Garage ständig zwischen ihm und dem hundert Meter entfernten Kassenhäuschen war. Als er sich in Höhe der Rückseite des Hauses befand, rannte er dort hinüber.

Die Rückwand bestand aus solidem Backstein.

»Keine Tür«, stellte Larry fest.

Jud marschierte durch den überwucherten Garten zum anderen Ende. Er lugte um die Ecke. Auch dort war keine Tür, nur der graue Metallkasten eines Belüftungssystems. Jenseits der Front Street waren der südliche Abschnitt des Zaunes vom Haus der Schrecken und der verlassene Rasen davor zu sehen.

»Halten Sie sich dicht an der Wand«, sagte Jud. Er wischte sich den Schweiß von der Stirn und bewegte sich vorwärts.

An der vorderen Ecke des Hauses hielt er inne. Während er Larry bedeutete zurückzubleiben, blickte er zum Kassenhäuschen auf der anderen Straßenseite hinüber. Auf der ihm zugewandten Seite gab es zwar eine Tür, aber kein Fenster. Solange Wick Hapson drinnen blieb, würde er Jud nicht sehen können.

Hinter dem Kassenhäuschen scharte sich die Besichtigungsgruppe vor der Veranda des Hauses der Schrecken und hörte vermutlich gerade die Geschichte von Gus Goucher. Jud wartete darauf, daß die Touristen ins Haus marschierten.

»Bleiben Sie dort, bis ich ein Zeichen gebe.«

»Ist Axel zu Hause?«

»Sein Pick-up ist hier.«

»Ach du meine Güte.«

»Das ist schon in Ordnung. Es könnte die Dinge erleichtern.«

»Um Himmels willen, wie das?«

»Falls er eine vertrauensvolle Seele ist, wird die Tür nicht abgeschlossen sein.«

»Wundervoll. Herrlich.«

»Warten Sie hier.« Abermals warf Jud einen prüfenden Blick zum Kassenhäuschen hinüber, dann huschte er über den Rasen zur Haustür.

Die Innentür stand weit offen. Jud preßte das Gesicht gegen die Fliegendrahttür und versuchte hineinzuschauen. Viel konnte er nicht sehen. Vom einfallenden Licht abgesehen war es drinnen dunkel. Leise zog er die Fliegentür auf und betrat das Haus.

Er ging rasch aus dem Licht. Für mindestens eine Minute stand er reglos da und lauschte. Als er überzeugt war, allein zu sein, tastete er sich an der Wand entlang und fand nahe der Tür einen Schalter. Er knipste ihn an. Eine Lampe schaltete sich ein, deren Birne den Eingang mit dämmrigem, blauem Licht erfüllte.

Direkt vor ihm führte eine Treppe zum oberen Stockwerk. Rechts befand sich eine geschlossene Tür, links ein Raum. Er betrat den Raum. Im schwachen Licht des Flurs entdeckte er eine Lampe. Er schaltete sie ein. Auch sie gab blaugetöntes Licht ab.

Dunkler Teppich bedeckte den Boden. Kissen und Polster waren darauf verstreut. In einer hinteren Ecke stand eine Lampe. Weiteres Mobiliar war nicht vorhanden.

Jud ging zur Fliegentür. Er schaute hindurch und überprüfte die Umgebung des Kassenhäuschens. Kein Lebenszeichen von Wick Hapson. Er öffnete die Tür einen Spalt und winkte Larry.

Als Larry die Tür erreichte, hielt Jud sich den Zeigefinger an die Lippen. Larry nickte und trat ein.

Jud deutete in das Zimmer mit den Polstern. Dann trat er an die geschlossene Tür rechts vom Eingang. Er stieß sie auf und fand einen Lichtschalter. Ein Kronleuchter oberhalb eines Eßtisches erstrahlte. Die Birnen des Leuchters waren blau.

Von der Beleuchtung abgesehen fand Jud am Eßzimmer nichts ungewöhnlich. In einer Ecke stand ein Porzellanschränkchen. Ein großer Spiegel über einer Anrichte beherrschte die gegenüberliegende Wand. Zum Tisch gehörten sechs Stühle. Er entdeckte zwei weitere dazu passende Stühle neben einer hohen Aufsatzkommode.

Gegenüber dem Kopfende des Eßtisches war eine weitere Tür. Jud ging hin und stieß sie auf. Die Küche. Er trat ein, bemüht, sich lautlos auf dem Linoleum zu bewegen. Er blickte in den Kühlschrank. Selbst dessen Innenlicht war blau. Auf das obere Fach zeigend grinste er Larry zu. Mindestens zwei Dutzend Dosen Bier lagen dort.

Neben dem Kühlschrank befand sich wieder eine Tür.

Als er sie öffnete, sah Jud Licht dahinter brennen. Blaues Licht. Er zog sie weiter auf und schaute eine steile Kellertreppe hinunter.

Er schloß sie leise. Um Larry herumgehend, begab er sich ins Eßzimmer. Er trug einen der hochlehnigen Stühle in die Küche und lehnte ihn gegen die Tür, so daß die Rückenlehne die Klinke festklemmte.

Dann bedeutete er Larry, ihm zu folgen.

Sie gingen von der Küche in den Flur und stiegen leise die

Treppe hinauf. Direkt am Ende des Korridors befand sich ein großes Schlafzimmer. Sie traten ein, und Jud schaltete die blaue Deckenbeleuchtung ein. Larry zuckte zusammen und umkrampfte den Griff seines Buschmessers. Dann lachte er leise, nervös. »Wie exotisch«, flüsterte er.

Ringsum waren die Wände mit Spiegeln bedeckt, und einer war direkt über dem Bett an der Decke angebracht. Auf dem Bett lagen keine Decken, nur blaue Satinlaken.

Während Larry sich niederkniete, um unters Bett zu schauen, überprüfte Jud den Kleiderschrank. Auf den Bügeln hingen lediglich lange Gewänder und Nachthemden. Er nahm ein Nachthemd heraus, und es flatterte sanft in der Luft, als hätte es gar kein Gewicht. Zarte rosa Schleifen an Schultern und Hüften hielten Rück- und Vorderteil des Gewandes zusammen. Durch das dünne Gewebe konnte Jud Larry hinüber zur Kommode gehen sehen. Jud hängte das Gewand zurück.

»Du meine Güte!« murmelte Larry.

Jud eilte zu Larry. Die offene Schublade enthielt vier Paar Handschellen. Als sie in die nächste Schublade schauten, fanden er und Larry Stahlketten mit Vorhängeschlössern. In einer anderen lag eine Kollektion von Büstenhaltern und Höschen, Strapsen und Nylons. Zwei der Schubladen enthielten nur Leder: lederne Hosen und Jacken, knappe Lederbikinis, Westen und Handschuhe. Neben der Hochkommode hing eine Reitpeitsche an einem Haken.

Sie schlossen die Schubladen und gingen.

Das Bad roch nach Desinfektionsmittel. Sie durchsuchten es rasch, ohne bis auf die eingelassene Badewanne etwas Ungewöhnliches zu entdecken. Sie war mehr als ein auf zwei Meter groß und mit etlichen in Kopfhöhe an den Kacheln angebrachten Metallringen ausgestattet.

»Wozu sind die da?« fragte Larry.

Jud zuckte die Achseln. »Sehen wie Griffe aus.«

Am anderen Ende des Korridors betraten sie ein kleines Zimmer mit Bücherregalen, einem Schreibtisch und einem gepolsterten Stuhl. Im blauen Oberlicht tastete sich Jud zur Lampe hinter dem Stuhl vor. Er knipste sie an.

»Ah, Licht«, flüsterte Larry, als weißes Licht den Raum erfüllte. Er begann, die Buchtitel zu inspizieren.

Jud nahm sich den Schreibtisch mitsamt den Schubladen vor. Die Schublade oben links war verschlossen. Sich niederkniend, zog er ein Lederfutteral aus der Tasche. Er nahm einen Dietrich heraus und machte sich am Schloß zu schaffen. Es bereitete ihm keinerlei Schwierigkeiten.

Die Schublade war leer bis auf ein einziges in Leder gebundenes Buch. Mit der Schnalle und dem Schloß sah es wie ein Tagebuch aus. Er knackte das Schloß in Windeseile und schlug die Titelseite auf. »Mein Tagebuch: Eine wahre Aufzeichnung meines Lebens und meiner höchst privaten Angelegenheiten, Band 12, im Jahre des Herrn 1903.« Der Name unter der Inschrift lautete Elizabeth Mason Thorn.

»Was haben Sie da?« fragte Larry.

»Das Tagebuch von Lilly Thorn.«

»Gütiger Himmel!«

Er blätterte durch die Seiten. Nach drei Vierteln fand er die letzte Eintragung. 2. August 1903. »Gestern abend wartete ich, bis Ethel und die Jungs schliefen. Dann ging ich mit einem Stück Seil in den Keller hinunter.«

Er schloß das Tagebuch. »Wir nehmen es mit«, flüsterte er. »Jetzt wollen wir noch einen Blick in das andere Zimmer werfen und dann verschwinden.«

Die Tür des Zimmers gegenüber war zu. Jud schob sie zentimeterweise auf.

Von innen drang ein merkwürdiges Pfeifen. Jud lauschte angestrengt, das Ohr im Spalt. Er hörte Zischen, Seufzen und ein brausendes Geräusch, wie es der Wind macht, der durch einen Canyon bläst. Leise schloß er die Tür.

Als sie die Treppe hinuntergingen, flüsterte Larry: »Das war die Bestie. Sie war da drin und schlief.«

»Ich denke, das war bloß Axel.«

»Axel, daß ich nicht lache!«

»Aber er war nicht allein«, sagte Jud.

»In der Tat!«

»Ich hörte mindestens drei Leute in dem Zimmer. Machen wir, daß wir wegkommen.«

»Großartiger Vorschlag. Ich bin hundertprozentig einverstanden.«

Siebzehntes Kapitel

Das grüne Metallschild verkündete: *Willkommen in Malcasa Point, 400 E. Fahren Sie vorsichtig.* Roy drosselte das Tempo auf fünfunddreißig Meilen.

Er sah ein Dutzend Leute bei einem Kassenhäuschen vor einem alten viktorianischen Haus herumlungern. Er warf einen Blick auf das Schild. Die roten Lettern waren verwackelt und glänzten wie nasses Blut. HAUS DER SCHRECKEN. Er grinste und fragte sich, was, zum Teufel, das sein mochte.

Langsamer fahrend studierte er die Gesichter der Leute neben der Bude. Keines sah aus, als könnte es Donna oder Sandy gehören. Nicht einmal, wenn man berücksichtigte, daß inzwischen sechs Jahre vergangen waren. Er fuhr weiter.

Er forschte auf den Bürgersteigen nach ihnen, er suchte Straßen und Parkplätze nach ihrem Wagen ab: ein blauer Ford Maverick, hatte Karen gesagt. Sie hatte nicht gelogen: zu diesem Zeitpunkt war sie jenseits aller Lügen gewesen.

Als er einen blauen Maverick bei einer Chevron-Station stehen sah, konnte er sein Glück kaum fassen. Er hatte damit gerechnet, daß Donna einen Tag Vorsprung hatte, mindestens.

Vor den Zapfsäulen hielt er an. Ein dünner, spöttisch grinsender Mann erschien am Wagenfenster. »Volltanken mit Super«, sagte Roy und überlegte, ob der Rolls Super schluckte. Er entschied, der Tankotto hätte bestimmt eine Bemerkung gemacht, wenn nicht. Er machte keine.

Roy stieg aus. Es tat gut, zu stehen und sich zu strecken. Die Taschen seiner Jeans waren immer noch klamm. Er kratzte seine juckende Haut und schlenderte zum Heck des Wagens.

»Dieser Maverick dort drüben«, sagte er. »Der gehört nicht zufällig einer Frau, die mit ihrer Tochter unterwegs ist?«

»Möglich.«

»Die Frau ist dreiunddreißig, blond, ein echter Schuß. Die Kleine ist zwölf.«

Der Typ zuckte die Achseln.

Roy zog eine Zehndollarnote aus der Brieftasche. Der Mann beäugte sie einen Moment lang, nahm sie dann und stopfte sie in seine Brusttasche.

»Wie lautet der Name der Frau?« fragte Roy.

»Kann ich nachsehen.«

»Hayes? Donna Hayes?«

Er nickte. »Das ist sie. Ich erinnere mich an Donna.«

»Und sie hatte ein Kind bei sich?«

»Ein blondes Mädchen.«

»Seit wann arbeiten Sie an dem Wagen?«

»Paar Tage. Sie sind gestern damit angekommen. Kaputter Kühler. Wir mußten in Santa Rosa einen neuen bestellen, kam gerade rein.«

»Also sind sie noch in der Stadt?«

»Ich wüßte nicht, wo sie sonst sein sollten.«

»Wo sind sie?«

»Gibt nur ein Motel. Das ist das Welcome Inn, etwa eine halbe Meile die Straße weiter, rechts hoch.«

Roy gab dem Mann weitere fünf Dollar. »Damit Sie den Mund halten.«

»Wieso suchen Sie sie?«

»Ich bin ihr Ehemann.«

»O ja?« Er lachte. »Sie ist Ihnen davongelaufen?«

»Genau. Und ich beabsichtige, sie dafür büßen zu lassen.«

»Kann ich Ihnen nicht verübeln. Sie ist erste Sahne, die Mieze. Ich würde schäumen, wenn sie mir weglaufen würde.«

Roy bezahlte das Benzin und fuhr dann eine halbe Meile die Straße hoch. Als erstes sah er das Restaurant, ein rustikales Gebäude im Schatten hoher Nadelbäume. »Welcome Inn's Carriage House. Fine Dining«. In geringer Entfernung dahinter befand sich ein Coffee-Shop. Dann kam eine Zufahrt zu einem Hof mit etwa einem halben Dutzend Bungalows zu beiden Seiten. Direkt hinter dem Eingang der Zufahrt befand sich das Motel-Büro. Die rote Neonröhre des Schildes zeigte leuchtend »Frei« an.

Roy fuhr weiter, plötzlich nervös geworden.

So nah. Er wollte es jetzt nicht vermasseln. Er brauchte Zeit zum Nachdenken.

Er fuhr die Straße hinauf, bis er eine breite Ausbuchtung

am Rand entdeckte. Dort ließ er den Wagen ausrollen und stellte den Motor ab. Er schaute auf die Uhr. Fast Viertel nach drei.

Donnas Auto steht bei der Chevron-Station, überlegte er. Okay. Falls sie es heute abholt, wird sie entweder direkt weiterfahren oder noch einmal übernachten. Sollte sie den Ort verlassen, wird sie hier vorbeikommen. Er könnte einfach abwarten und sie dann stoppen.

Was war, wenn sie nach Süden fuhr? Nein, das würde sie nicht tun. Nicht, nachdem sie so zielstrebig nordwärts gefahren war.

Trotzdem, es wäre möglich.

Oder sie blieb noch eine weitere Nacht im Inn.

Das war nicht schwer herauszufinden. Er konnte einfach im Motelbüro nachfragen. Falls sie plante zu übernachten, würde sie sich inzwischen eingetragen haben.

Andererseits konnte er nicht im Büro nachfragen. Möglicherweise würde sie davon erfahren.

Nun, das war auch nicht nötig. Er könnte ins Büro gehen, sich ihre Bungalow-Nummer besorgen und direkt vor ihre Tür fahren, ehe sie überhaupt eine Chance hatte, irgend etwas herauszufinden, Vorsichtsmaßnahmen zu treffen, die Bullen anzurufen. Er konnte hineinstürzen, sie und die Kleine schnappen und weg sein, ehe irgendwer spitzkriegte, was die Stunde geschlagen hatte.

Ausgeschlossen. Man würde ihn beobachten. Die Cops würden so schnell hinter ihnen her sein...

Warum sie überhaupt irgendwohin bringen? Einfach reingehen, ihnen das Maul stopfen und drin bleiben. Es war ruhig. Es gab sogar Betten. Er konnte so lange bleiben, wie er wollte.

Was, wenn sie ausgegangen waren?

Wenn sie ausgegangen waren, könnten sie im Büro nachfragen und herausfinden, daß er sich erkundigt hatte.

»Shit«, murmelte er, als er seinen Plan in sich zusammenfallen sah.

Okay, es war unmöglich, die Nummer übers Büro zu erfahren. Damit blieb ihm nur eine Möglichkeit: ausspionieren. Nach ihnen Ausschau halten.

Er verbrachte einige Minuten damit zu überlegen, wie er die Anlage am besten im Auge behielte, und stieg dann aus dem Wagen. Er nahm seinen Rucksack vom Rücksitz und streckte die Arme durch die Träger.

Er marschierte die Straße entlang, bis er das Office des Welcome Inn etwa fünfzig Meter entfernt vor sich sah. Dann bog er ab in den Wald.

Bald kam eine Reihe von kleinen Bungalows in Sicht. Sie waren wie Redwood gestrichen und hatten schräge Dächer. Hinten gab es Fenster, aber keine Türen.

In weitem Bogen bahnte sich Roy einen Weg bis zum letzten Bungalow. Jener lag gekrümmt zwischen den Wohneinheiten. Er überlegte, daß er im Spiegel der Fenster des ersten Bungalows nach dem Knick alle anderen von vorne würde sehen können. Er schlug im Schutz des Waldes nochmals einen Bogen und kam direkt hinter der Stelle an. Er grinste. Der Knick schirmte ihn von den anderen Bungalows ab.

Das Fenster befand sich auf gleicher Höhe mit Roys Kopf. Das Fenster war geschlossen, das Zimmer offensichtlich nicht bewohnt.

Er schlich zur rechten Seite des Bungalows. Es gab dort zwei Fenster, aber man hätte ihn vom gegenüberliegenden Bungalow aus beobachten können, und er wollte kein Risiko eingehen. Er kehrte zu dem einzelnen Fenster hinten zurück.

Er konnte nur hineingelangen, indem er es einschlug.

Das würde Lärm machen.

Welche Alternativen gab es? Er konnte zur Tür eines besetzten Bungalows marschieren, anklopfen und sich mit dem Messer den Weg freikämpfen. Allerdings könnte ihn jemand sehen. Und wenn er es versaute, würde es Schreie geben. Das wäre weit schlimmer als ein bißchen Glassplittern.

Vielleicht sollte er unter die Hütte kriechen und von dort nach Donna Ausschau halten. Nachdem er sich niedergekniet hatte, schaute er in den Raum unter dem erhöhten Fußboden. Reichlich Platz. Von vorne mußte er gute Sicht haben.

Allerdings war es recht schmutzig. Alle möglichen Käfer und Spinnen. Schnecken. Vielleicht sogar Ratten. Gar nicht davon zu reden, wie lange er dort bleiben müßte. Vielleicht Stunden. Zum Teufel damit.

Mit dem Messer stemmte er die beiden unteren Schraubzwingen des Fliegengitters vor dem Fenster auf. Er löste das Gitter und lehnte es gegen die Wand.

Er langte in seinen Rucksack und holte seine Taschenlampe hervor.

Dann richtete er sich wieder auf und suchte nach dem geeignetsten Punkt für einen Schlag.

»He!«

Roy wirbelte herum. Ein Mädchen im Teenageralter stand hinter ihm, das Handtücher auf den Armen trug.

»Was, zum Teufel, machen Sie da?« erkundigte sie sich. Sie klang eher empört als verängstigt.

In Sekundenschnelle hatte Roy sein Messer gezückt und es ihr gegen den Bauch gedrückt.

»Ein Schrei, und ich schlitze dich auf wie einen Katzenwels.«

Das Mädchen schüttelte ängstlich den Kopf. »Sie sind verrückt«, sagte es.

Er beobachtete, wie die Nachmittagsbrise ihr Haar zauste. Wie ihre kleinen Brüste verführerisch unter ihrem weißen T-Shirt zitterten. Er sah ihre schlanken gebräunten Beine.

»Was tust du hier?« fragte er.

»Dasselbe könnte ich Sie fragen.«

»Ich stelle hier die Fragen.«

»Mir gehört die Anlage.«

»Dir?«

»Meiner Familie.«

»Dann hast du ja die Schlüssel«, meinte er und grinste.

Achtzehntes Kapitel

1

Über den Ton des Fernsehers hinweg hörte Donna ein sich näherndes Auto. Sandy blickte sie besorgt an. Nachdem sie die Zeitung beiseite gelegt hatte, stieg Donna aus dem Bett und trat ans Fenster. Ein dunkelgrüner Chrysler rollte direkt vor der Tür aus. »Es sind bloß Jud und Larry«, sagte sie. Sie öffnete ihnen die Tür.

»Irgendein Anzeichen von ihm?« fragte Jud.

Donna schüttelte den Kopf. »Nein. Wie ist es bei euch gelaufen?«

»Nicht übel.«

»Nicht übel, wahrlich!« sagte Larry. »Wir sind ungeschoren davongekommen, wie gewiefte Diebe, und werfen Sie mal einen Blick auf *das* hier.« Er wedelte mit einem ledergebundenen Buch. »*Das* ist das Tagebuch von Lilly Thorn. Ihre eigenen Worte. Gütiger Himmel, was für ein Fund!« Er trat ans Bettende und setzte sich neben Sandy. »Wie war denn *dein* Nachmittag, mein kleiner Marienkäfer?«

Donna wandte sich an Jud. »Habt ihr das Bestienkostüm gefunden?«

»Nein.«

»Was ist mit der Leiche von Mary Ziegler?«

»Die auch nicht. Allerdings gab es auch einige Bereiche, die wir nicht durchsuchen konnten.«

»Kam jemand nach Hause?«

»Nein. Ein Zimmer war besetzt, und wir haben den Keller nicht überprüft, weil unten Licht brannte.«

»Dann war also jemand zu Hause?«

»Mehrere Jemande, so wie's aussah.«

»Es gibt bloß Maggie, Axel und Wick«, meinte sie.

»Und zwei davon waren drüben im Haus der Schrecken.«

»Und wer war dann im Haus?«

»Axel, nehme ich an. Und mindestens zwei andere.«

»Aber wer?«

»Keine Ahnung.«

»Das klingt ein bißchen gruselig.«

»Yeah. Ich bin selbst nicht gerade glücklich über die Entdeckung.«

Sie setzten sich auf Juds Bettkante.

»Wie war denn das Haus?« fragte Donna.

Sie hörte aufmerksam zu, fasziniert von dem, was er ihr über das blaue Licht, das Wohnzimmer ohne Möbel, die Kissen und die Badewanne mit den merkwürdigen Griffen erzählte. Am meisten aber interessierte sie das Schlafzimmer.

»Man würde Maggie Kutch gar nicht für so einen Typ halten. Und Hapson! Dieser Kerl ist ein altes Wiesel. Ich kann mir die beiden kaum beim Liebesakt vorstellen, geschweige denn unter Spiegeln. Das mit den Fesseln erscheint mir da schon wahrscheinlicher. Sadismus. Hast du seinen Gesichtsausdruck gesehen, als er mit dem Gürtel auf Mary Ziegler losging?«

Jud nickte.

»Ich habe sie immer für eine Bande von Psychos gehalten. Ich meine, man muß schon verrückt sein, wenn man von Führungen durch einen Ort wie das Haus der Schrecken lebt.«

2

Bis auf einen halbstündigen Spaziergang einen Hügel hinauf, von dem aus man den Ozean sehen konnte, verbrachten sie den Nachmittag im Bungalow der Männer. Larry las das Tagebuch in knapp einer Stunde durch, wobei er von Zeit zu Zeit den Kopf schüttelte und etwas vor sich hin murmelte. Sandy sah fern. Donna saß neben Jud am Fenster.

Um halb fünf wies Donna darauf hin, daß sie sich gerne nach dem Auto erkundigen würde. Zu viert spazierten sie zur Chevron-Station. Als sie näher kamen, sah sie ihren blauen Maverick neben der Werkstatt stehen. »Ich wette, man hat ihn noch nicht mal angerührt«, meinte sie.

Jud begleitete sie zum Büro, wo der knochige Mechaniker gerade telefonierte. Sie warteten draußen, bis er das Gespräch beendet hatte.

»Alles erledigt, Lady«, erklärte er, als er herauskam.

»Sie meinen, er ist fertig?« fragte Donna, die die überraschende Nachricht gar nicht glauben mochte.

»Klar doch. Der Kühler kam so gegen Mittag.« Er marschierte vor ihnen her zum Auto und öffnete die Motorhaube. »Da haben wir unser Baby. Ich habe ihn testgefahren, und er lief wie geschmiert.«

Sie kehrten zum Büro zurück. Er legte ihr die Rechnung vor und erklärte die einzelnen Posten. »Bar oder Karte?«

»Karte.« Sie suchte aus ihrem Portemonnaie die günstigste Credit Card heraus.

»Wo wohnen Sie?« fragte er.

»Drüben im Welcome Inn.«

»Das dachte ich mir. Es gibt sonst *keinen* anderen Ort zum Übernachten.« Er nahm die Kreditkarte. »Das habe ich auch dem Kerl gesagt, der nach Ihnen suchte.«

Die Worte trafen sie wie ein Schlag. Sie starrte den Mann benommen an, bis Juds fester Griff um ihren Ellbogen sie wieder zu sich brachte. »Wer?« fragte sie.

»Ein Typ kam in einem '76er Rolls angekarrt, sagte, er kennt Ihren Wagen. Hat er Sie gefunden?«

Sie schüttelte den Kopf.

»Geben Sie immer so bereitwillig über Ihre Kunden Auskunft?« fragte Jud.

»Kommt nicht so häufig vor.« Seine Augen wurden schmal. »Ihr Leutchen seid in irgendwelchen Schwierigkeiten?«

»Nein«, sagte Jud. »Aber Sie vielleicht.«

Der Mann gab Donna die Kreditkarte zurück und reichte ihr dann den Beleg zur Unterschrift. Langsam drehte er sich zu Jud um. »Verpissen Sie sich, Mister, ehe ich Ihren Scheiß-Arsch von hier nach Fresno trete.«

»Halten Sie die Schnauze!« schrie Donna ihm ins Gesicht. »Wer gab Ihnen das Recht, diesem Mann irgend etwas... *irgend etwas*... über mich zu erzählen?«

»Verdammt, Lady, ich habe ihm nichts erzählt. Er kannte Ihren Namen. Er hätte Sie gefunden. Wie gesagt, es gibt sonst keinen Ort, wo man hier übernachten kann. Er hätte Sie so oder so gefunden.«

Der Mechaniker schoß einen bösen Blick auf Jud ab und schaute dann wieder Donna an. »Sollten Ihrem Mann nicht weglaufen, Lady, sollten vorsichtiger sein.« Er grinste und marschierte davon.

»Verschwinden wir!« rief Donna Larry und ihrer Tochter zu, die auf der anderen Straßenseite Schaufenster betrachteten. Während die beiden die Straße überquerten, sagte Donna: »Ich will nicht, daß Sandy davon erfährt. O. K.?«

»Sie wäre vorsichtiger, wenn sie Bescheid wüßte.«

»Sie fürchtet sich entsetzlich vor diesem Mann. Und nach allem, was sie bereits durchgemacht hat, wäre sie heute...«

»Wir werden ihr nichts sagen. Aber von nun an müssen wir verdammt vorsichtig sein. Vor allem nachher im Inn.«

Donna nahm seine Hand und sah die Zuversicht in seinen Augen. Sie begegnete Sandy und Larry mit einem Lächeln. »Wunder über Wunder«, sagte sie. »Das Auto ist fertig.«

3

Auf der Fahrt zum Welcome Inn hielt Donna nach einem Rolls-Royce Ausschau, sah aber keinen. Auf dem Parkplatz stand ebenfalls keiner.

»Parke vor deinem Bungalow«, sagte Jud.

Das tat sie. Dann begleitete Jud sie zu seinem Bungalow. Er trat als erster ein und überprüfte rasch alle Räume, ehe er ihnen gestattete hereinzukommen. »Ich muß mal ins Büro«, sagte er. »Bin in einer Minute wieder da.«

Er kam nach knapp fünf zurück. Mit leichtem Kopfschütteln ließ er sie wissen, daß sich niemand im Büro nach ihr erkundigt hatte. »Wollen wir jetzt zu Abend essen?« schlug er vor.

»Ich bin am Verhungern!« platzte Sandy heraus.

»Du bist ein Faß ohne Boden«, meinte Larry zu dem Mädchen. »Ein Abgrund.«

»*Du* bist das Faß«, erwiderte sie lachend.

»Sandy«, warnte Donna, »hör auf, so zu reden.«

»*Er* tut's doch auch.«

»Das ist etwas anderes. Er hat ›Faß‹ nicht so gemeint wie du.«

»Ich habe ganz bestimmt nichts gemeint.«

Als sie zum Motel-Restaurant spazierten, legte Donna den Arm um Juds Taille. Ihre Hand berührte einen harten, vorstehenden Gegenstand. Sie ertastete die Umrisse.

»Deshalb hängt dir also das Hemd über die Hose.«

»Eigentlich hängt es darüber, weil ich so schlampig bin.«

»Ein gut bewaffneter Schlamper.«

Der Speisesaal war nahezu leer. Als die Hostess sie zwischen den Tischen hindurchführte, musterte Donna jedes Gesicht. Roys war nicht darunter.

»Wir hätten gerne einen Tisch in der Ecke«, sagte Jud.

»Wie wär's mit diesem?« fragte die Hostess.

»Sehr schön.«

Jud wählte einen Platz, von dem aus er einen guten Überblick über den Raum hatte.

Eine junge blonde Kellnerin kam. »Cocktails?«

Donna bestellte eine Margarita, Sandy eine Pepsi.

»Ich hätte gerne einen doppelten Martini«, erklärte Larry. »Sehr trocken. Knochentrocken. Genauer, nur die Medizin, und den Vermouth schenken Sie sich.«

»Also, das wäre ein doppelter Gin, pur, mit einer Olive.«
»Exakt. Sie sind ein Schatz.«
»Und Sie, Sir?« fragte sie Jud.
»Ich nehme ein Bier.«
»Budweiser, Busch oder Michelob?«
»Bleiben wir beim Bud.«
»Ein hoffnungsloser Snob«, murmelte Larry.

Donna lachte. Sie lachte ziemlich heftig, heftiger, als die Bemerkung verdiente, aber es schien, als sei ihr schon ewig nichts mehr so komisch vorgekommen. Und das Lachen tat gut. Binnen Kürze entfuhr Larry ein Kichern. Das animierte Sandy. Bald krümmten sich die drei vor Vergnügen. Jud grinste ebenfalls, ließ jedoch den Blick weiterhin durch den Raum schweifen.

Während des ganzen Dinners paßte Jud auf, als gehörte er nicht zu ihnen, sondern als wäre er ihr Beschützer.

Dann bestand er darauf, die Rechnung zu übernehmen.

Als sie aufbrachen, griff Donna ihn beim Arm und hinderte ihn daran, Sandy und Larry nach draußen zu folgen.

»Was ist...?«

»Danke fürs Abendessen.« Sie umarmte ihn fest und küßte ihn. Sie konnte spüren, wie er sich entspannte, sich öffnete und Gefühle in den Kuß zu legen begann. Dann löste er sich von ihr.

»Wir sollten besser bei Sandy bleiben«, meinte er und zerstörte damit ihre gute Stimmung. Sie konnte ihre Tränen nur mit Mühe zurückhalten.

Neunzehntes Kapitel

Vom Fenster des letzten Bungalows aus beobachtete Roy, wie Donna, Sandy und zwei Männer die Nummer 12 betraten. Ihr Wagen war vor Nummer 9 geparkt. Er vermutete, daß 9 ihr Apartment war und 12 das der Männer.

Das vereinfachte die Angelegenheit. Irgendwann im Laufe des Abends würden Donna und Sandy in ihren Bungalow zurückkehren. Vielleicht in fünf Minuten. Vielleicht erst in Stunden. Aber irgendwann bestimmt. Dessen ungeachtet würde er bis nach Einbruch der Dunkelheit warten.

Er sah sich zu den beiden Betten um, zu dem daran gefesselten und geknebelten Mädchen. Die Kleine des Besitzers schniefte immer noch. Er schätzte sie auf sechzehn, vielleicht siebzehn. Er kannte ihren Namen nicht. Er hatte sich fast eine Stunde mit ihr beschäftigt, nachdem die vier davonmarschiert waren, vermutlich zum Abendessen. Sie hatte erst hinterher zu weinen begonnen. Schuldgefühle höchstwahrscheinlich.

Er wunderte sich, daß niemand nach ihr gesucht hatte. Vielleicht waren ihre Leutchen daran gewöhnt, daß sie ab und zu verschwand.

Roy hob einen Zipfel des Vorhangs an und blickte wieder zu Nummer 12 hinüber. Die Tür war immer noch geschlossen.

Er sah sich nach dem Mädchen um. Im Augenblick begehrte er sie nicht. Dennoch bot sie einen hübschen Anblick, wie sie so nackt und hilflos im dunkler werdenden Zimmer lag.

Später würde er vielleicht Zeit für sie finden.

Er stand auf. Die Augen des Mädchens waren aufmerksam auf ihn gerichtet, als er sich ihr näherte. Er beugte sich über das Bett. Er beschrieb einen Kreis um ihren rechten Nippel und beobachtete, wie die dunkle Haut sich zusammenzog und versteifte. »Gefällt dir das?« flüsterte er und lächelte auf sie hinunter.

Dann riß er ihr das Kissen unter dem Kopf weg, nahm es mit zum Stuhl am Fenster und benutzte es als Polsterung gegen die harte Rückenlehne. Er setzte sich und lehnte sich gegen das Kissen. Schon viel besser.

Er lüpfte den Vorhang ein wenig und setzte seine Wache fort.

Zwanzigstes Kapitel

1

Während er die anderen alleine in seinem Bungalow zurückließ, schritt Jud die Grenzen des Welcome Inn ab. Er sah keinen Rolls-Royce oder irgendeine Spur von einem einsachtundachtzig großen Mann, der Donnas Ex hätte sein können. Er kehrte zu seinem Bungalow zurück. Er bedeutete Donna herauszukommen.

»Jetzt gehen wir in dein Zimmer und warten auf ihn.«
»Was ist mit Sandy?«
»Sie auch.«
»Muß das sein? Mir wäre lieber... Ich möchte nicht, daß sie ihn sieht, wenn das möglich ist.«
»Hier liegt das Problem. Er scheint nicht da zu sein, aber er

ist es vielleicht doch. Ich könnte ihn übersehen haben. Falls er uns beobachtet, weiß er, daß wir Sandy in Apartment 12 zurückgelassen haben. Er könnte sich an sie ranmachen.«

»Angenommen, sie ist bei uns«, wandte Donna ein, »und Roy kommt und schafft es irgendwie... dich zu überrumpeln. Dann hat er Sandy. Lassen wir sie bei Larry und dies geschieht, dann ist sie immer noch in Ordnung.«

»Was immer du vorziehst.«

»Glaubst du, er erfährt es, wenn wir sie in 12 zurücklassen?«

»Könnte sein«, räumte Jud ein.

»Aber es besteht die Möglichkeit, daß er es nicht weiß.«

»Würde ich sagen.«

»Okay. Lassen wir sie in 12 bei Larry.«

»Gut.«

Er wies Larry an, drinnen zu bleiben, die Tür verschlossen und die Vorhänge vorgezogen zu halten. Beim ersten Anzeichen von Ärger sollte er einen Signalschuß abfeuern und sich mit Sandy im Bad einschließen. Solange sie sich in die Wanne duckten, müßten sie sicher vor Kugeln sein. Jud würde herübergerannt kommen. Er würde binnen fünf Sekunden nach dem ersten Schuß da sein.

»Vielleicht«, meinte Larry, »kann ich den Dreckskerl mit meinem Signalschuß niederstrecken.«

»Falls er Ihnen eine gute Zielscheibe bietet, versuchen Sie das. Aber vergeuden Sie keine Zeit mit Warten. Sie werden erst sicher sein, wenn Sie bei verriegelter Badezimmertür in der Wanne hocken.«

Jud überließ ihm das Gewehr. Er schnappte sich Lilly Thorns Tagebuch. Dann überquerte er mit Donna die schattige Parkfläche Richtung Bungalow 9.

Er ging als erster hinein und überprüfte alles. Als Donna

bei ihm war, verschloß er die Tür und vergewisserte sich, daß die Vorhänge vor dem Fenster richtig zugezogen waren. Er schaltete die Lampe auf dem Nachttisch zwischen beiden Betten an.

»Wo soll ich hin?« fragte Donna.

»Ich werde mich hier zwischen den Betten auf den Boden legen, damit ich außer Sicht bin. Du kannst dich auf eines der Betten legen. Vielleicht wäre dies hier am günstigsten«, sagte er und klopfte auf das weiter von der Tür entfernte.

»Scheint mir in Ordnung zu sein. Was tun wir, während wir warten?«

»Du kannst fernsehen, wenn du möchtest. Egal was. Ich möchte erfahren, was Lilly zu sagen hat.«

»Könnte ich das nicht auch?«

»Klar.«

»Warum darf ich es dir nicht vorlesen?«

»Na schön.« Er lächelte. Ihm gefiel die Vorstellung. Sie gefiel ihm außerordentlich.

Donna zog ihre Turnschuhe aus. Ihre Socken waren weiß. Jud fand ihre Füße sehr klein. Er sah zu, wie sie sich aufrecht aufs Bett setzte, den Rücken gegen das Kopfteil gelehnt.

Er setzte sich zwischen die Betten. Mit einem überzähligen Kissen polsterte er die Vorderseite des Nachttisches ab und lehnte sich zurück. Seinen Colt .45 Automatic legte er neben sich auf den Boden.

»Alles klar?« fragte Donna.

»Alles klar.«

»›Mein Tagebuch‹«, begann sie vorzulesen. »›Eine wahre Aufzeichnung meines Lebens und meiner höchst privaten Angelegenheiten.‹«

2

»›1. Januar‹«, las sie. »Ich schätze, das Ganze geschah 1903. ›Weil wir heute den ersten Tag des neuen Jahres haben, gab ich mich der ernsten Meditation hin. Ich sagte dem Herrn meinen aufrichtigen Dank, daß Er mir in seiner Güte zwei prächtige Jungen geschenkt hatte und das Kleingeld, uns mit dem Notwendigsten zu versorgen. Ich bat Ihn, mir meine Sünden zu vergeben, vor allem aber gütig auf meinen lieben Lyle zu schauen, der ein höchst nobles Herz besitzt und vom Pfad der Tugend nur abgewichen ist, weil er seine Familie über alles in der Welt liebt.‹«

»Er war Bankräuber«, warf Jud ein. »Das hat mir Larry erzählt.«

»Aber er besaß ein nobles Herz.«

»Vielleicht kannst du dieses Zeug überschlagen.«

»Und zum eigentlichen Teil kommen?« Langsam blätterte sie weiter, wobei sie die Seiten aufmerksam überflog. »Oh, da ist was. ›12. Februar. Heute war es mir schwer ums Herz. Der Herr erinnert uns weiterhin daran, daß wir in dieser Stadt Außenseiter sind. Mehrere der hiesigen Kinder haben Earl und Sam angegriffen, als sie von der Schule kamen. Die Feiglinge verletzten meine Jungs mit Steinen, fielen dann über sie her und verprügelten sie mit Stöcken und Fausthieben. Ich kenne den Grund für ihre Grausamkeit nicht, aber ich weiß, daß die Quelle in der Reputation des Vaters meiner Jungen zu suchen ist.‹«

Donna blätterte weiter. »Sieht so aus, als wäre sie einige Tage im Städtchen herumgegangen, um den Eltern zu erzählen, was die Kinder getan hatten. Man war höflich, aber kühl zu ihr. Sie hatte ihre Besuche noch nicht beendet, als ihre

Jungen wieder verprügelt wurden. Einer wurde böse am Kopf getroffen, woraufhin sie zu einem Dr. Ross ging. ›Dr. Ross ist ein freundlicher, fröhlicher Mann von über vierzig Jahren. Er scheint keinen Groll gegen mich oder die Kinder wegen unserer Verwandtschaft mit Lyle zu hegen. Im Gegenteil, er betrachtet uns mit den freundlichsten Augen, die ich seit Monaten gesehen habe. Er versicherte mir, daß ich mir wegen Earls Zustand keine Sorgen machen müsse. Ich lud ihn zum Tee ein, und wir genossen seine Gesellschaft für nahezu eine Stunde.‹«

Jud lauschte dem Rascheln der Seiten.

»Sieht aus, als trifft sie sich fast täglich mit Dr. Ross. Sie hat angefangen, ihn Glen zu nennen. ›14. April. Glen und ich nahmen einen Picknick-Korb mit auf den Hügel hinter dem Haus. Zu meiner größten Überraschung und meinem Entzücken zauberte er aus seiner Arzttasche eine Flasche feinsten französischen Burgunders hervor. Wir amüsierten uns köstlich, schlemmten Hühnchen und Wein und genossen die Gesellschaft des anderen. Als der Tag fortschritt, wuchs unsere Leidenschaft. Es fiel schwer, dem Mann zu widerstehen. Obschon er mich mit einer Heftigkeit küßte, die mir den Atem raubte, gestattete ich ihm keine weiteren Freiheiten.‹«

Donna hörte auf vorzulesen. Sie schaute auf Jud hinunter, lächelte und setzte sich neben ihn auf den Fußboden. »Ich gestatte dir die Freiheit eines Kusses«, erklärte sie.

Er küßte sie sanft, und sie preßte ihre Lippen auf die seinen, als hungerte sie nach diesem Geschmack. Aber als er eine Hand auf ihre Brust legte, schob sie diese beiseite.

»Zurück zu Lilly«, sagte sie.

Jud beobachtete, wie sie die Seiten durchblätterte. Sie saß Schulter an Schulter neben ihm, das Buch gegen die angewinkelten Knie gestützt. Im Schein der Nachttischlampe schimmerte der Flaum auf ihrer Wange golden. Die Nähe und ihr Geruch erregten Jud derart, daß er sich über Lilly Thorn nicht mehr allzuviel Gedanken machte.

»Sie drückt sich nicht deutlich aus, aber ich glaube, zu diesem Zeitpunkt ist sie bereits weit über das Stadium des Küssens hinaus. Sie schreibt kaum noch über etwas anderes als Glen.«

»Hmmm.« Jud legte eine Hand auf Donnas Bein und spürte die Wärme durch ihre Cordhose.

»Aha! ›2. Mai. Letzte Nacht, lange nachdem die Kinder im Bett waren, stahl ich mich zur verabredeten Stunde hinaus und traf Glen beim Pavillon. Nach etlichen Liebesbekundungen hielt er um meine Hand an. Ich akzeptierte seinen Antrag ohne zu zögern, und er zog mich glücklich an seine Brust. Den größten Teil der Nacht umarmten wir uns und planten unsere Zukunft. Schließlich wurde es uns zu kühl. Wir begaben uns in den Pavillon. Dort, auf der Couch, hielten wir einander zärtlich umarmt, gesegnet durch die Fülle des Augenblicks.‹«

Donna klappte das Tagebuch zu, hatte aber den Zeigefinger zwischen die Seiten gesteckt. »Weißt du«, sagte sie, »ich fühle mich irgendwie... schmutzig, das hier zu lesen. Wie ein Voyeur. Es ist so intim.«

»Es könnte uns verraten, wer ihre Familie umgebracht hat.«

»Vielleicht. Ich mache weiter. Nur... ich weiß nicht.« Sie senkte den Kopf und blätterte um. »Sie haben einen Termin für die Hochzeit festgesetzt. 25. Juli.«

Jud legte ihr den Arm um die Schultern.

»›8. Mai. Letzte Nacht hatten wir ein weiteres Rendezvous im Pavillon und trafen uns Schlag eins. Glen besaß die Geistesgegenwart, ein Deckbett mitzubringen. Nachdem wir die

Kälte der Nacht ausgeschlossen hatten, brach unsere Leidenschaft ohne Schranken über uns herein. Wir waren in ihren Gezeiten gefangen. Ohne uns ihrem Sog erwehren zu können, gestatteten wir der Tide, uns an ihren Busen zu heben und in ein solch paradiesisches Entzücken zu tragen, wie ich es nie gekannt habe.‹ Ich nehme an«, sagte Donna, »das bedeutet, sie haben gebumst.«

»Und ich dachte, ihr Floß wäre gekentert.«

Lachend tätschelte Donna sein Bein. »Du bist gräßlich.« Sie hielt ihm ihr Gesicht entgegen, und er küßte sie.

»Gräßlich«, wiederholte sie zwischen seinen Lippen.

Er strich mit den Fingerspitzen über die zarte Haut ihrer Wange, folgte den Linien ihres Kinns und ihres Halses. Sie legte das Buch nieder. Nachdem sie sich so umgedreht hatte, daß ihre Brust gegen Juds Seite drückte, fummelte sie an seinem Hemd und knöpfte es auf. Dann schob sie ihre Hand hinein und streichelte seinen Bauch und seine Brust.

Er zog sie vom Nachttisch weg auf den Boden. Neben ihr liegend und der Länge nach an sie gepreßt, zog er ihr die Bluse aus der Hose und ließ seine Hand den Rücken entlang unter den Cord gleiten, wo er die kühlen weichen Rundungen ihrer Pobacken spürte. Er ließ seine Hand hinaufwandern, um ihren BH aufzuhaken.

»Warte«, sagte sie.

Mit fest auf Jud gerichtetem Blick und einem leicht verunsicherten Ausdruck im Gesicht knöpfte sie ihre Bluse auf. Sie warf sie auf das Bett neben der Tür. Sie schlüpfte aus dem BH und ließ ihn fallen. Auf der Bettkante sitzend zog sie die Socken aus. Sie stand auf, öffnete ihren Gürtel und die Hose und ließ sie bis zu den Fesseln hinunterrutschen. Dann stieg sie aus dem Cordhaufen. Jetzt trug sie nur noch einen Slip. Sie schlüpfte aus dem Höschen.

»Steh auf«, sagte sie. Jud bemerkte ein Zittern der Furcht oder Erregung in ihrer Stimme.

Er zog Schuhe und Socken aus und legte den 45.er Colt neben die Lampe. Dann erhob er sich und zog sein Hemd aus. Noch während er es aufknöpfte, öffnete Donna seinen Gürtel und zog ihm kniend die Hosen herunter. Dann ließ sie seine Unterhose an seinen Beinen heruntergleiten. Sie ließ ihre Zunge um sein Geschlecht spielen und nahm ihn saugend auf.

Er stöhnte. Als Donna sich aufgerichtet hatte, zog er sie dicht an sich. Lange hielt er sie dort zwischen den Betten fest, küßte sie und erforschte die Hügel und Täler ihres Körpers, streichelnd und tastend, während sie das gleiche bei ihm tat.

Dann wichen sie auseinander. Donna schlug die Decke zurück, und sie legten sich aufs Bett.

Sie ließen sich Zeit.

Ein Teil von Juds Hirn blieb aufmerksam, lauschte gespannt wie ein Gardeoffizier auf Wache. Der Rest von ihm war bei Donna. Er wurde eins mit ihrer Weichheit, ihrem Haar, den leisen Lauten aus ihrer Kehle, den vielen Gerüchen ihres Körpers, den Geschmäckern. Und schließlich nahm ihn die schlüpfrige Scheide auf, forderte ihn heraus, bis er um Erleichterung flehte.

Mit durchgebogenem Rücken stieß er tiefer, tiefer denn je. Abermals. Mit einem Lustschrei bäumte Donna sich auf und packte ihn. Er fiel auf sie, stieß zu und wieder zu, bis die ganze angestaute Lust aus ihm herausexplodierte.

Danach lagen sie eine lange Zeit nebeneinander. Sie unterhielten sich leise, schwiegen dann. Donna schlief ein. Schließlich stand Jud auf. Er zog sich an und nahm wieder seinen Platz zwischen den Betten ein. Die Automatic lag direkt neben seinem Bein.

3

»Habe ich lange geschlafen?« fragte Donna.

»Eine halbe Stunde vielleicht.«

Sie rückte an den Bettrand und küßte Jud. »Möchtest du zu Lilly zurückkehren?« fragte sie.

»Ich habe auf dich gewartet.«

»Ich bin echt ausgeklinkt.«

»Yeah.«

Sie lächelte. »Alles deine Schuld.« Sie streckte ihren nackten Arm nach dem Buch aus.

»Vielleicht solltest du dich besser anziehen.«

»Hmmm.« Sie klang, als habe sie für diese Idee nicht viel übrig.

»Vielleicht kriegen wir Besucher...«

»Gott, mußtest du mich daran erinnern?«

Er streichelte ihre Wange. »Du ziehst dich an, und ich schaue nach Sandy und Larry.«

»Okay.«

Sie bedeckte sich mit einem Laken, als Jud die Tür öffnete.

Während ihres Liebesaktes war die Dunkelheit hereingebrochen. Durch das Fenster von Apartment 12 schimmerte Licht. Jud stand neben Donnas Maverick und schaute prüfend über den Parkplatz. Aus Nummer 14 kam eine Frau mit zwei Kindern. Sie stiegen in ein Wohnmobil. Er wartete, bis das Wohnmobil fort war, ging dann zu Apartment 12 hinüber und klopfte leise an die Tür. »Jud ist hier«, sagte er.

»Eine Sekunde.«

Einen Augenblick später öffnete Larry die Tür. Jud schaute hinein. Er sah Sandy im Schneidersitz vor dem Fernseher hocken und sich über die Schulter nach ihm umgucken.

»Alles in Ordnung?«

»Bis Sie mich vor einer Sekunde bis ins Mark erschreckt haben, war alles wunderbar.«

»Okay, bis später dann.«

Er kehrte in Donnas Bungalow zurück. Sie saß zwischen den Betten auf dem Boden, hatte wieder Bluse und Cordhosen angezogen und das Tagebuch gegen die angewinkelten Oberschenkel gestützt. Er setzte sich neben sie und legte den .45er neben sein rechtes Bein.

»Es geht ihnen gut«, erklärte er.

»Okay. Zurück zu Lilly. Falls du dich erinnerst, ihr Boot war gerade gekentert.«

»Richtig. Und sie in den Wogen der Leidenschaft ertrunken.«

»Was dich auf die Idee brachte, selber Wellen zu schlagen.«

»Ach, so war das?«

»Ich denke doch.«

Jud küßte sie kurz, und sie lächelte.

»Nicht noch mal«, meinte sie. »Zurück zu Lilly.«

»Zurück zu Lilly.«

»Okay, nachdem sie es mit Glen in jener ersten Nacht gemacht hatte, ›frönten sie ihrer Leidenschaft‹ in regelmäßigem Turnus. Genauer, fast jede Nacht. Ich gehe davon aus, daß du darüber nichts hören möchtest.«

»In meiner gegenwärtigen Verfassung nicht unbedingt.«

»Okay, schauen wir mal, was als nächstes kommt.« Sie blätterte einige Seiten weiter. »›17. Mai. Heute habe ich Ethel einen Brief geschickt und sie um ihre Anwesenheit bei der Hochzeit gebeten. Ich hoffe, sie wird sich überwinden können, von Portland herzureisen...‹«

Donna las das übrige schweigend für sich und blätterte

um. Sie blieb still. Jud sah, wie ihr Blick über die Worte wanderte. Ihre Lippen waren fest aufeinander gepreßt.

»Was ist denn?« fragte er.

Ihre Augen blickten in seine. »Irgend etwas ist geschehen«, murmelte sie. »›18. Mai. Heute morgen erwartete mich ein äußerst beunruhigender Anblick, als ich in den Keller hinunterging, um ein Glas jener Äpfel zu holen, die ich im letzten Herbst eingemacht hatte. Im Schein meiner Petroleumlampe sah ich zwei Einmachgläser zerbrochen auf dem Boden liegen. Ein weiteres war geöffnet und geleert worden. Mein erster Verdacht richtete sich natürlich gegen die Buben. Das Etikett auf dem leeren Glas sagte mir jedoch, daß es Rote Bete enthalten hatte, ein Gemüse, vor dem beide Jungen sich graulen. Diese Entdeckung ließ mich frösteln, denn ich begriff, daß ein Fremder sich in mein Haus geschlichen hatte. Obwohl ich am liebsten sofort nach oben gelaufen wäre, durchsuchte ich daraufhin den gesamten Keller.

In einer Ecke der Ostwand, durch ein halbes Dutzend Scheffelkörbe verborgen, entdeckte ich im irdenen Fußboden ein Loch – groß genug, um einen Mann oder ein großes Tier hindurchzulassen. Rasch nahm ich meine eingeweckten Äpfel und floh aus dem Keller.

19. Mai. Ich habe viele Gedanken darauf verwandt, ob ich Glen über den Besuch des Fremden in meinem Keller informieren sollte. Schließlich beschloß ich, ihn in Unkenntnis zu lassen, denn ich weiß, daß sein Beschützerinstinkt von ihm verlangen würde, den Besucher zu vernichten. Eine derart harte Maßnahme konnte ich kaum dulden. Schließlich hatte der Besucher bis dahin niemandem etwas zuleide getan.

Ich beschloß, die Angelegenheit selber zu regeln, indem ich das Einstiegsloch verstopfte, Um diese Aufgabe zu bewerkstelligen, holte ich einen Spaten aus dem Geräteschuppen. Ich ging hinunter in den Keller. Zwei weitere Gläser Eingemachtes lagen geöffnet und geleert auf dem Boden. Diesmal hatte sich der Eindringling über meine Pfirsiche hergemacht. Als ich auf die leeren Gläser hinunterstarrte, verspürte ich plötzlich Mitleid mit diesem armen Wesen.

Der Besucher, so erkannte ich, wollte uns kein Leid zufügen. Sein einziges Begehren war, seinen quälenden Hunger zu stillen. Vielleicht war er ein unseliger Bursche, ein aus der Gesellschaft Ausgestoßener. Ich habe die Pein, ausgestoßen zu sein, kennengelernt. Ich habe die Einsamkeit und die Furcht kennengelernt. Mein Herz flog zu der glücklosen, verzweifelten Seele, die sich wegen einiger Happen bis in meinen Keller gegraben hatte. Ich schwor mir, ihn kennenzulernen und ihm zu helfen, wenn ich konnte.

30. Mai.‹ Da ist eine Lücke von elf Tagen, Jud.«

»Ja.«

»›30. Mai. Ich zaudere, ich zittere bei dem Gedanken, mein Tun zu Papier zu bringen. Wem kann ich sonst vertrauen? Reverend Walters? Er würde nur bekräftigen, was ich schon weiß: daß mein Tun in Gottes Augen verdorben und meine Seele der Verdammnis und den ewigen Flammen überantwortet ist. Dr. Ross kann ich schon gar nichts erzählen. Ich weiß, welch schreckliche Rache er gewiß an mir und Xanadu üben würde.

Am 19. Mai beschloß ich, dem Besucher meines Kellers aufzulauern und zu versuchen, ihm zu helfen. Glen kam vorbei, nachdem die Kinder zu Bett gebracht waren. Er bediente sich meiner auf die übliche Art.‹ Was ist denn aus den wogenden Tiden geworden?« fragte Donna, fuhr aber gleich mit dem Vorlesen fort. »›Als er fertig war, plauderten wir noch ein Weilchen miteinander. Schließlich verließ er mich.

Ich ging zur Speisekammer und öffnete leise die Kellertür.

Dort wartete ich im Dunkeln und lauschte. Aus dem Keller drang kein Laut. Ich stieg die Stufen hinab, wobei ich mir vorsichtig den Weg durchs Dunkel ertastete, obwohl ich eine nicht angezündete Lampe bei mir trug.

Als ich den erdigen Boden des Kellers unter meinen bloßen Füßen spürte, setzte ich mich auf die unterste Stufe und begann zu warten.

Meine Geduld wurde schließlich belohnt. Schweres, angestrengtes Atmen war aus dem Bereich des Loches zu hören. Bald folgten schwache Laute, so als schleppte sich ein schwerer Körper über die harte Erde. Dann sah ich einen Kopf oberhalb der Scheffelkörbe auftauchen.

Die Dunkelheit verbarg seine Gesichtszüge. Ich konnte lediglich die bleiche Form eines Kopfes erkennen. Selbst die war alles andere als deutlich. Aus der Blässe schloß ich, daß der Kopf einem Mann gehörte, dem die segensreichen Strahlen der Sonne fremd waren.

Er erhob sich zu voller Größe, und ich wurde von Furcht erfaßt, denn dies war kein Mann. Noch war es ein Affe.

Als er näher kam, beschloß ich, seine Identität eingehender zu erkunden, selbst wenn ich dabei meine Sicherheit aufs Spiel setzte. Zu diesem Behuf entzündete ich ein Streichholz. Es flackerte auf und gewährte mir einen kurzen Blick auf ein unheimliches Antlitz, bevor das Wesen sich knurrend wegduckte.

Während es so abgewandt dasaß, erblickte ich seinen Rücken und sein Hinterteil. Ob er eine Kreatur Gottes war oder eine krankhafte Perversion, die der Teufel ausgespien hatte, weiß ich nicht. Seine scheußliche Erscheinung und Nacktheit schockierten mich. Dennoch wurde ich von einer unwiderstehlichen Macht zu ihm hingezogen, bis ich die Hand auf seine mißgestaltete Schulter legte.

Ich gestattete dem Streichholz zu erlöschen. In der Dunkelheit, gänzlich ohne Sicht, spürte ich, wie das Wesen sich umdrehte. Sein warmer Atem auf meinem Gesicht roch nach Erde und urigen, unbewohnten Wäldern. Er legte die Hand auf meine Schultern. Klauen gruben sich in mein Fleisch. Ich stand hilflos vor Furcht und Staunen vor der Kreatur, die mir mein Nachtgewand zerfetzte.

Als ich nackt war, beschnüffelte sie meinen Körper wie ein Hund. Ihre Klauen zerkratzten meinen Rücken und zwangen mich auf die Knie. Ich spürte, wie die schlüpfrige Wärme seines Körpers sich gegen mich preßte und wußte genau, worauf das Wesen aus war. Der Gedanke daran entsetzte mich bis ins Herz, und dennoch erregte mich seine Berührung irgendwie – und seine seltsame Begierde.

Er bestieg mich von hinten, auf eine Art, die für Menschen ebenso ungewöhnlich wie für niedrige Tiere üblich ist. Bei der ersten Berührung seines Organs krampfte sich mein Inneres zusammen, nicht aus Angst um mein Fleisch, sondern um meine unsterbliche Seele. Und doch erlaubte ich ihm weiterzumachen. Jetzt weiß ich, daß ich ohnehin nicht die Kraft gehabt hätte, ihn davon abzuhalten, seinen Willen bei mir durchzusetzen. Jedenfalls unternahm ich keinen Versuch, mich zu widersetzen. Im Gegenteil, ich begrüßte sein Eindringen. Ich hungerte danach, als ob ich seine Pracht irgendwie vorhergeahnt hätte.

Oh, Lord, wie er mich geplündert hat! Wie seine Klauen mein Fleisch zerfetzten! Wie sich seine Zähne in mich senkten! Wie sein erstaunliches Organ meinen zarten Schoß stieß. Wie brutal er in seiner Wildheit war, wie sanft in seinem Herzen.

Als wir gemeinsam erschöpft auf dem erdigen Kellerboden lagen, wußte ich, daß kein Mann – nicht einmal Glen – jemals eine derartige Leidenschaft in mir entfachen konnte. Ich weinte. Die Kreatur, von meinem Ausbruch verwirrt, schlüpfte in ihr Loch und verschwand.‹ «

4

» ›Als ich in der folgenden Nacht die Kellertreppe hinabstieg, fand ich ihn bereits auf mich wartend. Sogleich zog ich mich aus, um mein Gewand vor dem Wüten seiner Klauen zu bewahren. Ich umarmte ihn, wobei ich die feuchte Wärme seiner Haut einsog. Dann sank ich auf Hände und Knie, und er nahm mich mit nicht weniger Leidenschaft als in der vorhergehenden Nacht. Als das Delirium vorüber war, lagen wir da, bis ich mich erholt hatte.

Schließlich zeigte ich ihm meine Lampe. Ich bedeutete ihm, sich umzudrehen und seine Augen zu schützen. Dann entzündete ich die Lampe und bedeckte sie mit einer indigofarbenen Haube, die ich während des Tages gefertigt hatte. Die blaugeschirmte Lampe war seinen empfindlichen Augen gegenüber freundlich und schenkte mir andererseits für meine Zwecke genügend Licht.

Als ich ihn musterte, sah ich, daß er in der Tat eine seltsam gestaltete Kreatur war. Einige seiner merkwürdigen Eigenarten erklärten zweifellos, weshalb er so ein großartiger Liebhaber war. Seine längliche, speerartige Zunge gehörte dazu. Sein Geschlechtsorgan war fraglos das einzigartigste und wundersamste Ding, das ich je erblickt hatte, und trug zu seiner Lust ebenso bei wie zu der meinen. Nicht nur, daß seine Größe und seine ungewöhnliche Kontur und seine Äderung atemberaubend waren, auch die Öffnung glich keiner, die ich je bei einem Geschöpf gesehen habe. Die Öffnung an der

Spitze war aufklappbar wie ein Kiefer und besaß eine gliedartige Zunge von zwei Zoll Ausdehnung.‹«

»Mist«, sagte Jud. »Was zum Teufel will sie uns da weismachen?«

»Ein Penis mit einem Mund?« überlegte Donna.

»Keine so üble Idee«, meinte Jud und lachte kurz auf.

»Solange er keine Zähne hat«, schränkte Donna ein.

»Gütiger Gott, wieviel davon hat sie erfunden?«

»Was glaubst du?«

»Ich weiß nicht. Eine Menge der Behauptungen – die Klauen und die glatte Haut, die Reaktion auf Licht – paßt zu dem, was ich gesehen habe.«

»Was ist mit dem Penis?«

»Ist mir nicht aufgefallen. Natürlich, das Haus war dunkel. Ich konnte kaum was sehen.«

»Ich mache weiter. ›Diese Öffnung und die Zunge, da bin ich sicher, befähigen ihn nicht nur, mich bis zum Äußersten zu erregen, sondern auch seine Lust durch den Geschmack meiner Säfte zu steigern.‹«

»Guter Gott!« murmelte Jud und schüttelte den Kopf.

»›Nachdem ich meine Neugier auf den Anblick seines Körpers befriedigt hatte, erforschte er mich mit dem gleichen Interesse. Dann gaben wir uns einer neuen Woge der Leidenschaft hin.

Als wir fertig waren, beschenkte ich ihn mit einer Auswahl von Nahrungsmitteln. Käse aß er mit großem Genuß. Er knabberte am Brot und warf es beiseite. Das Fleisch wies er nach kaum einem Schnüffeln zurück. Wie ich später lernen sollte, reizte nur rohes Fleisch seinen Gaumen, und dies hier war lang gegart. Er schlabberte Wasser aus einer Schale und kauerte sich dann offensichtlich zufrieden auf die Fersen.

Auf dem Rücken liegend öffnete ich mich ihm. Er schien

verwirrt, denn er war offenbar gewohnt, in der Art der niedrigen Geschöpfe zu verkehren. Ich drängte ihn trotzdem, sich auf mich zu legen, so daß ich zu der fremdartigen Schönheit seines Gesichts aufschauen und sein glattes Fleisch an meinen Brüsten spüren konnte, während er mich nahm.

Als wir fertig waren, beobachtete ich, wie er in das Loch hinter den Scheffelkörben glitt. Ich lauschte und hörte ihn tief unten. Ich rief leise nach ihm. Da ich seinen Namen nicht kannte, nannte ich ihn Xanadu nach dem fremden, exotischen Land, das Mr. Coleridge in seinem unvollendeten Meisterwerk beschrieben hat. Er war fort, ich aber wußte, daß er in der kommenden Nacht zurückkehren würde.

Ich war fortan jede Nacht mit Xanadu zusammen, schlich mich leise in den Keller, nachdem die Kinder schliefen. Wir stillten unser Verlangen mit einer Häufigkeit und Intensität, die keine Grenzen kannte. Jeden Morgen vor Sonnenaufgang kehrte Xanadu in sein Loch zurück. Ich weiß nicht, warum und wohin er geht. Ich bin überzeugt, daß er ein Geschöpf der Nacht ist, das am Tag schläft. Ich selbst gleiche meinen Lebensrhythmus seinem an.

Der Tag trifft mich bis in jede Faser geschwächt an. Dies wurde auch von Earl und Sam bemerkt. Ich erklärte ihnen, wobei ich nicht einmal lügen mußte, daß ich in jüngster Zeit Schwierigkeiten gehabt hatte, Schlaf zu finden.

Glen Ross bereitete mir anfänglich die größten Sorgen. Er äußerte sofort Bedenken wegen meiner Mattigkeit. Er wollte mich auf physische Gebrechen hin untersuchen, aber ich widersetzte mich seinem Ansinnen bis hin zur Unhöflichkeit. Er entsagte seiner Bitte und gab mir ein Schlafpulver.

Seine nächtlichen Forderungen nach amourösen Aufmerksamkeiten meinerseits reizten und ängstigten mich unsäglich. Seine Umarmung ließ mich schaudern. Seine Küsse wirkten abstoßend auf mich. Dennoch hätte ich, um seinen Verdacht zu zerstreuen, diese Qualen ertragen, wären da nicht die sichtbaren Spuren gewesen, die Xanadu auf meinem Körper hinterlassen hatte: die Prellungen, die Kratzer und Risse von seinen Klauen, die Bißstellen. Unterhalb meines Halses hatte die Leidenschaft unserer Liebe kaum einen Zoll meines Körpers unversehrt gelassen. In Gegenwart meiner Kinder und von Dr. Ross trug ich eine hochgeschlossene Bluse mit langen Ärmeln und einen langen, weiten Rock. Aber selbst das reichte nicht. Bei einer Gelegenheit zog ich mir Kratzer an Händen und Gesicht zu; ich schrieb sie einem Kater zu, der außer sich geraten war, als ich ihn hochzuheben versuchte.

Vor drei Nächten hat Dr. Ross mich aufgesucht und zu wissen begehrt, was meine eisigen Zurückweisungen zu bedeuten hätten. Obschon ich einen derartigen Ausbruch erwartet hatte, fiel es mir schwer, in einer Weise zu antworten, die keinen Verdacht auf die Wahrheit aufkommen ließe. Schließlich gestand ich unter gespielter Scham und Sittlichkeit, daß unsere sündige Unzucht unsere Seelen in Gefahr brächten und ich eine derartige Schlechtigkeit nicht länger ertrüge. Zu meiner Überraschung schlug er vor, sofort zu heiraten. Ich sagte, ich könne nicht mit einem Mann leben, der mich zu einem derartigen Sündenfall verführt hatte. Unter höhnischem Gelächter wies er darauf hin, daß ich es zufrieden gewesen sei, mit einem Banditen und Mörder zu leben. Ich benutzte diese Beleidigung meines verblichenen Gatten als Vorwand, um Dr. Ross aus dem Haus zu scheuchen. Ich glaube nicht, daß er wiederkommt.

Gestern gab ich einen Brief an Ethel auf die Post. Ich unterrichtete sie darüber, daß Dr. Ross sein Heiratsversprechen zurückgezogen habe und ich Herzeleid hätte. Ich bat sie,

Sam und Earl für zwei Wochen zu sich zu nehmen, damit ich zur Erholung eine Reise nach San Francisco unternehmen könnte. Jetzt warte ich ungeduldig auf ihre Antwort. Wenn die Jungen weit weg in Portland sind, brauche ich keine ermüdenden Geschichten mehr zu erfinden. Xanadu und ich haben dann freie Herrschaft über das Haus.

28. Juni‹«, las Donna weiter. »Das ist, warte, fast einen Monat nach der letzten Eintragung? ›Morgen werden die Kinder aus Portland zurückkommen und Ethel mitbringen, die einen nicht weiter begrenzten Besuch angekündigt hat. Ich sehe ihrer Ankunft mit Qual entgegen.

Für nahezu drei Wochen waren Xanadu und ich alleine im Haus. Nach der Ankunft der anderen muß er in den Keller zurückkehren. Ich weiß nicht, ob ich eine derartige Trennung ertragen kann.

1. Juli. Letzte Nacht suchte ich, als Ethel und die Kinder schliefen, den Keller auf. Anstatt mich mit einer Umarmung zu begrüßen, brütete Xanadu finster in einer Ecke neben seinem Erdloch. Er nahm das rohe Rindfleisch, das ich ihm anbot. Nachdem er es sich zwischen die Kiefer geklemmt hatte, kroch er in sein Loch und verschwand. Obwohl ich bis zum Morgengrauen wartete, kehrte er nicht zurück.

2. Juli. Xanadu ist nicht zurückgekommen.

3. Juli. Heute nacht ist er wieder weggeblieben.

4. Juli. Wenn er versucht, mich durch seine Abwesenheit zu vernichten, hat er Erfolg. Ich weiß nicht, was ich tun werde, wenn er nicht bald zurückkommt.

12. Juli. Zehn Nächte sind vergangen, und ich fürchte, daß er nicht die Absicht hat, wiederzukommen. Ich weiß jetzt, daß ich eine Närrin war, als ich ihm erlaubte, aus dem Keller zu kommen. Er hat sich an den Komfort des Hauses und meine ständige Gegenwart gewöhnt. Wie sollte er die Not-

wendigkeit, wieder in den Keller zurückzukehren, einsehen? Wie konnte er mein Verhalten anders verstehen denn als Zurückweisung?

14. Juli. In der letzten Nacht habe ich, statt im Keller Wache zu halten, die bewaldeten Hügel hinter dem Haus durchwandert. Obwohl ich kein Zeichen von Xanadu fand, werde ich heute wieder suchen.

31. Juli. Meine nächtlichen Nachforschungen am Hang des Hügels haben nichts ergeben. Ich bin so geschwächt. Seit dem Verlust von Xanadu ist alle Freude aus meinem Leben gewichen. Selbst aus meinen Kindern erwächst mir kein Glücksgefühl mehr. Ich bin von ganzem Herzen verärgert über sie, denn sie sind die Ursache meines Verlustes. Ich hätte sie gewiß ungeboren aus meinem Schoß gerissen, hätte ich gewußt, welche Pein ihr Dasein mir bringen würde.

1. August. Die letzte Nacht habe ich in der Hoffnung im Keller verbracht, daß Xanadu zurückkehren würde. Ich hätte gebetet, wagte aber nicht, den Herrn in solcher Weise zu beleidigen. Zu guter Letzt war ich entschlossen, mir das Leben zu nehmen.

2. August. Letzte Nacht wartete ich, bis Ethel und die Jungen schliefen. Dann ging ich mit einem Stück Seil in den Keller. Lyle hatte oft mit mir über Hinrichtungen durch Erhängen gesprochen. Es war die Art zu sterben, die er bis zu jenem Tag fürchtete, an dem er erschossen wurde. Ich hätte eine andere Art gewählt, mein Leben zu beenden, aber nichts schien mir so sicher wie die Henkersschlinge.

Ich beschäftigte mich lange mit dem Seil, war aber unfähig, einen ordentlichen Henkersknoten zustande zu bringen. Ich entschied mich für eine simple Schlaufe. Die Qual des Erstickens würde groß sein, aber sie würde vorübergehen.

Nach ziemlichen Schwierigkeiten gelang es mir, die

Schlaufe über einen der Stützbalken des Kellergewölbes zu werfen. Ich befestigte das lose Ende des Seils am Mittelpfeiler. Dann stieg ich auf einen Stuhl, den ich zu diesem Zweck mit in den Keller hinuntergebracht hatte. Mit der Schlaufe um den Hals bereitete ich mich auf das Ende vor.

Schließlich begriff ich, daß ich dieses Leben nicht ohne einen letzten Versuch aufgeben konnte, meinen geliebten Xanadu zu sehen.

An diesem Punkt stieg ich vom Stuhl und trat dicht an das Erdloch. Ich kniete mich an den Rand. Ich rief laut nach ihm. Nach mehreren Minuten des Wartens, in denen ich nichts gehört hatte, beschloß ich, ihn aufzuspüren. Sollte ich bei diesem Versuch umkommen, so sei's drum. Ein solches Ende würde mich lediglich vor der Pein des Hängens bewahren.

Nachdem ich mich ausgezogen hatte, kletterte ich kopfüber in das Loch, wie ich es ihn bei so vielen Gelegenheiten hatte tun sehen. Die Erde war kalt und feucht an meinem nackten Fleisch. Es herrschte völlige Finsternis. Die Enge des Loches ließ Kriechen nicht zu, daher rutschte ich Zoll für Zoll flach auf dem Bauch wie eine Schlange vorwärts. Ich weiß nicht, wie lange ich kämpfte, um mich weiter hinunterzuwinden. Die Wände des Tunnels schienen sich um mich zu schließen, mich zu zerquetschen, als wollten sie den Atem aus meinen Lungen pressen. Dennoch zwang ich mich weiter.

Als ich mich nicht mehr bewegen konnte, schrie ich nach Xanadu. Ich schrie laut in all meiner Liebe und Verzweiflung. Ich schrie wieder und wieder, obschon jeder Atemzug in meinen Lungen brannte, aber ich wollte nicht sterben, ohne meinem Geliebten Lebewohl gesagt zu haben.

Endlich hörte ich den ersehnten Laut seines glitschigen Fleisches, das durch den Lehm glitt. Ich hörte seinen zischenden Atem. Er stieß seine Schnauze gegen mein Gesicht, stöhnte und leckte es ab.

Mein Haar mit seinen gewaltigen Klauen packend, schlängelte er sich rückwärts und zog mich mit. Der Schmerz, den er dadurch hervorrief, war meinen benommenen Sinnen willkommen. Als er endlich mein Haar losließ, stellte ich fest, daß sich keine Wände mehr gegen mich preßten. Die Luft schmeckte frisch. Später fand ich heraus, daß er mich in seine unterirdische Behausung mitgenommen hatte. Eine Aushöhlung, die gerade groß genug war, daß er sich aufrichten oder hinlegen konnte, und die sich innerhalb meines Besitzes einige Fuß unter der Erde befand. Die frische Luft kam durch eine verborgene Öffnung über uns und durch andere Tunnel, die zum Hügel hinaufführten. Dies alles stellte ich jedoch erst am Morgen fest. Zu der Zeit, als Xanadu mich in seine Behausung brachte, war ich kaum bei Bewußtsein und fror so sehr, daß ich zitterte. In der Umarmung meines Liebhabers wich die Kälte. Ich wurde von wonnigem Schlaf umfangen.

Irgendwann vor Sonnenaufgang weckte er mich. Ich hatte mich gut erholt. Xanadu drang in mich ein und liebte mich zärtlicher denn je, wenn auch nicht ohne extreme Leidenschaft. Als wir fertig waren, führte er mich zu einer Öffnung. Aus der Art, wie wir uns trennten, erkannte ich, daß er heute nacht kommen wird.

Alleine und splitternackt lief ich im Morgengrauen durch das taufeuchte Gras nach Hause.

Den Morgen verbrachte ich für mich und schmiedete Pläne. Kurz vor Mittag wurden meine Überlegungen durch einen jungen Mann namens Gus unterbrochen, der für eine Mahlzeit arbeiten wollte. Kaminholz mußte gehackt werden, und so gab ich ihm Arbeit. Den größten Teil des Nachmittags über hörte ich den Klang der Axt. Die ganze Zeit über plante ich.

Jetzt ist es Abend. Gus hat mit uns gegessen und ist gegangen. Die Kinder schlafen. Ethel hat sich noch nicht zurückgezogen, aber das macht nichts. Xanadu wartet. Ich werde ihm gestatten, aus dem Keller heraufzukommen, und das ganze Haus wird wieder uns gehören.‹«

»War's das?« fragte Jud. Donna nickte.

Einundzwanzigstes Kapitel

Jederzeit, jetzt.

Im gedämpften Licht, das durch die Vorhänge sickerte, zog Roy sich an. Er stand auf und betrachtete das Mädchen. Seine Haut wirkte im Kontrast zu den weißen Laken sehr dunkel.

Er hätte gerne einen Brand gelegt. Der würde sich um das Mädchen kümmern und um etwaige Beweise, die er hinterlassen mochte. Ein Brand wäre perfekt. Aber er müßte mit Verzögerung ausbrechen.

Er hatte keine Kerzen.

Eine Zigarette oder Zigarre konnte ebenfalls als Verzögerungsmittel dienen, aber er hatte keine.

Vielleicht hatte das Mädchen was.

Sich vor das kleine Häuflein ihrer Kleider hockend, hob er das T-Shirt hoch. Es besaß keine Taschen. Er nahm die abgeschnittenen Jeans und durchsuchte die Taschen. Nichts.

Shit!

Er konnte nicht einfach das Zimmer in Brand stecken und

abhauen; er brauchte einen Vorsprung. Zeit, um in Bungalow 12 zu kommen, Zeit, um in 9 zu kommen, Zeit, um mit Donnas Auto eine ziemliche Strecke zwischen sich und das Motel zu legen.

Moment.

Er würde 9 und 12 ebenfalls niederbrennen müssen.

Vergiß es.

Vergiß die ganze Sache.

Plötzlich lächelte er. Ohne ein verzögertes Feuer, das diese Hütte in Flammen aufgehen ließ, brauchte er sich nicht zu beeilen. Er konnte sich Zeit lassen, sich amüsieren.

Statt dessen würde er das Zimmer saubermachen, sichergehen, daß er keine Fingerabdrücke hinterließ.

Er wanderte mit dem T-Shirt des Mädchens durchs Zimmer und rieb über alle Oberflächen, die er seiner Erinnerung nach berührt hatte. Irgendwie erschien es ihm sinnlos. Er war sich nicht im klaren, warum, aber er verspürte einen dumpfen Schmerz im Magen, als ob irgend etwas ausgesprochen schiefgelaufen wäre. Irgend etwas, das er vergessen hatte.

Er kippte den Rucksack auf dem Boden aus. Zusammen mit der Plane und dem Schlafsack rollten vier Dosen mit Chilli und Spaghetti heraus.

Er hätte was essen sollen. Daher rührte der Schmerz.

Er rieb die Dosen mit dem T-Shirt ab.

Nein, es war nicht einfach Hunger. Noch was anderes stimmte nicht.

Er rieb das Aluminiumgestell des Rucksacks ab.

Shit!

Karens und Bobs Haus! Er hatte keine Ahnung, ob es abgebrannt war oder nicht.

Heute morgen hatten sie im Radio nur das eine Feuer erwähnt. Falls Karens und Bobs Haus nicht niedergebrannt war, hatten ihn die Cops schon in der Hand.

Okay, vielleicht war es abgebrannt, und er hatte die Nachricht einfach nicht gehört. Er mußte trotzdem vorsichtig sein.

Keine Hinweise hinterlassen.

Keine Zeugen hinterlassen.

Er durchkämmte den Raum mit den Augen und überlegte dabei, ob er irgend etwas übersehen hatte. Als er sich überzeugt hatte, daß alles sauber war, ging er ins Bad und urinierte. Er kam wieder heraus. Sich niederbeugend, hob er den Hosenaufschlag und zog das Messer aus der Scheide.

Ein einziger sauberer Schnitt über die Kehle würde reichen. Er würde Abstand halten, um den Spritzern zu entgehen.

Das Messer in der Hand, richtete er sich auf.

Draußen huschte ein Schatten vorbei.

»Oh, Scheiße!« murmelte Roy. Er überlegte, ob er sich einfach totstellen sollte. Aber vielleicht war es ein anderer Gast gewesen, und vielleicht hatte er einen Blick durchs Fenster geworfen. Er mußte nachsehen.

Er lief zur Tür, riß sie schwungvoll auf und trat hinaus. Leise schloß er sie hinter sich. Bis auf einige helle Bungalowfenster war der Parkplatz dunkel. Roy blickte nach links. Niemand zu sehen. Er schaute nach rechts. Wieder nichts. Vielleicht hatte er sich getäuscht.

»Okay«, flüsterte er. »Okay.«

Jetzt würde er mit dem Mädchen Schluß machen.

Er versuchte, den Knauf zu drehen. Er gab nicht nach, war wie festgefroren.

Er hatte sich ausgeschlossen. Schlüssel drinnen.

Roy sog einen tiefen, bebenden Atemzug ein. Er wischte sich den Schweiß von den Händen und rannte dann um die

Ecke des Bungalows. Vor ihm lag nichts als Dunkelheit. Wald. Nächtliches Grillengezirpe.

Er wünschte sich seine Taschenlampe, um das Fenster einzuschlagen.

Er hatte sie drinnen gelassen.

Gut, dann würde er sich eben sofort mit seiner geliebten Gattin beschäftigen.

Zweiundzwanzigstes Kapitel

1

»Das wär's«, meinte Donna. »Lilly hat die Bestie ins Haus gelassen, damit sie die Kinder und Ethel umbringt.«

»So sieht's aus«, stimmte Jud zu.

»Es ist anders, als Maggie während der Führung erzählte. Maggie zufolge hatte sie sich im Schlafzimmer verbarrikadiert, erinnerst du dich?«

»Ich denke, Maggie lügt wie gedruckt.«

»Glaubst du, sie lügt auch, was Lillys Wahnsinn betrifft?«

»Das bezweifle ich. Das wäre aber leicht nachzuprüfen. Wir müßten nur in eine Lokalzeitung aus der damaligen Zeit schauen. Wahrscheinlich ist Lilly tatsächlich ausgeflippt. Falls sie hinter den Morden an ihren beiden Kindern gesteckt hat, könnte sie dies in den Wahnsinn getrieben haben. Nach dem, was in ihrem Tagebuch steht, brauchte sie zu jenem Zeitpunkt nur noch einen kleinen Schubs.«

»Und als Xanadu ihre Kinder ermordete, gab er ihr damit diesen Schubs.«

»Wahrscheinlich.«

»Ich frage mich, was Xanadu tat, als sie weg war. Glaubst du, er blieb im Haus?«

»Könnte sein. Oder er verschwand und setzte das Leben fort, das er vor Lilly gelebt hat.«

»Aber er kehrte zurück«, erinnerte Donna, »als Maggie und ihre Familie einzogen. Vielleicht hat er die ganze Zeit über darauf gewartet, daß Lilly zurückkäme. Als er dann dort jemanden wohnen sah, muß er geglaubt haben, sie wäre heimgekehrt.«

»Ich weiß nicht«, meinte Jud. »Ich weiß wirklich nicht, was ich von all dem halten soll. Das Tagebuch ist sicherlich ein Schlag ins Kontor, was meine Theorie über die Bestie betrifft. Vorausgesetzt, das Tagebuch ist echt. Und ich denke, wir *müssen* voraussetzen, daß es echt ist; zumindest wurde es von Lilly Thorn geschrieben. Niemand sonst hätte einen Grund, sich eine derartige Geschichte auszudenken.«

»Was ist mit Maggie?«

»Sie hat es verschlossen aufbewahrt. Hätte sie es selbst geschrieben, getürkt, hätte sie es irgendwie eingesetzt: es publiziert, bei den Führungen verkauft, irgend so etwas. Ich denke, sie hat es für sich persönlich...«

Ein Klopfen an der Tür brachte Jud zum Verstummen. Er griff nach seiner Automatic. »Frag, wer da ist«, flüsterte er.

»Wer ist da?«

»Mommy?« Die Stimme des Mädchens war angsterstickt.

»Mach auf«, sagte Jud.

Während Donna auf die Beine kam, legte Jud sich flach auf den Boden zwischen den Betten.

Er beobachtete, wie sie die Tür entriegelte und öffnete.

Sandy stand in der Dunkelheit – stand auf Zehenspitzen, um den Schmerz zu lindern, den die Hand in ihren Haaren verursachte – während Tränen in ihren Augen schimmerten und eine Klinge gegen ihre Kehle drückte.

»Freust du dich nicht, mich zu sehen?« fragte ein Mann und lachte dann. Er stieß Sandy vor sich her ins Zimmer und kickte die Tür zu.

»Sag deinem Freund, er soll rauskommen«, befahl er.

»Hier ist niemand.«

»Verscheißer mich nicht. Sag ihm, er soll rauskommen, oder ich fang an, sie aufzuschlitzen.«

»Sie ist *deine Tochter*, Roy!«

»Sie ist bloß eine blöde Fotze. Sag's ihm.«

»Jud?«

Er schob seine Pistole unters Bett, richtete sich langsam auf und hob die Hände, um zu beweisen, daß sie leer waren.

»Wo ist deine Knarre?« fragte der Mann.

»Knarre?«

»Alles stellt sich hier doof. Hör mit der Scheiß-Doofie-Show auf und sag mir, wo deine Kanone ist.«

»Ich habe keine Kanone.«

»Nein? Dein Buddy hatte eine.«

»Wer?«

»Shit.«

»Wer sind Sie?« fragte Jud.

»Okay, Schluß damit. Ihr beiden legt die Hände auf den Kopf und verschränkt die Finger ineinander.«

»Donna, wer ist der Kerl?«

»Mein Mann«, erklärte Donna. Sie wirkte verwirrt.

»Jesus, warum hast du mir nichts gesagt? Hör mal, Kumpel, ich wußte nicht mal, daß sie verheiratet ist. Tut mir leid. Tut mir echt leid. Du glaubst, *du* bist *sauer*. Meine Frau bringt mich um. Du verrätst ihr doch nichts, oder? Warum nimmst du das Messer nicht runter, Mann? Die Kleine hat nichts damit zu tun. Sie weiß nichts von Adam. Wir haben sie einfach diesem Typ aufgehalst, ihm ein paar Scheine fürs Babysitten gegeben, während wir... du weißt schon, uns amüsiert haben.«

»Rüber an die Wand, alle beide.«

»Was hast du vor? Du wirst doch nicht... He, wir haben nicht mal was *getan!* Ich hab' sie nicht mal angerührt. Hab' ich dich angerührt, Donna?«

Donna schüttelte den Kopf.

»Siehste?«

»Gesicht zur Wand.«

»O Jesus!«

»So ist's gut. Jetzt die Arme gegen die Wand. So ist's richtig. Vorneigen. So, daß euer Gewicht auf den Händen liegt.«

»Du lieber Jesus!« murmelte Jud. »Er wird uns umbringen. Er wird uns umbringen!«

»Halt's Maul!« schnauzte Roy. Er zwang Sandy, sich mit dem Gesicht nach unten auf den Boden zu legen. »Keine Bewegung, Kleines, oder ich schlitze deine Mom auf.«

»O gütiger Jesus!« schrie Jud.

»Du hältst die Klappe.«

»Ich habe sie nicht angerührt. Frag sie. Donna, habe ich dich angerührt?«

»Halt's Maul«, sagte Donna.

»Jesus, alles hackt auf mir rum!«

»Er hat schon zwei Menschen umgebracht«, sagte Donna, »und wir sind die nächsten, wenn du nicht die Klappe hältst.«

»Er hat jemanden *umgebracht?*« Jud blickte sich über die Schulter nach dem Mann um, der mit einem Messer auf ihn zukam. »Du hast wirklich jemanden umgebracht?«

»Gesicht zur Wand.«

»Er hat meine Schwester und ihren Mann getötet.«

»Tatsächlich?« fragte Jud und schaute sich wieder um.

Das Grinsen des Mannes zeigte, wie sehr er die Tat genossen hatte.

Jud drehte sich langsam, während er fragte: »Warum hast du...?«

»Gesicht zur Wand!«

Roy streckte den Arm aus, um Jud in die richtige Stellung zu schubsen. Als seine Hand gegen Juds Schulter stieß, langte Jud mit seiner Rechten hinter sich, preßte Roys Hand flach gegen seine Schulter und kreiselte herum. Roy jaulte auf, als sein Handgelenk brach. In der gleichen Drehung knallte Jud seinen Unterarm gegen Roys Hinterkopf, so daß jener gegen die Wand prallte. In derselben Sekunde rammte er ihm das Knie ins Kreuz. Das Messer fiel zu Boden. Roy stürzte stöhnend rücklings hin. Angst trat in seine Augen.

»Bring Sandy rüber zur 12«, sagte Jud. »Schau, was mit Larry passiert ist.«

2

Draußen hockte Donna sich vor sie hin und umarmte ihre weinende Tochter. »Hat er dir weh getan, Honey?«

Sandy nickte.

»Wo hat er dir weh getan?«

»Er hat mich hier gekniffen.« Sie deutete auf ihre linke Brust, eine kaum wahrnehmbare Erhebung unter ihrer Bluse.

»Aber er hat dich nicht vergewaltigt, oder?«

»Er sagte, später. Und er benutzte das schlimme Wort.«

»Was hat er gesagt?«

»Das schlimme Wort.«

»Du kannst es mir sagen.«

»Er sagte, später. Er sagte, später würde er mich f, bis ich nicht mehr gehen könnte. Und dann würde er dich f. Und dann würde er uns wie Katzenwels ausnehmen.«

»Bastard«, murmelte Donna. »Dieser stinkende Bastard.«

Sie hielt Sandy zärtlich fest und strich ihr dabei übers Haar. »Nun, ich glaube, er bekommt keine Gelegenheit mehr, so etwas zu tun, oder?«

»Ist er tot?«

»Ich weiß nicht. Aber jetzt kann er uns nichts antun. Jud hat dafür gesorgt.« Sie richtete sich auf. »Okay, sehen wir mal nach Larry.«

»Larry ist okay. Ich habe ihn echt gut gefesselt.«

»*Du* hast ihn gefesselt?«

»Mußte ich. Daddy wollte ihn umbringen.«

Sie machten sich auf den Weg über die Parkfläche.

»Ich habe Daddy gesagt, wenn er Larry tötet, würde ich schreien. Er sagte, er würde mich umbringen, wenn ich das tun würde. Ich sagte, wenn er Larry nicht töten würde, täte ich alles, was er will. Er wollte, daß ich was vortäusche, damit du ihm die Tür öffnest.«

»Wie hat er es fertiggebracht, daß *Larry* die Tür geöffnet hat?«

»Er hat sich als Polizist ausgegeben.«

»Großartig«, murmelte Donna und fragte sich, wie Larry nur so dämlich sein konnte. Die Tür von Bungalow 12 war nicht abgeschlossen. Donna stieß sie auf.

»Wo ist er?«

»In der Badewanne. Das war Daddys Einfall.«

Sie fand Larry mit dem Gesicht nach unten in der leeren Wanne liegend, mit einem Hemd als Knebel vor seinem

Mund. Seine Hände waren auf dem Rücken gefesselt und das Seil um die Knöchel seiner hochgereckten Füße verknotet.

»Wir haben ihn!« verkündete Sandy.

Larry antwortete mit einem Grunzen.

Auf dem Wannenrand sitzend, beugte sich das Mädchen hinunter und zupfte an den Knoten. Binnen weniger Minuten hatte sie sie gelöst. Larry erhob sich auf die Knie. Er riß sich das verknotete Hemd vom Gesicht und zog eine schwarze Socke aus dem Mund.

»Ein schrecklicher Mensch«, murmelte Larry. »Ein absoluter Barbar. Seid ihr beiden in Ordnung? Wo ist Judgement? Was ist passiert?«

Donna berichtete, was Jud getan hatte und daß sie nicht wisse, wie schlimm er Roy verletzt hatte.

»Vielleicht sollten wir das feststellen.«

Im Dunkeln gingen sie zu Nummer 9 hinüber und fanden Jud auf dem Bett sitzend vor. Zwischen beiden Betten lag Roy mit dem Gesicht nach unten auf dem Fußboden. Seine Hände waren auf dem Rücken gefesselt. Ein Kopfkissenbezug verhüllte seinen Schädel und war mit einem Ledergürtel straff um seinen Hals befestigt. Bis auf sein Atmen rührte sich Roy nicht.

»Wie ich sehe, haben Sie alles bestens im Griff«, meinte Larry.

Sandy, die auf ihren Vater hinunterstarrte, drückte Donnas Hand. Donna setzte sich neben Jud. Sie rückten ein Stückchen, um dem Mädchen Platz zu machen.

»Was sollen wir mit dem Dreckskerl machen?« fragte Larry, als er sich behaglich auf dem freien Bett niederließ.

»Er ist kein Dreckskerl«, sagte Jud. »Er hat Donnas Schwester ermordet. Er hat ihren Schwager ermordet. Er hat Sandy sexuell mißbraucht. Gott weiß, was er Donna und

Sandy noch angetan hat. Aber wir wissen alle, was er vorhatte. Das ist nach meinen Maßstäben kein Dreckskerl. Nach meinen Maßstäben ist das eine Bestie.«

»Was soll Ihrer Meinung nach mit ihm geschehen?« fragte Larry.

»Wir werden ihn dorthin befördern, wohin er gehört.«

»Ins Gefängnis?« fragte Sandy.

Donna, die ein Frösteln den Rücken herunterkriechen spürte, sagte: »Nein, Schatz, ich glaube nicht, daß Jud das im Sinn hat.«

Plötzlich begriff Larry. Kopfschüttelnd murmelte er: »O du lieber Gott.«

Dreiundzwanzigstes Kapitel

Donna ließ den Motor des Chrysler an. Neben ihr saß Sandy. Roy, den Kopf immer noch im Bezug und die Hände immer noch gefesselt, saß hinten zwischen Larry und Jud. Jud drückte seinen .45er gegen Roys Brust. Larry hatte ein Buschmesser quer auf dem Schoß liegen, dessen gekrümmte Spitze sich in Roys Seite drückte.

»Wenn du uns abgesetzt hast«, sagte Jud, »möchte ich, daß du zum Motel zurückfährst. Gib uns eine halbe Stunde und komm uns dann abholen. Sollten wir nicht zu sehen sein, halte dich nicht länger auf. Fahr weg und komm alle Viertelstunde wieder, bis wir uns sehen lassen. Noch Fragen?«

»Kann ich nicht einfach irgendwo in der Nähe parken und warten? Dann könnte ich ein Signal geben, falls jemand kommt.«

»Das Auto könnte vielleicht Aufmerksamkeit erregen.«

»Gehen sie wirklich ins Haus der Schrecken?« fragte Sandy, als handelte es sich um einen Scherz, in den jeder außer ihr eingeweiht war.

»Nehme ich an«, sagte Donna.

»Das ist verrückt.«

»Das ist es gewiß«, stimmte Larry zu. »Ich bin hundertprozentig deiner Meinung.«

»Sie müssen nicht mitkommen«, sagte Jud.

»Oh, aber ich tu's. Sie planen, die Welt von Lillys Bestie zu befreien, nehme ich an?«

»Das habe ich vor.«

»Nun, wenn ich die Kosten für die Operation übernehmen muß, will ich auch dabei sein. Außerdem könnten Sie vielleicht Hilfe gebrauchen.«

»Nimmst du Daddy auch mit hinein?«

»Ja«, sagte Jud und fügte keine Erklärung hinzu.

»Wozu?«

»Bestrafung.«

»Oh. Du wirst ihn der Bestie überlassen.«

»Das ist richtig.«

»Wow! Können wir mit reinkommen?« fragte sie Donna. »Ich möchte zugucken.«

»Nein, das können wir nicht.«

»Warum nicht?«

»Es ist gefährlich.«

»Aber Jud und Larry gehen hinein.«

»Das ist etwas anderes.«

»Ich möchte aber. Ich möchte zusehen, wie die Bestie Daddy in ihre Klauen nimmt und ihn zerfetzt.«

»Sandy!«

»Ich will es sehen.«

»Ich gebe dir mein Wort, daß du nicht sehen willst, was die Bestie einem Menschen antut«, meinte Larry. »Ich weiß es.«

»Wir sind fast da«, sagte Donna.

»Okay. Fahr dran vorbei und wende dann.«

»Hier?«

»Noch ein bißchen weiter, damit wir hinter der Kurve sind.«

Donna verlangsamte das Tempo.

»Hier wär's gut.«

Sie versuchte, den großen Wagen herumzulenken, merkte, daß sie es nicht schaffen würde, und mußte erst zurücksetzen, ehe sie wenden konnte.

»Okay«, sagte Jud. »Jetzt schalte die Scheinwerfer aus.«

Sie drückte den Scheinwerferknopf. Die Straße vor ihnen wurde dunkel bis auf das stellenweise einfallende Mondlicht. Die Straße war nicht so düster wie der Wald zu beiden Seiten, daher bereitete es ihr kaum Schwierigkeiten, die Spur zu halten. Nach der Kurve hörte der Wald auf. Der Mond ergoß sein bleiches, cremiges Licht über den Asphalt.

»Fahr vors Kassenhäuschen«, sagte Jud, dessen Stimme nur noch ein angespanntes Flüstern war.

Donna hielt.

»Ich brauche mal kurz die Schlüssel.«

Sie stellte die Zündung ab. Indem sie sich umdrehte, überreichte sie Jud das Schlüsseletui.

»Jud?« sagte sie.

Seine Gesichtszüge waren kaum zu erkennen.

»Sollten wir ihn nicht einfach der Polizei übergeben?«

»Nein.«

»Es ist nicht, daß ich... Können wir ihn nicht erschießen oder so?«

»Das wäre Mord.«

»Ihn der Bestie zu überlassen, ist Mord.«

»Dann ist die Bestie der Mörder, nicht wir.«

»Ich möchte nicht, daß du wieder in dieses Haus gehst. Nicht nachts. Jesus, Jud!«

»Es ist alles in Ordnung«, sagte Jud ruhig.

»Es ist *nicht* alles in Ordnung. Du könntest getötet werden. Das ist nicht fair. Wir hatten nur zwei Tage.«

»Wir werden noch viele erleben«, versprach er und stieg aus dem Wagen. Er zog Roy heraus, der stolperte und auf die Knie stürzte. »Behalte ihn hier«, sagte er zu Larry.

Donna folgte Jud zum Kofferraum.

»Bitte«, sagte er, »steig ins Auto.«

»Einen Kuß.«

»Gut.«

Sie preßte sich eng an ihn und drückte ihn ganz fest. Sie hoffte, ihre Körper würden irgendwie verschmelzen und sie könnte ihn aufhalten. Aber nach einem Augenblick drängte er sie sanft zurück.

Sie sah zu, wie er seinen zerfetzten Parka aus dem Kofferraum holte und überzog. Er nahm zwei Taschenlampen und eine Leuchtrakete heraus. Dann klappte er den Kofferraum zu und gab ihr die Schlüssel.

»Welche Zeit hat deine Uhr?« fragte er.

»Zweiundzwanzig Uhr dreiundvierzig.«

Er stellte seine ein. »Okay. Treffen wir uns hier um Viertel nach elf.«

»Jud?«

»Geh. Bitte. Ich will, daß das erledigt ist.«

Sie stieg wieder ins Auto, startete es und fuhr los, ohne einmal auf die drei Männer zurückzuschauen, die sie allein am Straßenrand gelassen hatte.

Vierundzwanzigstes Kapitel

1

»Hier ist ein Drehkreuz«, warnte Jud. »Steig rüber.«

Roy schüttelte den Kopf.

Jud stupste ihn mit dem Messer, und Roy schwang ein Bein hoch. Larry half ihm von der anderen Seite hinüber, indem er ihn an einem seiner gefesselten Arme zog. Jud hörte ein Auto näher kommen. Er machte eine Flanke über das Drehkreuz, packte Roy und zerrte den schweren Mann auf den Boden. Alle drei lagen neben der Wand des Kassenhäuschens.

Jud hörte das Auto abbremsen. Die Reifen knirschten auf dem Kies. Jud linste um die Ecke des Häuschens.

Ein Streifenwagen.

Er hielt auf der anderen Straßenseite, aber Jud konnte den Motor im Leerlauf hören. Einige Augenblicke vergingen. Dann wendete der Wagen, fuhr langsam am Kassenhäuschen vorbei und wieder davon.

Sie zogen Roy auf die Füße und führten ihn über den Rasen. Am Haus entlang hasteten sie zur Rückseite. Dort erklommen sie die Verandastufen.

Die zerbrochene Scheibe der Hintertür war weder ersetzt noch durch Pappe verdeckt worden. Jud langte durch die Öffnung. Er ließ seine Finger die Türritze entlanggleiten, bis er einen Riegel fand. Er versuchte, ihn zurückzuziehen. Das Metall klemmte fest. Er riß daran. Mit einem Krachen schnappte der Riegel zurück.

»Das hat die Bestie wahrscheinlich aufgeweckt«, flüsterte Larry.

Jud stieß die Tür auf. Er trat ein und zog Roy hinter sich her. Larry, der ihnen folgte, schloß geräuschlos die Tür.

»Wohin?« flüsterte er.

»Zuerst nehmen wir ihm das mal ab.« Jud entfernte den Gürtel um Roys Hals und zog dann den Kopfkissenüberzug herunter. Der Mann riß den Kopf herum, als er sich umschaute.

»Das ist das Haus der Schrecken«, erklärte ihm Jud.

Roy schnaubte durch die Nase.

»Ich werde den Knebel herausnehmen. Du wirst allerdings ein bißchen länger leben, wenn du still bleibst.«

Roy nickte.

Jud riß Roy das Klebeband vom Mund und stopfte es sich in die Tasche. Er band sich den freien Gürtel um die Taille und klemmte den Bezug darunter, so daß er wie ein weißer Sack an seiner Seite hing. Er wollte nichts zurücklassen.

Nichts außer Roy.

»Gehen wir hinauf«, flüsterte er.

»Dort lebt ein *Monster?*« fragte Roy und lachte dann.

»Dort schlägt es für gewöhnlich zu«, sagte Jud.

»Yeah? Und diesen Mist glaubst du?«

»Schscht.«

Jud trat aus der Küche. Er knipste seine Taschenlampe an. Vor ihm lag die Eingangshalle, deren ausgestopfter Affenschirmständer wie eine groteske Wache die Haustür hütete. Er nahm die Lampe weg. Mit seiner Linken griff er sich hinten unters Hemd und zog den Colt aus dem Gürtel.

»Wollt ihr Burschen mir Angst einjagen?«

»Schscht«, erwiderte Larry.

»Shit.«

Am Fuß der Treppe sagte Roy: »Ich rieche Benzin.«

»Das stammt von letzter Nacht«, flüsterte Jud.

»Yeah?«

»Eine Frau wurde umgebracht«, erklärte Larry.

»Kein Flachs? Ihr Jungs macht das andauernd?«

»Halt's Maul«, sagte Jud.

»Ich habe nur Konversation gemacht.«

Sie schickten sich an, die Treppe hinaufzugehen, und das Grauen der letzten Nacht kam Jud wieder in den Sinn: Mary Ziegler, die tot auf ihn herabsank; die platschenden Geräusche, die sie beim Überrollen seines Rückens machte; der scheußliche Gestank der Bestie. Er blickte zum oberen Treppenabsatz und fürchtete halb, sie dort wieder zu sehen.

»Hat jemand was zu rauchen?« fragte Roy.

»Halt's Maul.«

Sie erreichten die oberste Stufe.

»Okay«, sagte Jud, »leg dich hin.«

»Was?«

»Leg dich mit dem Gesicht nach unten auf den Boden.«

»Fick dich.«

Mit einem überraschenden Tritt schlug Jud ihm das linke Bein weg. Roy fiel hart auf den Hintern.

»Scheiß Bastard.«

»Gesicht nach unten.«

Roy gehorchte.

»Warte nur, Motherfucker, ich nehm' dich aus wie Katzenwels. Ich schneide dir den Schwanz ab und ramm ihn...«

»Dort rein«, flüsterte Jud Larry zu und wies dabei auf eine Tür ein paar Meter entfernt.

»Alleine?«

»Nur eine Sekunde.« Jud kniete sich hin. »Okay, Roy. Du bleibst schön hier liegen. Ich versprech' dir was: Wenn du den Sonnenaufgang erlebst, übergebe ich dich den Cops.«

»Fick dich.«

»Wir sind gleich da drüben, von wo aus wir dich im Auge behalten können. Wenn du versuchst, dich davonzuschleichen, werde ich dich allemachen. Irgendwelche Fragen?«

»Yeah. Wie heißt du? Ich ziehe es vor, den Namen eines Burschen zu kennen, ehe ich ihn ausweide.«

»Mein Name lautet Judgement Rucker.«

»Shit.«

Jud ging zu der Tür, an der Larry wartete. Jud öffnete sie. Er ließ sein Licht die enge Treppe hinaufzucken, bis zur Tür ganz oben. »Das ist gut«, meinte er flüsternd. »Wir können uns auf die Stufen setzen.«

Sie traten in das kleine Treppenhaus. Jud steckte seine Taschenlampe weg. Er zog die Tür so weit zu, daß nur noch ein schmaler Spalt offen blieb. Mit dem Auge dicht an diesem Spalt konnte er Roys Gestalt auf dem dunklen Fußboden liegen sehen.

Jud wechselte die Automatic in die rechte Hand. Mit der Linken nahm er Roys Messer aus der Tasche seines Parkas. Er berührte den Parka und ertastete die beruhigenden Umrisse seiner Reservemagazine.

»Judge?« flüsterte Larry. »Werden wir ihn tatsächlich der Bestie überlassen?«

»Schscht.«

2

Donna wollte umkehren, zum Haus der Schrecken zurückfahren und dort warten, bis die Männer fertig waren. Als sie gerade wenden wollte, blitzten Scheinwerfer in ihrem Rückspiegel auf. Der Wagen kam rasch näher. Donna meinte, eine

Kennleuchte auf dem Dach zu sehen. Sie überprüfte den Tachometer. Nein, sie fuhr nicht zu schnell.

Sandy schaute zurück. »O-oh«, machte sie.

»Yeah.«

»Fährst du rechts ran?«

»Nicht, solange er es nicht verlangt.«

»Warum fährt er so dicht auf?«

»Er hat keine Manieren.«

Der Streifenwagen klebte die ganze Strecke bis zum Welcome Inn an ihrer Stoßstange. Er folgte ihnen durchs Eingangstor und parkte neben dem Restaurant.

Sandy machte ein übertriebenes: »Puh!«

»Ich schätze, er hatte bloß Hunger«, sagte Donna. Sie rollte auf die Parkbucht vor Bungalow 12. »Geben wir ihm eine Minute, um reinzugehen.«

»Und dann?«

»Kehren wir zu Jud und Larry zurück.«

»Jud sagte etwas von einer halben Stunde.«

»Wir kommen etwas früher.«

Sie setzte zurück und fuhr vom Parkplatz. Mit einem Blick zum Streifenwagen stellte sie fest, daß er leer war. Der Polizist war nirgends zu sehen. Sie bog links ab.

»Wenn wir zu früh kommen«, sagte Sandy, »können wir dann reingehen?«

»Hast du sie nicht mehr alle?«

»Vielleicht können wir Larry und Jud helfen.«

»Sie werden ohne unsere Hilfe zurechtkommen.«

»Ich fürchte mich nicht vor der Bestie.«

»Das *solltest* du aber.«

»Wir können Juds Gewehr mitnehmen.«

»Kugeln tun ihr nichts. Hast du während der Führung nicht zugehört?«

»Doch.«

»Maggie sagte, ihr Mann habe die Bestie erschossen.«

»Haamm-ah. Sie erklärte nur, sie habe Schüsse gehört. Wahrscheinlich hat er nicht getroffen.«

»Trotzdem werden wir nirgendwo in die Nähe des Hauses gehen.«

Das Städtchen schien unbewohnt, als Donna hindurchfuhr. Vor geschlossenen Läden standen leere Autos, als hätten ihre Fahrer sie verlassen, um Schutz vor der Dunkelheit zu suchen. Straßenlaternen warfen ihr Licht auf verlassene Kreuzungen. Die Ampel blinkte unablässig.

Donna lenkte quer über die Straße nach links und rollte auf einen Parkplatz vor Arty's Haushaltswaren. Die Scheinwerfer spiegelten sich im Schaufenster. Sie schaltete sie ab. »Kannst du das Haus sehen?« fragte sie.

Sandy linste aus dem Seitenfenster. »Nur den Vorgarten.«

Donna konnte von der abgewandten Seite aus außer dem Zaun und dem Kassenhäuschen kaum etwas erkennen. »Ich glaube, ich steige mal aus«, sagte sie.

»Ich auch.«

»Okay.«

Sie schlossen leise die Türen und trafen sich vor dem Auto. Ihre Tennisschuhe machten auf dem Bürgersteig kaum einen Laut. An der Ecke des Haushaltswarengeschäftes kamen sie zum Stacheldrahtzaun.

Zwischen Wand und Zaun verlief ein schmaler Fußweg zur Rückseite des Geschäfts. Ein niedriges Lattentor versperrte den Zugang. Donna öffnete es, und sie huschten hindurch. Dicht an der Geschäftsmauer fühlte Donna sich gut vor der Straße abgeschirmt.

Sandy griff nach ihrer Hand.

Jenseits des Rasens stand das Haus der Schrecken. Die in

blasses Mondlicht getauchte Holzveranda ringsum wirkte tot und bleich wie Treibholz. Wo Simse und Balkone Schatten warfen, malten sie schwarze Höhlen ins Haus.

Donna schaute zu den dunklen Erkerfenstern, sie hob den Blick zu den Fenstern von Lilly Thorns Schlafzimmer, ließ ihn dann die skelettgraue Wand entlang zu Maggies Fenster wandern, das Larry vor so vielen Jahren als Fluchtweg gedient hatte. In ihrer Vorstellung sah sie die Wachsfigur drinnen, die sich abmühte, das Fenster hochzuschieben.

»Wie spät ist es?« flüsterte Sandy.

Donna hielt ihr Handgelenk schräg, damit das Zifferblatt ihrer Armbanduhr das Mondlicht einfangen konnte. »Zwanzig nach elf.«

»Sie sind spät dran.«

»Das geht schon in Ordnung.«

»Was ist, wenn sie nicht rauskommen?«

3

»Verfluchte Scheiße!« Jud hörte die Panik in Roys Stimme. »Verdammte, verfluchte Scheiße, da kommt etwas! Jungs? Verdammt, Jungs!«

Jud kniete sich nieder und ließ Larry über sich Platz, um durch den Spalt zu schauen. Nachdem er die Pistole in seine Linke geschoben hatte, wischte er die schwitzige Handfläche an seiner Jeans ab. Dann zog er seine Taschenlampe hervor.

»Jungs!« Als wollte er sich ergeben, murmelte Roy mit gesenkter Stimme: »O Jesus.«

Jud hörte das Knarren einer Stufe.

»He, wer sind Sie? Können Sie mir helfen? Da sind zwei

Typen, die haben mich gefesselt. Ich meine, ich bin nicht eingebrochen. Ich wurde gekidnappt. Könnten Sie mir... Oh, shit. *O shit! Jungs!*«

Jud vernahm leises, kieksendes Gelächter.

»O Gott.« Roy begann zu weinen. »O Gott, lieber Jesus!« Er schluchzte. »O Jesus, mach, daß es weggeht! Mach, daß es weggeht!«

Hinter Jud stöhnte Larry vor Grauen.

Roy kreischte, als die Bestie sprang. Ihr Aufprall schien ihm die Luft wegzunehmen, den Aufschrei abzuschneiden.

Jud stieß die Tür auf. Er richtete seine Taschenlampe auf das Objekt. Knipste sie an. Das weiße, knurrende Ding auf Roys Rücken ließ den Kopf herumfahren, um zu schauen. Zwischen seinen Zähnen hing blutiges Fleisch.

Hinter ihm kreischte Larry auf.

Ehe er seine Automatic heben konnte, schubste Larry ihn beiseite. Er purzelte in den Korridor. Larry sprang schreiend über ihn hinweg. Jud hob die Taschenlampe. Er leuchtete damit in die Schlitzaugen der Bestie, auf die Larry zustürzte. Er sah, wie Larry ausholte. Sah das Buschmesser aufblitzen. Hörte es dumpf treffen und sah den weißen, unbehaarten Kopf ins Dunkel kullern. Aus dem Halsstumpf sprudelte Blut. Der Torso kippte auf Roys Rücken. Jud hörte das gedämpfte Poltern des Kopfes, der von einer Stufe auf die nächste fiel.

»Ich hab' sie umgebracht«, flüsterte Larry.

Jud kam auf die Knie.

»Ich habe sie umgebracht. Sie ist tot!« Larry schwang das Buschmesser wie eine Axt und hieb damit in den Rücken der Bestie. »Tot!« Er hackte weiter. »Tot, tot, tot!« Nach jedem Wort schlug er zu.

»Larry«, sagte Jud sanft, während er aufstand.

»Ich habe sie umgebracht!«

»Larry, wir sind hier fertig. Laß uns abhauen...« Hinter sich hörte Jud ein brutales Knurren. Er kreiselte herum. Seine Lampe leuchtete das Treppenhaus zum Dachboden hinauf. Oben stand die Tür offen. Er richtete den Lichtstrahl auf den massigen weißen Leib einer Kreatur, die die Treppe heruntergestürzt kam.

Er ließ den Abzug zurückschnappen. Sein Colt donnerte und blitzte, als er abdrückte. Geheul riß an seinem Trommelfell. Die Bestie stieß ihn rückwärts und schleuderte ihn auf den Fußboden. Er donnerte ihr den Lauf der Waffe in die Seite und feuerte wieder. Kreischendes Geheul. Dann wich das Gewicht von ihm. Er rollte sich auf den Bauch, die Taschenlampe hielt er immer noch in seiner Rechten. Er mußte zusehen, wie das weiße Ding sich auf Larry stürzte, während aus zwei Löchern in seinem Rücken Blut strömte. Larry schwang das machetenartige Messer empor. Ein Arm wischte durch die Luft, traf seitlich sein Gesicht und riß die Haut auf. Das Buschmesser fiel herunter.

Jud ließ die Taschenlampe sausen und zückte das Messer, welches er Roy abgenommen hatte. Er huschte vorwärts. In der Finsternis sah er die verschwommene Gestalt der Bestie herumschwenken und Larry dabei umklammern. Jud trat zur Seite. Als sein Fuß ins Leere traf, wußte er, daß er die Treppenstufe verfehlt hatte. Er ließ das Messer fallen und purzelte in die Dunkelheit.

4

Donna lauschte perplex den erstickten Schreien und Schüssen, die aus dem Haus kamen. Sie warf einen Blick auf Sandy. Das Mädchen stand wie angewurzelt da, den Mund weit aufgerissen. Als sie Glas bersten hörte, zuckte ihr Blick rechtzeitig zum Haus, um das Fenster von Maggies Schlafzimmer zu Bruch gehen zu sehen. Ein Körper flog kopfüber hindurch.

Nein, kein Körper. Die Wachsfigur von Larry Maywood.
Aber sie schreit!

Mondlicht schien auf das weiße Haar des hinabstürzenden Mannes. Noch eine Gestalt purzelte aus dem Fenster. Sie beobachtete, wie sie sich drehte, Arme und Beine dabei wie erstarrt hielt, und erkannte, daß diese nur aus Wachs war. Larrys Schrei brach beim Aufprall ab.

Ohne ein Wort schob Donna das kleine Holztor auf und zerrte Sandy zum Auto. »Rein mit dir. Steig ein.«

»Aber Mom!«

»Mach endlich!«

Während Sandy einstieg, rannte Donna um den Wagen und öffnete den Kofferraum. Sich hineinbeugend, zog sie eine Leuchtfackel aus ihrer Hülle. Diese stopfte sie in die Gesäßtasche. Dann zog sie den Reißverschluß eines Lederkoffers auf und nahm Juds Gewehr heraus. Sie knallte die Klappe des Kofferraums zu. Nachdem sie den Verriegelungsbolzen der Waffe nach vorne gedrückt hatte, beobachtete sie, wie eine lange spitze Patrone in die Kammer glitt. Sie drückte den Bolzen fest herunter und eilte an Sandys Fenster.

»Halte die Türen verriegelt und die Fenster geschlossen, bis ich zurück bin.«

Das Mädchen starrte sie an, als wäre es in Gedanken weit weg, verriegelte jedoch die Tür und begann, das Fenster hochzukurbeln.

Donna rannte zum Kassenhäuschen.

5

Halbwegs unten auf der Treppe hörte Jud, der dort lag und einen Geländerpfosten umklammerte, Larrys Schrei. Jud begann wieder hinaufzusteigen. Oberhalb von ihm tauchte die weiße Kreatur auf. Sie sprang. Er feuerte blindlings, ehe die Klauen ihm in die Hand schlugen und die Waffe entrissen. Mit einem qualvollen Kreischen schob sich die Kreatur an Jud vorbei. Sie torkelte die Treppe hinunter. Übers Geländer gelehnt sah Jud ihre bleiche Gestalt auf die Küche zuwanken.

Er eilte nach oben. Als er den Fußboden nahe der Leichen von Roy und der ersten Bestie abtastete, fand er seine Taschenlampe. Er knipste sie an. In ihrem Licht entdeckte er Larrys Buschmesser. Er lief den Flur entlang zu Maggies Schlafzimmer. Im Lampenschein sah er eine zerbrochene Fensterscheibe hinter der umgekippten Pappmaché. Dann registrierte er einen enthaupteten Torso. Als er über den Körper stieg, erkannte er, daß es nur die Wachsfigur von Tom Bagley war, Larrys Jugendfreund.

Jud eilte ans Fenster und schaute hinunter. Auf der Erde lagen zwei ausgestreckte Körper. Bei einem kniete eine Frau.

Donna.

»Lebt er?«

Donna reckte ihm ihr Gesicht entgegen. »Jud, bist du okay?«

»Bestens«, log er. »Lebt Larry?«
»Ich weiß nicht.«
»Um Himmels willen, hol Hilfe. Hol einen Arzt. Einen Krankenwagen.«
»Kommst du runter?«
»Ich verfolge die Bestie.«
»Nein!«
»Besorg Larry Hilfe.« Er wandte sich vom Fenster ab und ging durchs Zimmer zur Kommode. Nachdem er das Buschmesser unter den Gürtel geschoben hatte, zog er die obere Lade auf. Der .45er Colt des toten Ehemannes war genau dort, wo Maggie ihn hingelegt hatte. Er nahm das übergroße zwanzigschüssige Magazin aus seiner Tasche und rammte es in die Halterung. Es klickte ein. Nachdem er die Kammer mit einer Patrone schußbereit gemacht hatte, rannte er aus dem Zimmer.

Im Korridor stieg er über die Leichen und hastete die Treppe hinunter. Er rannte in die Küche. Seine Taschenlampe beleuchtete Blutspuren auf dem Fußboden. Er folgte der Spur bis zur Speisekammer, durch eine offene Tür und steile hölzerne Treppenstufen hinunter in den Keller.

Die feuchte Kellerluft war eisig und roch nach Erde. Als er den Lichtkegel wandern ließ, entdeckte er einen Stapel Scheffelkörbe und Regale voller verstaubter Einmachgläser. Aus Neugier verließ er die Blutspur und trat dichter an die Körbe heran. Dahinter fand er, wie in Lilly Thorns Tagebuch beschrieben, ein Loch in der Erde.

Er kehrte zu den dunklen Blutflecken am Boden zurück und folgte ihnen bis zu einem hochkant gestellten Überseekoffer, der gegen die Wand gelehnt war. Sogleich erkannte er, daß die Kofferschnallen festgezurrt waren. Dort drin konnte die Bestie sich nicht versteckt haben.

Zwei Schüsse bellten auf, durch die Entfernung gedämpft. Einen Augenblick beunruhigte ihn das, dann fiel ihm ein, daß Donna sein Gewehr abgefeuert haben mußte, um auf sich aufmerksam zu machen. Um die Polizei und Hilfe für Larry zu holen.

Nachdem er die Taschenlampe rechts neben den Koffer auf die Erde gelegt hatte, stopfte er die Pistole in eine Tasche seines Parkas. Er schob die Finger zwischen Koffer und Wand und zog. Mit einem knirschend-kratzigen Geräusch löste sich der Koffer von der Wand. Von seiner Rückseite baumelte ein Griff aus Tauwerk. Das Tau war voll dunklem Blut.

Wo die Wand hätte sein müssen, befand sich ein Tunnel. Er griff sich die Taschenlampe und ging hinein.

6

Als sie begriff, daß Larry tot war, rannte Donna zur Haustür. Sie benötigte zwei Schüsse, um das Schloß zu sprengen. Selbst danach mußte sie sich noch mit ihrer Schulter etliche Male gegen das massive Holz werfen, um die Tür aufzustoßen. Sie trat in die große Diele. »Jud?« rief sie.

Sie hörte keine Antwort. Sie hörte überhaupt nichts. Sie rief abermals nach ihm, lauter diesmal. Immer noch keine Antwort.

Sie hängte das Gewehr über die Schulter und zog die Signalfackel aus ihrer Gesäßtasche. Sie drehte die Kappe ab. Indem sie die Kappe herumdrehte, strich sie mit deren zündender Oberfläche über das Ende der Signalfackel. Beim zweiten Versuch erwachte die Fackel spuckend zum Leben, und ihre gleißend blauweiße Zunge beleuchtete die Eingangshalle und den größten Teil der Treppe. Langsam erklomm Donna die Stufen. Sie ging weiter, auch als das Licht ihrer Fackel auf die Leichen am oberen Absatz schien: Roy mit dem Gesicht nach unten, das Genick zu rotem Brei zerkaut; eine merkwürdige weiße Kreatur über Roys Rücken. Als sie den Halsstumpf sah, würgte es sie. Sich abwendend, übergab sie sich.

Sie setzte ihren Weg fort. Oben angekommen, stieg sie über die Leichen. Sie ging den Flur entlang zu Maggies Schlafzimmer, machte einen Schritt hinein und rief laut: »Jud!« Dann ging sie zu Lillys Zimmer auf der anderen Seite hinüber und rief wieder nach ihm. Abermals erhielt sie keine Antwort.

Sie kehrte zum oberen Absatz zurück. Trotz des tot zu ihren Füßen liegenden Monsters verspürte sie ein eisiges Widerstreben, den Flur entlangzugehen und die anderen Zimmer zu durchsuchen.

»Jud!« gellte ihr Ruf. »Wo steckst du?«

Als sie keine Antwort bekam, marschierte sie rasch den schmalen Gang entlang und schob dabei die zwei Brentwood-Stühle beiseite, die das zukünftige Ziegler-Schaubild markierten. Am Ende des Ganges betrat sie das Zimmer zu ihrer Linken. Die Fackel warf ihr flackerndes Licht auf die Wände, das Schaukelpferd, die zwei gleichen Betten und die Wachsfiguren von Lilly Thorns abgeschlachteten Kindern.

»Jud?« fragte sie leise. Im Zimmer rührte sich nichts.

Sie ging auf die andere Seite und drehte den Knauf des Kinderzimmers. Als er nicht nachgab, erinnerte sie sich daran, daß Maggie gesagt hatte, es sei ständig abgeschlossen. Sie trat zweimal gegen die Tür. »Jud?« Dann murmelte sie: »Verdammt.« Sie schaute sich nach einem geeigneten Platz für die Fackel um. In die Hocke gehend lehnte sie sie gegen die Wand. Die Tapete wurde schwarz und begann sich zu kräuseln. Im Stehen nahm sie das Gewehr von der Schulter und schoß auf den Riegel. Sie spannte den Hahn wieder. Dann stieß sie mit der Schulter gegen die Tür. Als sie nachgab, griff Donna nach ihrer Fackel. Sie hängte sich das Gewehr über die Schulter und stieß die Tür zum Baby-Zimmer auf.

»Jud?« rief sie. Sie trat ein. Ihre Fackel beleuchtete eine leere Wiege, einen Laufstall und ein Puppenhaus, das ihr fast bis zur Taille reichte. Außerdem beleuchtete sie Eimer, einen Mop, drei Schwämme, Lappen, Möbelwachs, Reinigungsflüssigkeit und Glasreiniger. Offensichtlich diente das Kinderzimmer Axel als Abstellkammer.

Donna wich zurück. Sie eilte durch den Flur, an den Brentwood-Stühlen vorbei und blieb nahe der Leichen stehen.

Sie starrte zur Tür, die zum Dachboden hinaufführte. Sie stand weit offen. »Jud?« rief sie nach oben.

Sie begann die Treppe hinaufzusteigen. Sie war sehr steil. Die Wände waren so nah, als wollten sie sie erdrücken. Sie beeilte sich. Oberhalb von ihr stand die Tür auf. Sie ging weiter und zögerte, ehe sie eintrat. »Jud? Bist du hier? Jud?«

Sie duckte sich durch die niedrige Tür. Im Lichtkegel ihrer Fackel sah sie einen Schaukelstuhl, einen Sockeltisch, etliche Lampen und ein Sofa. Sie ging von der Tür weg und bewegte sich seitwärts, wobei sie sich zwischen Tisch und Sofa hindurchquetschte. Vor ihr stand ein Webstuhl. Sie ging links um ihn herum, schwang ein Bein über eine dicke Teppichrolle und stolperte, weil sie nicht auf eine Hand treten wollte. Sich an einem Stuhl festhaltend, zuckte sie herum und sah wildes Haar, weit aufgerissene Augen, zerfetzte Schultern und Brüste.

Nicht Jud, Gott sei Dank.

Mary Ziegler.

Von den Knöcheln bis zur Hüfte war von Mary Zieglers rechtem Bein kaum mehr als Knochen übriggeblieben. Donna wandte sich ab und erbrach sich. Ihr Magen hörte nicht auf, sich zu verkrampfen und sie zu quälen. Endlich hörte es auf. Sie wischte sich die Tränen aus den Augenwinkeln und schickte sich an, zurück zur Tür zu gehen.

Sie stieg über den zusammengerollten Teppich. Sie drückte sich zwischen Tisch und Sofa hindurch. Dann, direkt vor ihrer Nase, schlug die Tür zu.

Fünfundzwanzigstes Kapitel

1

Jud arbeitete sich weiter durch den Tunnel vor, wobei er sich tief unter der niedrigen Decke duckte und gegen das erstikkende Gefühl ankämpfte, das ihm die engen Wände bereiteten. An einigen Stellen war die Erde durch Bretter abgestützt. Menschenwerk.

Vielleicht Wick Hapson. Oder Axel Kutch.

Jud hatte schon vor Betreten des Tunnels gewußt, wohin er ihn führen würde. Ihm war aber nicht klar gewesen, daß der Weg so weit war. Aus irgendeinem Grund verlief der Tunnel nicht gerade. Er mäanderte wie ein alter Fluß, hatte Biegungen und Schleifen und Haarnadelkurven. An einer Stelle gabelte er sich. Jud hielt sich nach links. Der Tunnel beschrieb eine Kurve, vereinigte sich wieder mit dem anderen Zweig und führte weiter gen Westen.

Bei jeder Biegung spannte sich sein Finger um den Abzug der Pistole, gefaßt auf den unvermittelten Angriff der verwundeten Bestie. Aber hinter jeder Kurve sah er nur noch mehr Tunnel und die nächste Kurve vor sich.

Bald begann er sich zu fragen, ob er irgendwie den Ausgang verpaßt hatte. Er entsann sich des Ys. Vielleicht führte dessen rechter Zweig am Hauseingang vorbei.

Es schien unwahrscheinlich. Dennoch...

Er schritt um eine Kurve, und der Tunnel weitete sich zu einer Höhle. Mit einem Schwenk seiner Taschenlampe stellte er fest, daß er sich in einem Keller befand. Kissen und Polster waren wie kleine Inseln auf dem blauen Teppich verteilt. Die Bestie kauerte in einer hinteren Ecke.

Jud ging darauf zu. Die Kreatur lag auf dem Rücken, während weiße Arme ein Kissen auf ihre Brust drückten. Die lange spitze Zunge hing ihr aus einem Mundwinkel. Sich neben sie kniend, stieß Jud ihr mit dem Lauf gegen die Schnauze.

Tot.

Ihr Unterleib war mit Blut beschmiert. Er prüfte kurz nach und sah, daß Lilly Thorns Beschreibung des Genitals korrekt gewesen war. Verblüfft und angewidert wich er zurück.

Er stieg die Treppe empor und betrat die Küche des fensterlosen Hauses.

2

Axel Kutch, der vorgebeugt wie ein Ringer die Bodentür versperrte, grinste Donna an. Im Licht der Fackel schimmerte sein kahler Schädel. Gelocktes Haar bedeckte seine bulligen Schultern, die Arme, Brust und Bauch. Sein Penis aber stand unbehaart, dick, glänzend und hoch aufgerichtet. Er humpelte auf sie zu.

»Bleib da hinten.«

Er schüttelte den Kopf.

Ihm mit der Fackel drohend, versuchte Donna, das Gewehr von der Schulter zu nehmen.

Eine zweifingrige Hand packte ihr Gelenk. Eine scharfe Drehung. Die Fackel fiel herunter, aber er hörte nicht auf zu drehen. Donna kreiselte seitwärts, verlor das Gleichgewicht und stürzte auf den Rücken. Immer noch ihr Handgelenk umklammernd, trat Axel ihr in die Seite. Er ließ sich auf die Knie nieder und stieß das untere Ende der Fackel in eine Ritze zwischen den Sofakissen oberhalb von Donnas Kopf. Dann schwang er ein Bein über sie. Er setzte sich auf ihren Bauch und preßte ihre Arme fest gegen den Fußboden.

»Du bist schön«, sagte er.

Sie wehrte sich und versuchte, die Arme zu befreien.

»Halt still«, befahl er.

»Hau ab!«

»Halt still!«

Sich niederbeugend drückte er seinen Mund auf ihren. Sie biß ihm in die Lippe und schmeckte die salzige Wärme seines Blutes, aber er hörte nicht auf, sie zu küssen. Sie biß wieder zu und riß dabei brutal an seiner Lippe. Mit einem Grunzen zog er sich zurück und schlug ihr mit dem Handrücken ins Gesicht.

Vom Schlag geschwächt versuchte sie, ihn mit ihrem jetzt freien Arm fortzuschubsen.

Er schlug ihren Arm herunter und boxte sie dann zweimal ins Gesicht.

Jeder Hieb war eine überwältigende Explosion von Schmerz. Kaum noch bei Bewußtsein merkte sie, wie er ihr die Bluse aufriß. Sie hörte Knöpfe über den Fußboden schlittern, spürte dann die grobe Berührung seiner Hände. Obwohl ihre Arme frei waren, brachte sie nicht mehr die nötige Kraft auf, sie anzuheben. Er zerrte an ihrem Büstenhalter. Als der sich nicht ausziehen ließ, zerfetzte er die Träger. Donna spürte den fehlenden Halt und dann die kühle Blöße ihrer Brüste. Axel knetete sie. Der Schmerz half ihr, einen klareren Kopf zu bekommen. Sie spürte seinen saugenden Mund. Dann zupfte er am Gürtel ihrer Cordhose.

Sie merkte, daß sie ihre Arme heben konnte. Als sie die Augen aufschlug, sah sie Axel mit gesenktem Kopf zwischen ihren Beinen knien, während er sich mühte, ihre Hose zu öffnen.

Sie langte über ihren Kopf. Streckte den Arm aus. Packte den Griff der Fackel. Mit einer einzigen flinken Bewegung jagte sie den feuersprühenden Kopf in Axels Auge. Er kreischte auf, als der Raum dunkel wurde. Warme Nässe sprudelte auf ihre Hand.

Axels Körper zuckte unter Krämpfen. Sie stieß ihn von sich und rollte sich von seinem Körper weg.

3

Vor Jud schimmerte blaues Licht aus dem Wohnzimmer. Leise schlich er näher. Er lugte um die Ecke. Der Anblick verschlug ihm den Atem. Links sah er die Haustür. Sie war keine zwei Meter entfernt.

Maggie und die Kreaturen waren vielleicht zehn Meter von ihm weg. Die unter ihr würde nur langsam freikommen. Die Bestie auf ihrem Hinterteil würde ihn nicht sehen können. Aber die an ihrem Kopf schaute genau in seine Richtung. Er konnte unmöglich bis zur Tür gelangen, ohne daß sie ihn bemerkte.

Er preßte sich gegen die Wand, außer Sichtweite. Einige Sekunden lang lauschte er den grunzenden und schmatzenden Geräuschen. Maggie keuchte. Den Lauten nach zu urteilen, mußten sie bald fertig sein.

Wenn sie erstmal fertig waren, würden seine Chancen zur Flucht...

Flucht?

Himmel, er hatte vergessen, weshalb er hierhergekommen war.

Er war hergekommen, um die Bestie zu töten.

Er war hergekommen, um sie an weiteren Morden zu hindern.

Nur, daß es nicht eine Bestie war, sondern fünf. Vielleicht mehr. Das änderte nichts am Zweck dieses Einsatzes. Es änderte nichts an der Notwendigkeit, daß sie sterben mußten. Wenn überhaupt, verschärfte es die Dringlichkeit dieser Aufgabe.

Sich von der Wand abstoßend, ging Judgement Rucker in die Hocke und feuerte. Eine Bestie kreischte, als die Kugel ihren Schädel durchschlug.

Die Bestie hinter ihr blickte auf. Fing sich eine Kugel ins rechte Auge ein. Stürzte auf Maggies Rücken.

Jud stellte das Feuer ein, als er Maggie zappeln sah. Die tote Bestie rutschte von ihrem Rücken. Maggie rollte von der noch lebenden und legte sich so auf die Seite, daß sie mit ihrem Körper das Wesen vor einem Schuß schützte.

Langsam stand sie auf, wobei sie sorgsam darauf achtete, die Bestie mit ihrem Körper abzuschirmen. Das Monster kam hinter ihr auf die Beine. Maggie ging langsam auf Jud zu.

»Bastard«, murmelte sie. »Für wen halten Sie sich, Bastard? Sich hier einzuschleichen? Uns zusammenzuschießen? Meine Lieblinge umzubringen?«

Sie humpelte weiter auf ihn zu, wobei sie ein Bein nachzog, das aussah, als wäre es vor vielen Jahren angefressen worden und schlecht verheilt. Ihre alten, leeren Brüste waren von Narben und frischen, teilweise blutigen Schnitten gezeichnet. Blut tropfte von ihren narbigen Schultern und ihrem Hals. Jud begriff, warum sie in der Öffentlichkeit einen Schal trug.

»Stop«, sagte er.

»Bastard!«

»Verdammt, ich puste Sie um!«

»Nein, das werden Sie nicht.«

Plötzlich hörte er ein Knurren von der Treppe hinter sich. Er fuhr herum und feuerte auf die herabschnellende Gestalt. Sie schrie auf, hielt aber nicht inne. Die Klauen der Bestie hinter Maggie ratschten über Juds Rücken. Er taumelte vorwärts, drehte sich dabei um und riß das Buschmesser aus seinem Gürtel. Die Klauen schlugen wieder nach ihm. Diesmal hackte er den Arm ab. Er schoß der Bestie einmal in die Brust und richtete seine Waffe dann auf die andere, die vom Treppenpfosten her zum Sprung ansetzte. Sein zuckender Finger pustete drei Löcher in sie hinein. Sie krachte zu Boden.

Maggie fiel neben ihr auf die Knie. Sie umarmte den weißen Körper und wimmerte immerzu: »O Xanadu, Xanadu. Xanadu!«

Ihr Rücken war ein Flickenteppich von Narbengewebe und blutigen Kratzern.

»O Xanadu«, schluchzte sie, während sie den Kopf der Bestie in ihren Armen barg.

»Gibt's noch mehr?« fragte Jud.

Maggie antwortete nicht. Sie schien nichts zu hören.

Um sie und Xanadus Leiche herumgehend, näherte Jud sich der Treppe. Im oberen Flur sah er gedämpftes blaues Licht. Leise begann er hinaufzusteigen.

4

Donna wankte die Stufen der vorderen Veranda hinunter. Sie taumelte gegen den Pfosten und klammerte sich daran, um nicht umzufallen. Der Gewehrriemen rutschte ihr von der Schulter. Sie hörte den Walnußschaft gegen das Geländer schlagen. Wahrscheinlich war jetzt ein Kratzer am Schaft.

Vage fragte sie sich, ob Jud sich darüber ärgern würde. Männer konnten komisch in solchen Dingen sein.

Gott, würde sie Jud je wiedersehen?

Wo mochte er...?

Ein fernes Knallen unterbrach ihr Selbstgespräch und gab ihr die Antwort. Sie hob den Kopf. Noch mehr merkwürdige, dumpf knallende Geräusche. Es waren Schüsse.

Schüsse, die durch die Backsteinmauern des fensterlosen Hauses gedämpft wurden.

Als sie zum Haus hinüberschaute, hörte sie einen weiteren Schuß. Dann drei rasch aufeinanderfolgende.

Sie fing an zu laufen. Das herabhängende Gewehr schlug ihr gegen das Bein. Ohne ihren Schritt zu verlangsamen, griff sie den Gurt und schwang sich das Gewehr vor die Brust. Sie packte es fest mit beiden Händen.

Sie warf einen Blick zum Chrysler weiter rechts. Sandys Kopf war zu sehen. Das Mädchen war dort eingeschlossen, in Sicherheit.

Donna kletterte unbeholfen über das Drehkreuz. Sie

sprintete über die Straße. Dann die ungepflasterte Zufahrt hinauf. Sie versuchte, sich zu erinnern, ob sie den Hahn gespannt hatte. Keine Ahnung. Im Laufen betätigte sie den Bolzen. Die ausgeworfene Patrone sprang heraus und traf sie im Gesicht, wobei die Spitze gegen ihre Oberlippe prallte. Unter Tränen rammte sie eine neue Patrone in die Kammer.

Als sie sich dem dunklen Haus näherte, fiel sie in langsameren Trab. Sie nahm das Gewehr in ihre Linke. Schwer. Sie stützte den Kolben auf ihre Hüfte und zog die Fliegentür auf. Sie versuchte, die Tür zu öffnen. Abgeschlossen. Die Fliegentür schwang zurück und schlug gegen ihre Schulter.

Sie zielte auf die Ritze neben dem Knauf.

Das wird allmählich zur Gewohnheit, dachte sie.

Der Gedanke amüsierte sie kein bißchen.

5

Vorsichtig betrat Jud das große Schlafzimmer. Die Spiegel gaben den Blick auf jeden Winkel frei. Keine Bestie. Er schaute in den offenen Kleiderschrank. Befriedigt trat er näher ans Bett.

Wick Hapson lag, bis auf eine Lederweste nackt, mit dem Gesicht nach unten auf dem Laken. Ketten fesselten seine gespreizten Arme und Beine an die Bettpfosten. Sein Gesicht war nach links gewandt.

Jud kniete nieder und schaute ihm in die Augen. Sie waren vor Angst geweitet. Die Lippen zitterten. »Bringen Sie mich nicht um«, sagte er. »Himmel, es ist nicht meine Schuld. Ich habe nur mitgemacht. Ich habe nur *mitgemacht!*«

Als Jud das Zimmer verließ, hörte er von unten die Explosion eines Gewehrschusses.

6

Donna zog den Schlagbolzen zurück. Als die Hülse heraussprang, sah sie, daß das Magazin leer war. In ihrem Kopf blitzte das Bild der unbenutzten Patrone auf, die sie ins Gesicht getroffen hatte und dann auf die schotterbedeckte Zufahrt gefallen war. Keine Chance, sie zu finden.

Okay, es mußte ja niemand wissen, daß dies Gewehr nicht geladen war.

Sie drückte die Tür mit der Schulter auf und zuckte angesichts zweier unheimlicher Bestien zurück, die ausgestreckt am Fuß der Treppe lagen. Ihr schimmerndes Fleisch wirkte hellblau. Der abgetrennte Arm der einen lag bei der Wand.

Sie schritt um sie herum und warf einen Blick ins Wohnzimmer. Noch zwei.

»Jud?« rief sie.

»Donna? Verschwinde von hier!«

Seine Stimme kam von oben.

7

Verdammt! schrie sein Verstand. Was tat Donna hier?

Er rannte zum hinteren Raum, aus dem er und Larry an jenem Nachmittag die seltsamen Atemgeräusche gehört hatten. Die Tür stand leicht offen. Durch den Spalt sah er blaues Licht. Er trat die Tür auf, sprang hinein und zielte auf eine bleiche Gestalt, die in einer Ecke kauerte.

Er blieb schußbereit.

Im gedämpften Licht sah er ihr bis auf die Schultern hängendes Haar. Sie wiegte etwas in ihren Armen. Ein

Kind. Dessen Schnauze, auf ihre Zitze gepfropft, saugte lautstark.

Stöhnend wich Jud zurück in den Flur.

8

Donna sah, als sie den oberen Absatz erreichte, wie Maggie Kutchs nackte, gebeugte Gestalt zum äußersten Ende des Flurs humpelte.

»Mom!«

Ihr Kopf zuckte herum. Sandy stand in Tränen aufgelöst in der Diele und schaute zu ihr empor.

Donna blickte wieder den Flur entlang. Maggie starrte zurück. Donna sah in der Rechten der alten Frau ein Schlachtermesser. Donna schulterte das leere Gewehr.

»Fallen lassen!« schrie sie.

9

Jud drehte sich um, sah sich Maggie gegenüber und schickte sich an, die Pistole zu heben.

Das Messer stieß zu.

Er war verblüfft.

Er mochte es nicht glauben.

Diese schimmernde breite Klinge verschwand tatsächlich in seiner Brust.

Das kann sie nicht machen, dachte er.

Er versuchte, abzudrücken.

Seine Hand gehorchte ihm nicht.

Das kann sie nicht machen!

Epilog

»Wann werden sie uns die Ketten abnehmen?«

»Wenn sie davon ausgehen, daß wir nicht fortlaufen«, meinte Donna.

»Ich würde nicht fortlaufen.«

Donna linste in die Dunkelheit, konnte aber nur einen weißen Schemen erkennen, wo ihre Tochter zwischen den Kissen saß. »Ich schon. Ich wäre in einer Sekunde weg.«

»Warum?«

»Wir sind Gefangene.«

»Gefällt es dir nicht?« fragte Sandy.

»Nein.«

»Gefällt dir Rosy nicht?«

»Nein.«

»Mir schon. Außer daß sie so häßlich wie Axel ist.«

»Sie sind Zwillinge, da sollte das so sein.«

»Sie ist geistig zurückgeblieben.«

»Ja.«

»Wer gefällt dir besser, Seth oder Jason?«

»Keiner.«

»Mir gefällt Seth besser«, erklärte Sandy.

»Oh.«

»Fragst du nicht, wieso?«

»Nein.«

»Nun komm schon, Mom. Bloß weil du sauer bist, daß sie

Jud ermordet haben. Dabei haben sie ihn gar nicht umgebracht. Das war Maggie. Und außerdem hat er es verdient.«

»Sandy!«

»Denk dran, wie viele von ihnen er ermordet hat. Sechs! Gott, er hat es verdient. Er hätte noch etwas viel Schlimmeres verdient gehabt.«

»Verdammt, halt die Klappe!« Und dann schämte sie sich, so mit ihrer Tochter zu reden.

»Wenigstens hat er Seth und Jason nicht erwischt«, meinte Sandy.

»Zu schade, daß er sie nicht gekriegt hat.«

»Das sagst du nur so. Das sagst du nur, um alles schlecht zu machen. Du magst sie auch, das weiß ich. Ich bin nicht taub, weißt du.«

»Nun, ich mag es nicht, im Dunkeln angekettet zu sein. Das mag ich ganz und gar nicht. Und das Essen stinkt.«

»Vielleicht läßt Maggie dich kochen, wenn du sie darum bittest. Wick hat mir versprochen, daß ich bald mit ihm nach Santa Rosa fahren und Lebensmittel einkaufen darf. Wenn sie uns erst mehr vertrauen, können wir alles mögliche unternehmen.«

»Ich würde wirklich zu gern die Sonne wiedersehen.«

»Ich auch, Mom.«

»Ja?«

»Glaubst du immer noch, du bist schwanger?«

»Ich glaube schon.«

»Von wem, denkst du, ist das Baby? Von Jason, wette ich.«

»Ich weiß nicht.«

»Ich hätte gerne Seths Baby.«

»Schscht. Ich glaube, sie kommen.«

Psychothriller

Kate Green
Mondsplitter
8481

William Katz
Stunde der Vergeltung
8596

William Katz
Gondeln des Grauens
8941

T. Jefferson Parker
Feuerkiller
8791

V.C. Andrews
Dunkle Wasser
8655

V.C. Andrews
Schatten der
Vergangenheit   8841

GOLDMANN

INTERNATIONALE THRILLER

Peter O'Donnell
Modesty Blaise – Die
silberne Lady   9189

Robert Merle
Nachtjäger
9242

Stuart Woods
Still ruht der See
9250

Sidney Sheldon
Im Schatten der Götter
9263

William Bayer
Tödlicher Tausch
9265

Andrew Kaplan
Die Tarantel
9257

GOLDMANN

INTERNATIONALE THRILLER

Stephen Becker
Der Shan
9468

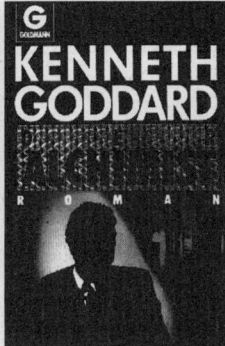

Kenneth Goddard
Der Alchimist
9440

Jack Cannon
Die Nacht des Phoenix
9370

Lionel Davidson
Die Rose von Tibet
9399

Richard Moran
Höllenglut
9294

Alfred Coppel
Flug 17 entführt
9252

GOLDMANN

INTERNATIONALE THRILLER

Richard Lourie
Verräter leben länger
9390

Brian McAllister
Unternehmen Delta Force
9395

Jeffrey Archer
Kain und Abel
9355

Jack Cannon
Bis aufs Blut
9369

Peter O'Donnell
Modesty Blaise – Die
Lady spannt den Bogen
9413

Martin Cruz-Smith
Totentanz um eine
Königskrone
9430

GOLDMANN

JUNGE LITERATUR

Michael Schulte
Führerscheinprüfung
in New Mexiko
9353

Manfred Maurer
Sturm und Zwang
9219

Akif Pirinçci
Felidae
9298

Karl Heinz Zeitler
Die Zeit des Jaguars
9368

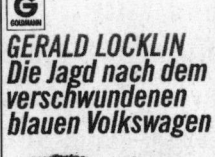

Gerald Locklin
Die Jagd nach dem
verschwundenen
blauen Volkswagen
9456

Jörn Pfennig
Das nicht gefundene
Fressen
9376

GOLDMANN

Lesen macht Spaß!

GOLDMANN TASCHENBÜCHER

Fordern Sie das kostenlose Gesamtverzeichnis an!

Literatur · *Unter*haltung · Lyrik · **Thrille**r · *Frauen* heute · **Best***seller* · **Bio**graphien · **Bücher** zu **Film** und *Fern*sehen · **Lesespaß** zum **Jubelpreis** · *Schock* · Car**too**n · **Heiteres** · **Klassiker** *mit* **Erläu**terungen · *Werk*aus**gaben** · **Krimi**nalromane · Science-**Fiction** · *Fantas*y · **Abe**n**teuer** · **Spiele-Bücher** · **Sach***bücher* zu **Politik**, Gesellschaft, **Zeit**geschichte und **Geschichte**; zu **Wissen**schaft, **Natur** und **Psychologie** · Ein **Siedler Buch** bei **Goldmann** · **Eso**terik · *Magisch* **Reisen** · **Ratgeber** zu **Psycho**logie, Lebenshilfe, **Sex**ualität und **Partn**erschaft; zu **Ernährung** und für die **gesunde** Küche. **Recht**sratgeber für **Beruf** und Ausbildung.

Goldmann Verlag · Neumarkter Str. 18 · 8000 München 80

BITTE SENDEN SIE MIR DAS NEUE GESAMTVERZEICHNIS.

NAME _____

STRASSE: _____

PLZ/ORT: _____